बाहर दरवाजा

मदन दीक्षित

वाणी प्रकाशन

वाणी प्रकाशन का 'लोगो'
विख्यात चित्रकार मक़बूल फ़िदा हुसेन की
कूची से

ISBN : 81-7055-809-3

वाणी प्रकाशन
21-ए, दरियागंज, नयी दिल्ली-110002
द्वारा प्रकाशित

फोन : 0091#11#23273167, 23275710
फैक्स : 0091#11#23275710
ई-मेल : vaniprakashan@gmail.com
vani_prakashan@yahoo.com
वेबसाइट : www.vaniprakashan.com

संस्करण : 2007

मूल्य : 300.00
आवरण : वाणी प्रकाशन
शुभम ऑफसेट, शाहदरा, दिल्ली-110032
द्वारा मुद्रित

BAHAR DARVAZA
by : Madan Dixit

'बाहर दरवाजे' की कैफियत

तारों भरी रात–कोई कहने लायक बात। रास्ते की जड़ कोतल–कोतल की जड़ रात। जिजमानों की जय बनी रहे; बड़े मुल्क हिंदुस्तान में एक छोटा शहर था।

अगले वक्तों में इस शहर के चारों तरफ पक्की शहर पनाह बनी हुई थी। कहते हैं कि रुहेला सरदार अली मोहम्मद खाँ के बनिए खजांची दौलत साह ने बनवाई थी यह शहर पनाह–जिसकी आठ दिशाओं के आठ कोनों पर आठ दरवाजे बने हुए थे। शहर पनाह के दरवाजों के भीतर रहते हिन्दुओं के अभिजात्य और मुसलमानों के अशराफ–बड़े घरों और ऊँची जातों के भले लोग। शहर पनाह के दक्खिनी दरवाजे के बाहर बसी हुई थी अकिंचन, तिरस्कृत और बहिष्कृत 'बेगानों की बस्ती'–जिसे 'बाहर दरवाजा' कहा जाता था।

इस बेगानों की बस्ती में रहते थे मेहतर, चमार, नट, धोबी, धुने, जुलाहे, मनिहार, बढ़ई, लोहार, कहार, छीपी, मुराव, बागवान, तेली, गड़रिये, अहर, जाट, लोधे और खागी। भीतर दरवाजे के भले लोग इन्हें 'नन्हैट' कहते थे। ऊँची जातों के भी–तकदीर के हेटे–कुछ लोग, इस बेगानों की बस्ती में आकर बस गए थे। यह लोग बैलगाड़ियाँ चलाते थे या भीतर दरवाजे की बस्ती में छोटी-मोटी नौकरियाँ करते थे और भीतर दरवाजे के भले लोग इन्हें 'करमों का कमीन' कहते थे। गढ़ी के मंदिर के करीब करीब अँगूठा छाप पुजारी, बेगानों की बस्ती के, सबसे बड़े पंडित-ज्ञानी थे और वे इस बस्ती के रहने वालों के लिए, गुरु, पंडित, पुरोहित, सखा और सलाहकार सब कुछ एक में ही थे। थे तो वे खरे आदि-गौड़ ब्राह्मण लेकिन भीतर दरवाजे के भले लोग उन्हें हिकारत से 'चमर पंडित' कहते थे।

बाहर दरवाजे और भीतर दरवाजे के सिमाने पर घर था किस्सागो का। बाम्हनों का बेटा पर कुलच्छने को जनम से ही नीच जातों की संगत रास आती थी। पैंदने भर का जब पोतड़ों में ही था, तब भी, अपनी जनम देने वाली माँ के दूध भरे आँचल में उसका पेट नहीं भरता था और हर समय पें-पें किए रहता था। बाहर दरवाजे

के दस्सा-अग्गरवाल हलवाई की अधेड़ उमर-मुराव घरवाली रधिया की सूखी छातियों में उसे, न जाने क्या लाल लगे दिखाई देते थे कि उन्हें मुँह में लेकर ऐसे मगन हो जाता था कि जैसे सात जनमों की प्यास बुझ गई हो।

कुलच्छने ने बोलना शुरू किया तो अपनी जनम देने वाली माँ की जगह रधिया को 'अम्मा' कहने लगा। माँ-बेटे के इस झूठे सच को देखकर, एक दिन, संस्कृत के जानकार बाप ने उसे हँसी-हँसी में 'राधेय' कह दिया तो उनकी देखादेखी घर के दूसरे लोगों ने राधेय को सीधा-सपाट करके 'राधे' बना दिया। बाहर दरवाज़े के लोगों ने रधिया को, उसके कोख जने बेटे की जगह, 'राधे की अम्मा' कहना शुरू कर दिया तो उसने भी यह सम्बोधन खुशी-खुशी अंगीकार कर लिया।

वैसे अम्मा भी, बड़ी जीवट की औरत थीं। 'चेखव' की 'डर्लिंग' की तरह उन्होंने भी अपने दो पतियों की मौत के बाद, तीसरे पति को अपना जीवन साथी बनाने में कोई संकोच नहीं किया लेकिन दूसरों की मजबूरियाँ समझने का बड़ा गुण था उनके पास और दूसरों के दुख-तकलीफ में हाथ बँटाने में उनका दूसरा कोई सानी नहीं था। बाहर दरवाजे के लोगों की नजरों में उनका तीसरे पति की पत्नी होना बिल्कुल बेमानी था और उनकी माया-ममता ही उनके लिए उनका सब कुछ थी। इसके पलट भीतर दरवाजे के भले लोगों की नजरों में उनका तीसरे पति की पत्नी होना ही उनका सब कुछ था और उनके दूसरे गुणों के कोई अर्थ मतलब नहीं थे।

रधिया का बेटा बन गया तो बाहर दरवाजे के सारे लोगों के साथ गाँव-बस्ती के रिश्ते कुलच्छने को, अपनी अम्मा की विरासत में, यों ही मिल गए। उनके आँचल की छाँह में बैठकर उसने, बेगानों की बस्ती की बहुरंगी जिंदगी को, बहुत नजदीक से जितना कुछ देखा है और उसके अलावों के इर्द-गिर्द बैठकर बस्ती के बुजुर्गों के मुँह से अगले वक्तों की जो-जो राम कहानियाँ सुनी हैं उन्हीं के अनुभवों की बुनियाद पर रचकर खड़ी की गई है 'बेगानों की बस्ती' की इमारत।

रम्पिया भुर्जिन यानी बच्चों की रम्पा बुआ को इस बेगानों की बस्ती में कौन नहीं जानता था? पाँच साल की रम्पिया और सात साल के कलुआ की शादी हुई तो सभी को यह जोड़ी बड़ी माकूल दिखाई दी लेकिन फिर जाने क्या हुआ कि कलुआ की बढ़वार एकदम से रुक गई और रम्पिया आँधी-धाँधी बढ़ती चली गई। गौना हुआ तो सोलह साल का कलुआ, बारह साल का टिर्री दिखाई देता था और चौदह साल की रम्पिया अठारह साल की भरी-पूरी औरत। गौने के बाद वापस मायके आई और संग सहेलियाँ 'पिया मिलन की रात' के किस्से सुनाने के लिए जिद करने लगीं तो उसने बड़ी कड़वाहट के साथ जवाब दिया—"अभी तो अपनी अम्मा

का दूध चोंखने की ही उमर चल रही है उसकी।" रोने की बात चली तो रम्पिया ने ससुराल जाने से साफ इन्कार कर दिया।

कहते हैं कि शुरू के एक-दो बरस तो रम्पिया किसी फिरैतू गाय की तरह इधर-उधर मुँह मारती रही लेकिन जब बीसा अग्गरवाल बाप और दर्जिन माँ के बेटे मुकट लाल से उसका मन मिल गया तो वह किसी भी सती सावित्री की तरह उसके साथ घर बसाकर रहने लगी। कहने को तो दुनिया में कोई किसी का मुँह नहीं पकड़ सकता लेकिन उन दोनों को एक-दूसरे से कभी कोई शिकायत नहीं हुई—यह दूसरी बात रही कि आमतौर पर रम्पिया ही मुकट लाल पर हावी दिखाई देती थी।

यों तो रम्पिया ने चार बेटों को जनम दिया लेकिन ऊपर वाले को उनमें से किसी को जिन्दा रखना मंजूर नहीं हुआ। अपनी कोख से निराश हो गई तो उसने अपनी ममता मोहल्ले-पड़ोस के बच्चों पर लुटानी शुरू कर दी। वह अपने घर के आगे सड़क पर छोटा-सा खटोला बिछाकर बैठ जाती और सारे दिन उसका बच्चा दरबार चहचहाता रहता। मोहल्ले में दूसरों के दुख-दर्द में वह आगे बढ़कर शामिल होने लगी और अगर किसी के साथ नाइंसाफी होते देखती तो मरने-मारने पर उतारू हो जाती थी।

बस्ती के सामने रम्पिया का एक नया रूप उभरकर सामने आ गया था और कल की छबीली रम्पिया, आज की सम्मानित रम्पा बुआ बन गई थी।

कुलच्छना जैसे-जैसे बड़ा होता गया वैसे-वैसे बाहर दरवाजे के लोगों में रमता चला गया। स्कूल में पहुँचा तो प्रेमचन्द और राहुल सांकृत्यायन को पढ़ते-पढ़ते मार्क्स और लेनिन तक पहुँच गया। हद तो उस दिन हो गई जब लोगों ने उसे खुली सड़क पर हड़ताली मेहतरों के जुलूस के आगे-आगे नारे लगाते हुए देखा। भीतर दरवाजे के भले लोग लाल ताल होकर कहने लगे—"ऐसी औलाद से तो निपूता होना ही भला। कम्युनिस्ट हो गया है सुसरा—कौम नष्ट।"

एम.ए. की पढ़ाई बीच से ही छोड़कर तीन साल, शिव वर्मा, महमूदुज्जफर, शफीक नकवी, जय बहादुर सिंह, मौलाना युसुफ, राम आसरे, शंकर दयाल तिवारी, डा. अहमद, हाजरा बेगम, आचार्य दीपंकर, रुस्तम सैटिन, प्रेमलता गोयल, आनंद और यशू भारद्वाज जैसे इश्तहारी हिस्ट्रीशीटरों के साथ फरारी की जिंदगी बिताकर कुलच्छना घर वापस लौटा तो फिर बाहर दरवाजे के लोगों में आकर शामिल हो गया। थोड़े दिनों बाद म्युनिसिपल बोर्ड के चुनाव हुए तो उसे मेम्बरी के लिए खड़ा कर दिया गया।

नामजदगी का परचा दाखिल करने से पहले अपनी अम्मा के बाद रम्पा बुआ के पाँव छूकर उनका आशीर्वाद माँगा तो वे बहुत खुश हुईं, कहने लगीं—"मोहल्ले

के लिए कुछ कर के दिखैयो बेटा। देखो ना, भीतर दरवाजे में सारी सड़कें सिमेंट की हो गई हैं। इस बस्ती की बात चली तो चेयरमान साहब ने कह दिया कि–बाहर दरवाजे के जंगलियों में सिमेंट की सड़क बनवाने में रुपया खराब करने की क्या जरूरत है? पिछला मेम्बर तो अपनी लुगाई को चुंगी के कालिज में मास्टरनी लगवा कर ऐसा मट्ठ मार कर बैठ गया कि मिटे के मरने जीने की भी खबर ना मिली।''

इस बीच कुछ लोगों ने रम्पा बुआ के आदमी पर रंग रखकर उसे भी चुनाव के मैदान में खड़ा कर दिया। बुआ को पता चला तो बहुत नाराज हुई और उनके बहुत समझाने पर भी वह बैठने के लिए तैयार नहीं हुआ तो उन्होंने साफ कह दिया–''लाला तू जीतेगा जिताएगा तो क्या? मेरे लौंडे का चानस खराब करेगा।'' वह कहने लगा कि–''सबकी लुगाइयाँ घर-घर जाकर अपने मर्दों के लिए वोट माँग रही हैं, तू मेरे लिए इत्ता भी ना कर सकती।'' बुआ ने तिनककर जवाब दिया–''लाला, तू इस काबिल तो है ना पर अपना आदमी है और खुद अपने मुँह से कह रहा है तो चल, कल तेरे लिए वोट माँग के तेरा भी ओझ उतार दूँगी।''

अगले दिन बुआ ने बड़े ठस्से के साथ वोट माँगने की तैयारी की। नहा-धोकर अपनी आबनूसी काया को निर्मल किया। बालों में चमेली का तेल डाल कर चुटिया की और चिकने हाथ अपने गालों पर मसल लिए। माँग में लप्प भर सिंदूर भरा, माथे पर चवन्नी बराबर ईंगुर की बिन्दी लगाई, आँखों में काजल डाला, गाल में पान का बीड़ा दबाया, अपनी भारी-भरकम काया पर गुलाबी रंग की साड़ी पहनी और उसके ऊपर झकाझक सफेद मलमल की चादर डाल ली। पैरों में पम्प के चमचमाते हुए सिलीपर पहने और बुआ चल दी वोट माँगने।

मोहल्ले में पहुँची तो सारी भाभियाँ घेर कर खड़ी हो गईं। कहने लगीं–''ओः होः ननदरानी, आज किसके कतल का नंबर आ गया?'' बुआ ने हँसकर जवाब दिया–''कतल-वतल तो किसी का ना होना। यह वोटवाजी का चक्कर चल रह्या है, ना?'' भाभियों ने फिर ठठोली की–''तो तुम खड़ी हो रही हो? हमारे वोट पक्के रहे।'' बुआ वैसे ही हँसकर कहने लगीं–''अरी सुसरियो, मैं नासपीटी खड़ी होकर क्या करूँगी। अपना राधे है ना? घर का जाना-पहचाना लड़का है। रामरक्खे अब तो वकील भी हो गया है पर मोहल्ले वालों का अब भी पहले जैसा ही लिहाज पास रक्खे है। हम तो कहैं कि उसी को मेम्बर चुन के भेंज दो अबकी दफै।'' भाभियों का मन भी इसी ओर को ढुलता दिखाई दिया तो बुआ की छाती ठंडी हो गई। थोड़ी देर चुप रहने के बाद फिर बोलीं–''वैसे दुश्मनों ने मिटे मेरे आदमी को भी, रंग पर रखकर खड़ा कर दिया है–राधे के खिलाफ। जीतैगा जातैगा तो है ना, पर अपना मरद है इसलिए कहना ही पड़े है कि किसी का मन करै तो एक आध वोट उसे भी डाल दियो।''

इसी अंदाज में, बुआ का चुनाव-प्रचार, धड़ल्ले के साथ चलता रहा। उनके

आदमी को पता चला तो भागा चला आया, हाथ जोड़कर कहने लगा—"भागवान, तूने मेरे लिए भौत वोट माँग लिए, अब घर चलकर बैठ।" उसका यह कहना बुआ को बहुत नागवार गुजरा, तड़ककर कहने लगीं—"ओः होः, मुर्गी जान से गई और मुल्ला जी को मजा ही ना आया। यहाँ सवेरे से हाथ में कटोरा सा लिये, दरवाजे-दरवाजे भीख माँगते फिर रहे हैं और वो हैं कि नाक से बंदूक दागते चले आ रहे हैं।"

वोट देने का समय आया तो मर्दों में से तो बहुतों ने, पिलाने वालों की शराबें पीकर, जिसका खाया उसका बजाया लेकिन औरतों के बूथ ने सारी कसर पूरी कर दी। जीत गया तो इस बेगानों की बस्तीवालियों के 'मेरे बेटे', 'मेरे भैया', 'मेरे देवर' का इतना कर्ज कुलच्छने के सिर पर चढ़ गया कि सात जनम भी उनसे उरिन नहीं हो सकता।

राम भली करें जिजमानों की, किस्से तो झूठ-सच के ताने-बाने पर ही बुने जाते हैं और किस्सागो राजा हरिश्चन्द्र की गद्दी का कोई दावेदार नहीं है। बचपन में रामकली बुआ के आँगन में, अलाव पर तापते हुए, राजा मँझोला के निरक्षर पुरोहित-बाबा छोटे लाल, अपनी बैलगाड़ी से दूर-दूर की मंजिलें मारे हुए ताऊ रामसहाय और एक बाल विधवा ब्राह्मणी को, अपनी जान जोखों में डालकर, बुर्दाफरोशों से बचा कर उसे मान सनमान के साथ अपनी गृहलक्ष्मी का दर्जा देने वाले—चाचा रामगोपाल लोहार से, दुनिया-जहान के किस्से सुन-सुन कर, किस्सागोई का जो कुछ भी इलम हासिल किया है वही किस्सागो की कुल जमा पूँजी है—ऊपर वाला उन्हें सुरग के सातों सुख दे।

खुर्जा दरवाजा, चन्दौसी

—मदन दीक्षित

कथा-मुख

भरपूर जवानी, इकहरी काठी और दिपदिपाते हुए गेहुआँ रंगवाली असगरी भाभी, चन्दू यानी चन्द्रशेखर तिवारी को, बहुत अच्छी लगती थीं। उनकी सामान्य से जरा बड़ी कजरारी आँखें, मोती जड़ी कील और बुलाक से सजी सुघड़-सुडौल नाक, ढेर सारी चाँदी की बालियों और बुन्दों से झुके हुए कान, मिस्सी में बसे हुए मोती जैसे दाँत, ममतामयी मुस्कान के साथ पान की खूब गहरी लाली से रचे हुए होठ और उनके काले चूड़ीदार पायजामे, चिकन के नन्हे-नन्हे बूटों वाले सफेद कुर्ते, घने और लम्बे काले बालों को ढकती हुई सफेद चुन्नी और हाथों में कलाई भर-भर काली-हरी चूड़ियों की फबन उसका मन मोहे हुए थी।

वैसे थीं तो वे उसकी माँ की उम्रों की और जब के उसे अपनी गोद में उठा लेती थीं तो वह उनका बेटा ही मालूम देता था। उनकी सास यानी हुसैनी बुआ, दादी अम्मा को चच्ची कहती थीं तो असगरी भाभी को भी उसकी भाभी होना ही था और वे भी देवर-भाभी की अलबेली परंपरा का रस लेते हुए उसे 'छोटे मियाँ' कहती थीं तो वह उसे कुछ ज्यादा ही अपनी लगने लगती थीं। असगरी भाभी का बेटा लतीफ उससे कोई डेढ़ बरस ही छोटा था और उन दोनों की भी बहुत अच्छी पटती थी।

मोहर्रम का महीना शुरू हुआ तो लतीफ मियाँ सफेद पायजामे पर हरा कुर्ता और हरी दोपल्ली टोपी पहने, गले में हरे-सफेद धागों की माला और छोटी तड़बड़ी डाले, उसे बजाते हुए घूमने लगे। तड़बड़ी को देखकर चन्दू का मन भी ललचा उठा और उसने थोड़ी ख़ुशामद सी करते हुए कहा—"लतीफ मियाँ, हमको भी जरा अपनी तड़बड़ी बजा लेने दीजिए।" यों तो वे दोनों आमतौर पर एक-दूसरे के खिलौनों से खेलते ही रहते थे लेकिन आज न जाने क्यों लतीफ मियाँ को कुछ जिद चढ़ गई और उन्होंने चन्दू को अपनी तड़बड़ी देने से साफ इन्कार कर दिया। इस पर चन्दू थोड़ा उदास होकर भाभी के पास जाकर बैठ गया।

भाभी ने चन्दू को उदास-उदास सा बैठा देखा तो मुस्कराकर पूछने लगीं—"क्या बात है छोटे मियाँ? ऐसे उदास क्यों बैठे हो?" चन्दू ने देखा कि भाभी मेहरबान है तो लतीफ को कठघरे में खड़ा करने की नीयत से उसने भाभी से सवाल कर दिया—"अच्छा भाभी बतलाइए हम, लतीफ मियाँ के चच्चा हैं या नहीं?" भाभी ने बड़े लाड़ के साथ हँसकर जवाब दिया—"चच्चा क्या, आप तो इनके छोटे अब्बू हैं। हमारे छोटे मियाँ हैं न, आप?" इस पर चन्दू ने बड़ी संजीदगी के साथ, लतीफ के खिलाफ, अपनी शिकायत भाभी के इजलास में पेश करते हुए कहा—"तो फिर यह हमें चच्चा क्यों नहीं कहते? सबके सामने हमारा नाम क्यों लेते हैं?" भाभी ने हल्के-फुल्के अंदाज में हँसते हुए लतीफ से जवाब तलब कर लिया—"क्यों भई लतीफ मियाँ, आप इन्हें चच्चा क्यों नहीं कहते?" लतीफ ने अपनी पेश करते हुए जवाब दिया—"अब यह हमसे मुश्किल से एक बित्ता भर तो बड़े हैं, अम्मी। बतलाइए यह हमारे चच्चा कैसे बन गए?" चन्दू ने उसकी बात को काटते हुए कहा—"चच्चा कोई बनाए से बनते हैं? चच्चा तो बस होते हैं, है न भाभी?" लतीफ ने तिनककर जवाब दिया—"बस, हम तो आपको चच्चा नहीं कहेंगे।"

"हम तो आपसे अब चच्चा नहीं छोटे अब्बू कहलवाएँगे, अभी क्या कहा है भाभी ने?"

"छोटे अब्बू तो हम आपको हर्गिज नहीं कहेंगे।"

"जब हम हैं आपके छोटे अब्बू तो आप कहेंगे कैसे नहीं। भाभी ऐसा झापड़ मारेंगी कि मुँह सीधा हो जाएगा।"

"हम तो आपको न चच्चा कहेंगे न छोटे अब्बू।"

"क्यों?"

"क्यों क्या, आप तो हिन्दू हैं काफिर बच्चे।"

लतीफ के मुँह से ऐसी हल्की बात सुनकर भाभी को गुस्सा आ गया और उन्होंने लतीफ को एक झापड़ मारकर जरा सख्ती के साथ पूछा—"आप ऐसी गंदी बात कहाँ से सीखकर आए हैं?" लतीफ ने सुबकते हुए जवाब दिया—"हिन्दू लड़के भी तो हमसे कहते हैं, मुसलमान बेईमान—कुत्ते कैसी खोपड़ी बिलाऊ कैसे कान।" चन्दू ने जरा सहमते हुए कहा—"हमने तो आपसे ऐसा कभी नहीं कहा"—और फिर लतीफ को अपनी बाँहों में समेटता हुआ कहने लगा—"भाभी, आपने उस बेचारे को नाहक मार दिया। उसके कहने से हम कोई काफिर बच्चे हो जाएँगे? हम आपके छोटे मियाँ हैं तो काफिर बच्चे कैसे हो सकते हैं? आप हमारी भाभी हैं तो मुसलमान होने से ही बेईमान क्यों हो जाएँगी?"

भाभी का गुस्सा हवा में उड़ गया, हँसकर कहने लगीं—"ठीक है, आप हमारे छोटे मियाँ हैं, हम आपकी भाभी हैं। न आप काफिर बच्चे हैं न हम बेईमान हैं, बस। अब कुछ कामधाम भी करने दीजिए। आज कत्ल की रात है, रात को मर्सिया

ख्वानी के लिए आपके भाईजान सारे मोहल्ले को न्योत आए हैं और यहाँ सारा घर आँगन साफ करने को पड़ा है। आपके भाईजान दुकान से आते ही हल्ला काटकर रख देंगे। अब दोनों चचा-भतीजे छत पर जाकर खेलिए।''

''अच्छा भाभी तो आप लतीफ मियाँ से कह दीजिए कि वे थोड़ी देर के लिए हमें अपनी तड़बड़ी बजाने को दे दे।'' लतीफ ने खिसियाकर कहा–''अपनी तड़बड़ी तो हम इनको बजाने के लिए हर्गिज नहीं देंगे।'' भाभी ने तुरप चाल चलते हुए कहा–''ठीक है, न दीजिए। अभी होली आने वाली है तो यह भी नहीं देंगे आपको अपनी पिचकारी। फिर हमसे शिकायत न करना।'' लतीफ ने लाजवाब होकर तड़बड़ी चन्दू को देते हुए कहा–''लीजिए खूब बजाइए तड़बड़ी लेकिन होली पर आपको भी हमें अपनी पिचकारी देनी होगी।''

कान्यकुब्ज ब्राह्मण और गाड़िया लोहार मूल के इन दोनों परिवारों के पुरखे, उन्नीसवीं शताब्दी के दूसरे दशक में बाहर से आकर, इस बस्ती में आबाद हुए थे। शुरू में तो दोनों परिवारों के मुखिए, पराई बस्ती में परदेसी होने के नाते ही, एक-दूसरे से परिचित हुए थे लेकिन आगे चलकर बस्ती के अदलते-बदलते हालात ने कुछ ऐसे बानक बना दिए कि अगली पीढ़ियाँ एक-दूसरे के निकट से निकटतर होती चली गईं।

चक्रपाणि गोत्र के गाड़िया लोहारों के इस परिवार को इस्लाम धर्म स्वीकार किए हुए तो अब दो शताब्दियाँ गुजर चुकी हैं लेकिन अब भी यह लोग अपना गोत्र, चक्करपान अथवा चक्करवान के अपभ्रंश रूप में ही सही, याद रखे हुए हैं। यह लोग बड़े गर्व के साथ बतलाते हैं कि राणा सांगा और महाराणा प्रताप सिंह के लश्करों की तलवारें बनाने और चलाने की विद्याएँ उन्हीं के पुरखों के पास थीं जो एक मन लोहे को तपाकर एक सेर वजन की तलवार बनाने और उससे फौलादी जिरह-बख्तरों को काट फेंकने के तरीके जानते थे। घास की रोटियाँ खाकर भी, अपना सिर न झुकाने की, अपने महाराणा प्रताप सिंह की आन का बखान करते हुए, आज भी, उनका सीना गर्व से फूल जाता है और चर्चा चल जाने पर, आज भी वे अपने आपको अकबर बादशाह की अपेक्षा महाराणा प्रताप सिंह के ज्यादा नजदीक महसूस करते हैं। यों तो, अब सारी दुनिया उन्हें सामान्य मुसलमान लोहारों के रूप में ही पहचानती है लेकिन बेटे-बेटियों के शादी-विवाह के मामलों में यह लोग अब भी, अपनी मूल बिरादरी की लक्ष्मण रेखा को पार नहीं करते और अभी एक पीढ़ी पहले तक इन लोगों के घरों की औरतें दीपावली पर, चूल्हे पर तवा न चढ़ाने की, पुरानी परंपरा को निबाहते हुए मीठे चावल ही पकाती थीं और आमतौर पर बड़े जानवरों का गोश्त खाने से गुरेज करती थीं।

कहते हैं कि गाड़िया लोहारों के पुरखे सिसौदिया, कछवाहे, चौहान, राठौर सोलंकी, तोमर, आदि राजकुलों के खरे राजपूत थे। न जाने कितनी पीढ़ियों से यह लोग मेवाड़ी सेनाओं को अच्छे-से-अच्छे हथियार उपलब्ध कराने और उनको कुशलतापूर्वक चलाने के लिए उन्हें प्रशिक्षित करने की जिम्मेदारी निबाहते चले आ रहे थे। महाराणा प्रताप सिंह के बुरे-से-बुरे दिनों में भी यह लोग, उनके कंधे-से-कंधा भिड़ाकर, मेवाड़ के दुश्मनों से बराबर टक्कर लेते रहे। उनके साथ ही मेवाड़ को पूरी तरह से मुक्त कराए बिना बस्ती में न बसने, घास-फूस पर सोने—सोने-चाँदी के बर्तनों में भोजन न करने और दिल्ली में पाँव न रखने की आन पर जमे रहे और जब महाराणा

प्रताप सिंह ने, अपनी मृत्यु शैया पर, अपने सरदारों को, मेवाड़ को पूरी तरह से मुक्त कराए बिना चैन से न बैठने की, सौगन्ध दी तो उन लोगों ने उसे पूरी राजपूती आन के साथ 'सिर माथे अन्नदाता' कहकर स्वीकार किया।

महाराणा प्रताप सिंह के राजसी उत्तराधिकारी तो घास के तिनकों पर बिछे हुए गद्दों पर सोकर और सोने-चाँदी के बर्तनों पर रखे हुए पत्तों पर भोजन करके, प्रतापी प्रतिज्ञा की रस्म निबाहकर, उदयपुर के राजमहलों में सुविधापूर्वक रहने लगे लेकिन महाराणा के वे असिबन्धु, अपनी आने वाली पीढ़ियों का भी भविष्य दाँव पर रखकर, अपनी सौगन्ध पर अटल रहते हुए, घरबार छोड़कर निकल पड़े तो निकल ही पड़े और अपनी गाड़ियों में ही अपना सारा संसार समेटे, बेसरो-सामानी की हालत में, बस्ती-बस्ती भटकने लगे।

लगातार खानाबदोशी की जिंदगी यों तो वैसे भी कुछ खुशगवार नहीं होती लेकिन खानाबदोशी में, अगले वक्त की रोटी की चिंता के साथ, अपना राज बहाल किए बिना घर बनाकर न रहने, बस्ती में बसेरा न करने, अपने डेरों में दीयाबत्ती न करने, धरती जोतकर खेती न करने, कुएँ से पानी न भरने, लोहे में साल न करने, पींजड़े न बनाने और पैनों में आर न लगाने के अहद और ओढ़ लिए जाएँ तो जिंदगी में कितनी कड़वाहट घुल सकती है इसकी कल्पना बड़ी आसानी से की जा सकती है।

महाराणा प्रताप सिंह के उत्तराधिकारी तो आधे-अधूरे मेवाड़ पर ही संतोष करके बैठ गए, मेवाड़ के दूसरे निवासियों ने भी बदली हुई परिस्थितियों से समझौता कर लिया लेकिन मेवाड़ के इन वीरव्रती बेटों की ओर किसी का ध्यान नहीं गया। यही नहीं, सम्पन्न मेवाड़ी उन्हें मेवाड़ी मानने में भी लजाने लगे, उनकी राजपूती पर ही प्रश्नचिह्न लगाकर उन्हें भूभलिया कहा जाने लगा और उनका सामाजिक स्तर स्थानीय लोहारों से भी गया-गुजरा मानकर उनके साथ करीब-करीब अछूतों जैसा ही बर्ताव किया जाने लगा। धीरे-धीरे वे खुद भी तलवार भाँजने वाले सूरमाओं की जगह तलवार बनाने वाले कारीगर बनकर रह गए। रोजी के जुगाड़ में तलवारों के साथ खेती के हल-फारे-खुरपी-दराँत और रसोई के चिमटे-करछुले भी बनाने लगे और इसके साथ ही उनकी मानसिकता भी हीन भावना का शिकार होने लगी।

लगभग दो शताब्दियों तक इसी तरह की अभिशप्त जिंदगी जीने के बाद, इन लोगों की नई पीढ़ियों के कुछ नौजवान, उनके अहदों की प्रासंगिकता को ही चुनौती देने लगे। उनका कहना था—"हमारे पुरखों ने अपने देश में अपना राज बहाल करने का लक्ष्य हासिल करने के लिए ही इन अहदों को साधन के रूप में स्वीकार किया था लेकिन अब हम लोग लक्ष्य को भूलकर साधन को ही, बंदरिया के मरे हुए बच्चे की तरह, अपनी छाती से चिपटाए बैठे हैं। हमारी इसी समझदारी का नतीजा यह निकला है कि हम राजकुलों के खरे राजपूतों से भूभलिए और लोहपीटे

होकर रह गए हैं।'' वे सवाल करने लगे थे—''अपने देश में अपना राज बहाल होने पर जो लोग राज-पाट सँभालेंगे वे भी, अपना राज बहाल करने के लिए कुछ कर रहे हैं या हम ही, अपनी और अपनी आने वाली नस्लों की जिंदगियाँ तबाह करने का, अहद लेकर बैठ गए हैं?'' गाड़िया लोहारों की बहुत-सी जमातों में, इस तरह के विद्रोह की, छोटी-छोटी चिनगारियाँ सुलगना शुरू हो गई थीं। बड़े-बूढ़े परेशान तो जरूर थे लेकिन उनके पास जवाब सिर्फ यही था—''प्राण जाहिं पर बचन न जाहीं।''

वरसात के दिनों में तो रास्ते ऐसे खराब हो जाते थे कि उन पर होकर गाड़ियों से सफर करना तो दूर, पाँव पियादे चल सकना भी दूभर हो जाता था। इसीलिए, चौमासे के चार महीनों के लिए, गाड़िया लोहार भी कुछ ऐसा जुगाड़ गाँठते थे कि पीने के लिए खुला पानी, जानवरों के लिए चारा, चूल्हे के लिए लकड़ियाँ और पेट के लिए रोजी का धंधा भी मिलता रहे और बड़े-बूढ़ों के अहद पर भी आँच न आए। इन्हीं सब सुविधाओं को ध्यान में रखते हुए, उस साल चौमासे में, पचीस-तीस परिवारों की गाड़िया लोहारों की उस जमात ने पानीपत शहर के निकट अपना पड़ाव डाला और यमुना के किनारे खुले आसमान के नीचे एक ऊँची-सी जगह पर, उन लोगों की बेदरोदीवार की नन्ही-सी बस्ती आबाद हो गई।

पुराने राजस्थानी ढंग की, पीतल की फुल्लियों से उकेरी गई कलात्मक आकृतियों से सजाई गई, आयताकार बड़ी-बड़ी बैलगाड़ियों के ऊपर सिरकी के पाल डालकर, वरसात में ऊपर से गिरने वाले पानी से और नीचे मिट्टी की मेंड़ें बनाकर, धरती पर बहने वाले पानी से बचाव की जुगत कर ली गई थी। यों तो जमात ही कुछ ऐसी ज्यादा बड़ी नहीं थी फिर भी एक-दूसरे से कुछ ज्यादा ही निकटता मानने वाले परिवार, बस्ती-दर-बस्ती बनाकर, बस गए। पड़ाव डालते-डालते ही सब लोगों ने अपनी-अपनी भट्ठियाँ भी व्यवस्थित कर लीं और अगले ही दिन से अपनी जिंदगी का रोजमर्रा का ढचर चलाना शुरू कर दिया।

सुबह-सवेरे, दिन निकलने से लगभग एक पहर पहले, औरतें खाल की धौंकनियाँ सँभालकर भट्ठियाँ सुलगा देती थीं और फिर मर्द लोग, निहानी पर गर्म लोहे को पीट-पीट कर तलवारों, छुरियों, फर्सों, बल्लमों, भालों और बर्छियों के साथ फारे, गँडासे, खुरपे, दरांत, चिमटे, करछुलें और चमचे गढ़ने लगते थे। औरतें धौंकनी धौंकती थीं, मर्द लोहा पीटते थे, छोटे बच्चे गाड़ियों के नीचे डाले गए कामचलाऊ पालनों में झूलते थे, बड़े बच्चे अपनी-अपनी सामर्थ्य के अनुसार अपने माँ-बाप के कामों में हाथ बँटाते थे और बड़े-बूढ़े, जो अब कुछ करने के लायक नहीं रह गए थे, गुट बाँधकर चिलम-तमाखू पीते थे, खाँसते थे और नए जमाने की अनीत

पर दुखी होते थे।

दोपहर को मर्द लोग, रात का बचा-खुचा खाना खाकर अपना तैयार माल वेचने के लिए शहर के बाजार और आस-पास की देहाती पैठों की ओर निकल जाते थे। औरतें जंगल से लकड़ियाँ बीनकर लाती थीं, जानवरों के चारे-पानी का इंतजाम करती थीं और शाम को मर्दों के वापस आने से पहले रसोई तपकर तैयार रखती थीं। इस बीच बड़ी-बूढ़ियाँ बैठकर चर्खा कातती थीं, अपनी-अपनी बहुओं की बुराइयाँ करती थीं और बच्चों को बहलाने के लिए उन्हें तरह-तरह की बातें सुनाती थीं अपने देस की बातें, अपने राज की बातें, अपनी राजपूती की बातें और अपने पुरखों के अहद की बातें। बाजार से जैसी भी आमदनी होती थी, उसी के हिसाब से, मर्द लोग खान-पान और अमल-पानी की व्यवस्था करते थे और जिस दिन खाली हाथ लौटते थे उस दिन अपनी सारी राजपूती अपनी औरतों पर उतार देते थे। लेकिन वे ही, रो-पीटकर, अपने जोड़े-जंगोड़े में से किसी तरह अगले दिन की दालरोटी का गुंताड़ा बैठाती थीं।

बड़े-बूढ़ों के सामने तो पुरखों के अहद की लकीर पीटने की परंपरा को ज्यों का त्यों बनाए रखने की चिंता के अलावा दूसरी और कोई समस्या नहीं थी। अधेड़ लोगों को भी अपने कमाने-खाने और अमल-पानी की समस्या से ही फुर्सत नहीं थी लेकिन नई पीढ़ी के स्वाभिमानी नौजवानों के सामने तो ढेर सारी समस्याएँ मुँह बाये खड़ी थीं। कमाने-खाने की समस्या, इश्क-मोहब्बत की समस्या, अमल-पानी की समस्या, दुनिया की नजरों में अपनी गिरती हुई मान-मर्यादा की समस्या और फिर सारी समस्याओं की समस्या थी, कुछ भी नया न कर पाने की सामाजिक विवशता की समस्या।

केसरिया, गनेसा, जाहरिया, मोतिया और संकरिया, बड़े-बूढ़ों की नजरों में जमात के बिगड़े हुए लड़के थे और इनमें भी तोमरों का केसरिया और चौहानों का गनेसा, बुजुर्गों की जुबान में "सबसे ज्यादा मादरचोद थे जो हर वक्त आग में मूतने के लिए उधार खाए रहते थे।" बुजुर्गों की इस बात में इतनी सचाई तो थी ही कि इन पाँचों का एक गुट था जो खानाबदोशी की फटीचर जिंदगी से असंतुष्ट था और कुछ नया काम करना चाहता था। अहद की बेड़ियों की जकड़न जब जरा ज्यादा कसकने लगती थी तो केसरिया-गनेसा कुछ बेजा ही ऊँचा-नीचा बोल जाते थे। वैसे लड़के मेहनती और समझदार थे। कमाई भी औरों से अच्छी कर लेते थे और अपने घर वालों को खुश भी रखते थे। इन लोगों के बाप चैन से बैठे, अमल के प्याले घोलकर, उसकी पिनक में मस्ती लेते हुए अपने बेटों को असीसें दिया करते थे।

केसरिया कहता था—"अब छुरों-तलवारों का जमाना खत्म हो चुका है। चैन से ढंग की रोटी खाना चाहते हो तो कोई नया काम शुरू करो—बन्दूकें-तमंचे बनाना

शुरू करो। लोहे में साल न करने के अहद से पिंड छूट जाए तो मैं ही, फिरंगियों के विलायती तमंचों से बढ़िया, तमंचे बनाकर दिखा सकता हूँ।'' बुजुर्ग लोग इसे 'कुफर' कहते थे लेकिन इससे भी बड़ा 'कुफ़र' उनकी नज़र में यह हो रहा था कि केसरिया की इश्क-मोहब्बत गनेसा की बहिन रेसमिया से चल रही थी। गनेसा तो अपनी बहिन की शादी, केसरिया के साथ करने के लिए, बड़ी खुशी के साथ रजामंद था लेकिन दूसरे चौहान लोग इस बात पर मरने-मारने के लिए तैयार थे। उनका कहना था कि ''दिल्ली के तोमरों की बेटियाँ तो हमेशा से अजमेर के चौहानों के घरों में आती रही हैं, अब उल्टी गंगा बहाकर, चौहानों की बेटी तोमरों को कैसी दी जा सकती है। अगर यह लोग चौहानों की मरजाद तोड़ेंगे तो साबुत इन्हें भी नहीं छोड़ा जाएगा।''

पड़वा और अष्टमी के दिन काम बंद रखने की, हिन्दू लोहार-बढ़इयों की पुरानी परंपरा है और गाड़िया लोहार इसके कोई अपवाद नहीं थे। इन कामबंदी के दिनों में लोग ढंग से नहाते हैं, कपड़े धोते हैं, फुरसत के साथ अच्छा खाना बनवाकर खाते हैं और मेल-मुलाकातियों के यहाँ आते-जाते हैं।

जन्माष्टमी के दिन कामबंदी और ढंग से नहाना-धोना तो होना ही था, खाने के मामले में जरूर थोड़ा-सा बदलाव करना पड़ गया। जन्माष्टमी का लंबा व्रत, बूढ़ों और बच्चों के वश का तो था नहीं इसलिए इन लोगों को, रोजाना की तरह, पिछले दिन की रखी हुई रोटियाँ, हरी मिर्च की चटनी के साथ, दोनों जून दे दी गईं। बाकी समझदार बच्चों और मर्द-औरतों ने व्रत रखा और उनको, रात के खाने के लिए, फलाहार का इंतजाम किया गया। वैसे फलाहार भी कोई राजभोग नहीं था, उबले हुए अरवी के मूढ़ों में लाहोरी नमक और हरी मिर्चें मिला दीं तो हो गया फलाहार। किसी को धेले-छदाम की गुंजाइश हुई तो उसने गुड़ में सिंघाड़े के आटे की लपसी घोलने का राजसी ठाट भी ठठ लिया।

दोपहर के वक्त मर्द लोग नहा-धोकर पाकड़ के पेड़ के नीचे बैठकर, वक्त काटने के लिए, चकल्लस करने लगे। जगतुआ ने, जरा मजा लेने के लिए, पंचगुटे के लोगों से छेड़खानी करते हुए पूछ लिया—''तुम लोगों ने क्यों रखा है, कन्हैया जी का बरत? तुम लोग तो धर्म की रीत नीत मानते ही नहीं। बड़ें-बूढ़ों के अहद तुम्हारे लेखे बेकार हो चुके हैं। और उल्टी गंगा बहाकर चौहानों की बेटियाँ तोमरों को देने में भी तुम्हें कोई उजर नहीं है।'' गनेसा ने उत्तेजित हुए बिना हल्के से मुस्कराकर जवाब दिया—''धर्म की बेफालतू की रीत नीत न हम मानें न हमारे कन्हैया जी। कन्हैया जी ने रीत तोड़कर राजा इंदर की पूजा छोड़कर गोबरधन महाराज की पूजा की या नहीं? राधकाजी तो किसी दूसरे की ब्याहता थीं, कन्हैया जी ने

उनके साथ प्रेम-मोहब्बत की या नहीं? कन्हैया जी ने अपनी बहिन सुभद्रा का ब्याह फुफेरे भाई अर्जुन से किया या नहीं? बताओ ममेरे-फुफेरों की शादी कौन से शास्तर में लिखी है?'' श्यामा जो रिश्ते में गनेसा का चचा लगता था, मजाक को आगे बढ़ाते हुए कहने लगा, ''ठीक बात है बेटा गनेस। भैया तो हमारे बूढ़े हो गए हैं लेकिन अम्मा तेरी अभी भी खूब टपटपी है। आज तो खैर बरत का दिन है, कल से हम भी तेरी अम्मा के साथ रासलीला रचाना शुरू कर देंगे।''

शहर में गोपाल जी के मंदिर पर जन्माष्टमी का मेला लग रहा था। खेल-तमाशों की धूम मची हुई थी और सजी-बजी दुकानों पर ग्राहकों की भीड़ बढ़ती चली जा रही थी। मेला तो ऐसा कोई बहुत बड़ा नहीं था लेकिन गोपाल जी के मंदिर पर, हर बरस, रात को दीप मालिका होती थी, जन्मोत्सव की झाँकी सजती थी और वृन्दावन के गुसाईं जी की मंडली रासलीला करती थी, जिसे देखने के लिए आसपास के देहातों से हुजूम के हुजूम, शहर पनाह के दरवाजे बंद होने से पहले ही, शहर के भीतर आ जाते थे।

गाड़िया लोहारों की जिंदगी में ऐसे अवसर बार-बार तो आते नहीं थे। संयोग की बात थी कि इस बार जन्माष्टमी के अवसर पर, उनकी जमात, यहाँ पड़ाव डाले हुई थी। मन तो सभी का करता था कि रात को जन्मोत्सव की झाँकी और रास-लीला देख लेते लेकिन रात को पड़ाव की रखवाली की समस्या का कोई समाधान नहीं निकल सका। मजबूरी में तय यही करना पड़ा कि रात को सभी लोग पड़ाव पर रहेंगे और सुबह दिन निकलते ही सब लोग, मंदिर पर एक साथ पहुँचकर भगवान के दर्शन करेंगे। रात हुई तो औरतें तो कन्हैया जी के भजन गाने में रम गईं और मर्द लोग बड़ी बेकरारी के साथ चंदा के निकलने का इंतजार करने लगे—भूख की तो खैर, कोई बात नहीं थी लेकिन अमल की तलब, बदन का पोर-पोर तोड़े दे रही थी।

सुबह शहर पनाह के दरवाजे खुले तो रात को जन्मोत्सव देखने के लिए आस-पास के देहातों से आए हुए दर्शनार्थी, अपने घरों को वापस लौटने लगे। मंदिर पर, मेले के उखड़े हुए माहौल में, देहातों के वे लोग अभी तक रुके हुए थे जिन्हें दिन में शहर की दुकानों से खरीदारियाँ करनी थीं। इनके अलावा नियमित रूप से गोपाल जी के दर्शनों के लिए आने वाले, शहरी भक्तों के आने का सिलसिला भी शुरू हो गया था और इस तरह पर अब भी, और दिनों की अपेक्षा, मंदिर पर लोगों की भीड़ कुछ ज्यादा ही थी।

भीतर मंदिर में गोपाल जी को जगाया जा चुका था, पुजारी जी सुबह की पूजा आरती की तैयारियों में लगे हुए थे और बाहर दरवाजे पर, रातभर के हारे-थके, दोनों दरबान अपनी लाठियाँ टेके ऊँघ रहे थे। गाड़िया लोहारों का हुजूम मंदिर के दरवाजे पर पहुँचा तो उनका ''कन्हैया लाल की जय'' का जयकार सुनकर दोनों

दरबान सजग हो गए और उन्होंने अपनी लाठियाँ मंदिर के दरवाजे में अड़ाकर उनका रास्ता रोक दिया। सिरों पर फटे-पुराने फेंटों और मैले-कुचैले कपड़ों को देखकर ही दरबानों ने समझ लिया था कि वे कोई अछूत थे और उनको मंदिर में दाखिल होने का कोई हक नहीं था। लोहारों ने मंदिर में जाने की जिद की तो दरबानों ने उन्हें जरा सख्ती के साथ डाँटकर रोक दिया। इस पर तू-तू मैं-मैं होने लगी और शोरगुल सुनकर आस-पास के दूसरे लोग भी जमा हो गए। पुजारी जी भी मंदिर से बाहर निकल आए, उन्होंने दरबानों से मालूम किया कि झगड़ा क्या है तो एक दरबान ने जवाब दिया—"यह भूभलिए लोग मंदिर में घुस रहे हैं, मना करने से मानते नहीं और झगड़े पर उतारू हैं।" पुजारी जी ने लोहारों से पूछा—"क्या चाहते हो तुम लोग?" केसरिया ने आगे बढ़कर जवाब दिया—"हम लोग कन्हैया जी के दर्शन करना चाहते हैं।" पुजारी जी ने जरा तेजी के साथ फिर सवाल किया—

"किसने कहा तुमसे मंदिर में आने के लिए?"

"कहता कौन? कल जन्माष्टमी का बरत रखा था। शहर के दरवाजे बंद थे इसलिए रात को भगवान के दर्शन करने के लिए नहीं आ सके। अब शहर के दरवाजे खुल गए हैं तो आ गए दर्शनों के लिए।"

"यह भगवान का मंदिर है इसमें हर किसी जात कुजात को दाखिल होने का हक नहीं है।"

"हम तो कोई कुजात नहीं हैं, राजकुलों के खरे राजपूत हैं।"

पुजारी जी ने जरा व्यंग के साथ मुस्कराकर पास में खड़े हुए, कुँवर रनजीत सिंह से कहा—"लीजिए कुँवर साहब, सँभालिए अपने राजकुलों के खरे राजपूतों को।" कुँवर साहब के जवाब देने से पहले ही केसरिया उनसे कहने लगा—"कुँवर जी, हम लोग गरीब हैं तो क्या, हैं तो राजकुलों के राजपूत ही। हम लोगों में सिसौदिया हैं, चौहान हैं, राठौड़ हैं, तोमर हैं, सोलंकी हैं। अपने महाराणा की सौगंध और बुजुर्गों के अहद की खातिर इस फटेहाली में घूम रहे हैं।" कुँवर रनजीत सिंह का चेहरा गुस्से से लाल हो गया—तड़ककर दरबानों को हुक्म दिया—"मारो सालों को। आज तो यह भूभलिए, राजकुलों के राजपूत बनकर आए हैं कल को सब चूहड़े-चमार भी अग्निकुल के राजपूत होने का दावा करने लगेंगे।"

कुँवर रनजीत सिंह की दहाड़ सुनकर, मंदिर के दूसरे दरबान और सेवादार भी वहीं आ गए। कुँवर साहब के हुक्म, पुजारी जी की शह और दूसरे लोगों की खामोश रजामंदी का सहारा मिला तो उन लोगों ने, निहत्थे गाड़िया लोहारों को सीधा करने के लिए, उन पर लाठियाँ बरसानी शुरू कर दीं।

अपनी प्रजाति को सुरक्षित रखने की, आदिम पशु चेतना से प्रेरित होकर, केसरिया-गनेसा के पंचगुटे के साथ, जमात के नौजवानों ने, औरतों-बच्चों और बूढ़ों को अपने घेरे में ले लिया। मंदिर के दरबानों और सेवादारों की लाठियों के वार

अपने ऊपर झेलते हुए वे, अपने आश्रितों को, मंदिर के चक्रव्यूह से सुरक्षित बाहर निकाल लाए।

हमले की हद से बाहर आ गए तो उन्होंने, भगवान पर चढ़ाने के लिए लाए गए फूलों को धरती पर फेंककर पैरों से कुचल दिया और कम से कम इस मंदिर के भगवान से तो नाता तोड़कर वे अपने पड़ाव की ओर वापस लौट पड़े। रास्ते भर किसी की जुबान से एक शब्द भी नहीं फूटा, ऐसा लग रहा था कि जैसे वे लोग, मसान घाट से, अपने किसी प्रिय जन की अन्त्येष्टि करके वापस लौट रहे थे।

सरेआम किए गए अपमान और लाठियों की मार का दर्द तो नौजवानों के सीनों में बहुत गहरा उतर चुका था लेकिन अपने बूढ़ों-बच्चों और औरतों को भेड़ियों की माँद में से, सुरक्षित निकाल लाने के उनके आज के कारनामे ने उन्हें अपने लोगों की नजरों में बहुत ऊँचा उठा दिया था। आज के घटनाचक्र ने इस जमात के गाड़िया लोहारों की मानसिकता बिल्कुल बदलकर रख दी थी। अपने बड़े-बूढ़ों की आन का गर्व और अपनी कुलीन राजपूती का अभिमान उनके लिए अर्थहीन हो चुका था। केसरिया-गनेसा के पंचगुटे की मानसिकता अब जमात की मुखर मानसिकता बन गई थी और चिता की लकड़ियों का इंतजार करते हुए, पौरुषहीन बूढ़ों की जड़ मानसिकता की जुबान बंद हो चुकी थी। जमात की इस संकट की घड़ी में केसरिया ने जिस तरह खुद ही आगे बढ़कर, साहस के साथ मोर्चा सँभाल लिया था उसी तरह जमात ने भी खुद ही उसे अपने नैसर्गिक नेता के रूप में स्वीकार कर लिया।

पड़ाव पर वापस पहुँचकर औरतें तो लड़कों की चोटों पर लगाने के लिए हल्दी-चूना पकाने और रोटी-पानी के धंधों में लग गईं और मर्द लोग आगे का रास्ता खोजने के लिए, सर जोड़कर बैठ गए। जमात के परंपरागत सिर-धरे, सामूहिक अपमान की कुंठा और व्यक्तिगत सुरक्षा के लिए भी लड़कों के पौरुष के असरिया हो जाने की हीन भावना के शिकार होकर, भौचक्के से बैठे रहे। नौजवानों ने केसरिया से ही पूछा—"अब हमें करना क्या है, केसरी?" केसरिया ने सबको हिम्मत बँधाते हुए कहा—"हम लोगों की हैसियत क्या रह गई है, यह आप लोगों ने आज देख ही लिया, आगे हमें क्या करना है, यह भी आप लोग समझ ही चुके हैं लेकिन हड़बड़ी में फौरन ही कुछ कर बैठना गलत होगा। दूसरी जमातों के लोगों के साथ भी सलाह-मशविरा करना जरूरी है। इस वक्त तो बस इतना तय कर लेना ही काफी है कि इस मनहूस जगह पर से इसी दम कूच कर देना है।" केसरिया की बात सबकी समझ में आ गई और कूच की तैयारियाँ शुरू हो गईं।

खाना खाकर डेरे उखाड़ते-उखाड़ते सब लोग बहुत कुछ सामान्य से हो गए। छेड़-छाड़ और हँसी-मजाक के सिलसिले फिर शुरू हो गए। गनेसा ने पिछले दिन

के मजाक का सिलसिला आगे बढ़ाते हुए जगतुआ से कहा–"कुँवर जगत पाल सिंह चौहान, अब आप अपनी धरम की रीत नीत और बड़े-बूढ़ों के आन अहद कहाँ समेटकर रखेंगे?" जगतुआ ने बड़ी कड़वाहट के साथ जवाब दिया–"रनजीत सिंह की माँ के बुरे में। हम तो सिर्फ लोहार हैं, गाड़िया लोहार।"

जाति से वर्ग और वर्ग से जाति में बदलने की प्रक्रिया पूरी हो गई।

दो

गाड़िया लोहारों की सभी जमातों में केसरिया-गनेसा जैसी मानसिकता के लोग, थोड़ी-थोड़ी संख्या में थे तो जरूर लेकिन कोई उन्हें गंभीरता से नहीं लेता था। आम तौर पर लोग उन्हें लपाड़िया कहते थे और उनकी बातों को बकवास समझते थे। केसरिया-गनेसा की जमात के हंगामे की बातें जब दूसरी जमातों में पहुँचीं तो हर जगह भूकंप के झटके से महसूस किए जाने लगे। विद्रोहियों के सीने सवाए होने लगे और उनको लपाड़िया और उनकी बातों को बकवास कहकर हवा में उड़ा सकना अब संभव नहीं रह गया था। लोगों को उनकी बातों में भी कुछ दम दिखाई देने लगा था और बड़े-बूढ़ों के अहदों की जड़ता और राजपूती कुलीनता के दंभ की अर्थहीनता समझने वालों की संख्या बढ़ती ही जा रही थी।

केसरिया-गनेसा की जमात, इस विद्रोही मानसिकता के हिरावल दस्ते के रूप में खुलकर सामने आ गई थी और दूसरी जमातों के सिरफिरों ने भी उनके साथ अपने संपर्क साधने शुरू कर दिए थे। दूसरी सभी जमातों में बोलवाला तो अभी पुरानी परंपराओं के तरफदारों का ही था और उनकी ओर से विद्रोह के स्वरों को अंकुश में रखने की पूरी कोशिश की जा रही थी। इन लोगों ने कोशिश तो केसरिया-गनेसा की जमात में भी दरार डालने की बहुत की। लेकिन इसमें उन्हें सफलता नहीं मिल सकी। वे समझ रहे थे कि इस जमात के बड़े-बूढ़ों और औरतों की धार्मिकता की दुखती रग को पकड़कर वे उन्हें, इस विद्रोही मानसिकता के खिलाफ, बड़ी आसानी के साथ मैदान में उतार देंगे। उन्होंने टटोलकर देखा तो उन्हें पता चला कि इस जमात के बड़े-बूढ़ों के मन में, मंदिर की उस घटना से, कुंठा और हीन भावना इतनी गहरी बैठ चुकी थी कि वे खामोशी के साथ अपने मन में कुढ़ने से अधिक और कुछ नहीं कर सकते थे। और उनकी औरतें, वे तो खुद अपने मर्दों के सुर-में-सुर मिलाकर बोल रही थीं।

वैसे, केसरिया-गनेसा की जमात और उसके तरफदार लोग, कोई आकाश का चाँद भी नहीं माँग रहे थे। उनका एक तो यह कहना था कि–"अपने बुजुर्गों

के साथ, जिन दूसरे सरदारों ने महाराणा प्रताप सिंह के सामने अहद लिया था उनकी संतानें, अपने घरों में चैन से बैठकर, जिंदगी के सारे सुख भोग रही हैं और हम लोग, उस अहद की खातिर, घर से बेघर होकर इस फटेहाली की हालत में भटक रहे हैं। और फिर, देस में अपना राज बहाल करने के अहद को पूरा करने के लिए हम लोग ही क्या कर रहे हैं? सच तो यह है कि बुजुर्गों के अहद की जान निकल चुकी है और अब जो कुछ बाकी रह गया है वह उसकी मुर्दा काया है। अगर हम लोग इस मुर्दा काया की, मान-सम्मान के साथ गत नहीं करेंगे तो उसकी दुर्गति होगी जो और भी ज्यादा बुरी बात होगी।'' दूसरे वे यह भी कहते थे कि ''हमारे बुजुर्ग राजकुलों के खरे राजपूत जरूर थे लेकिन अब हालत यह हो गई है कि कोई हमें मरागिरा राजपूत भी मानने के लिए तैयार नहीं है। हमारे साथ दूसरे राजपूत, रोटी-बेटी के संबंध रखना तो दूर, एक साथ मंदिर में बैठने के लिए भी तैयार नहीं हैं। सच तो यह है कि राजपूतों की बिरादरी से अलग, हम गाड़िया लोहारों की, एक अलग ही बिरादरी बन चुकी है। हम लोग पेशेवर लोहार बन चुके हैं और हमारा भविष्य इसी पेशे में हमारी कामयाबी से जुड़ चुका है। बुजुर्गों के अहद ने हमारी राजपूती तो नाकाम कर ही दी है और अब वे हमारे कामयाब लोहार बनने के रास्ते में भी रोड़ा बनकर खड़े हो गए हैं।'' वे चाहते थे कि बिरादरी को वास्तविकता के इन दोनों पहलुओं पर विचार करके, आगे के लिए कोई नया रास्ता निकालना चाहिए।

परंपराओं के तरफदार, लीक से हटकर चलने के लिए, सुई की नोक के बराबर भी जमीन छोड़ने के लिए राजी नहीं थे और उधर विद्रोही लोग भी आर-पार का खेल खेलने के लिए कमर कस चुके थे। समझौते के सारे रास्ते बंद हो चुके थे और टकराव को टालने की कोई संभावना शेष नहीं रह गई थी। दोनों पक्षों के बीच युद्ध रेखा निखरकर सामने आ गई थी और दोनों प्रतिद्वन्द्वी अपनी-अपनी मोर्चेबंदियाँ सँभालने में जुट गए थे।

विद्रोहियों का मनोबल तोड़ने के लिए, परंपरावादियों ने, मंदिर के प्रबंधकों के सुर-में-सुर मिलाकर, यह प्रचार करना शुरू कर दिया कि केसरिया-गनेसा की जमात के लोग जन्माष्टमी का चढ़ावा लूटने के लिए गोपाल जी के मंदिर पर चढ़ गए थे और मंदिर की रक्षा के लिए दरबानों को उनके ऊपर लाठियाँ चलानी पड़ीं। गाड़िया लोहारों के द्वारा ही यह प्रचार, अपनी जमातों के अलावा, दूसरे लोगों के बीच भी किया गया तो उसकी विश्वसनीयता बढ़ गई और केसरिया-गनेसा की जमात के लोग 'मंदिर लुटेरों' के नाम से बदनाम हो गए। विद्रोहियों की सारी शक्ति इस प्रचार के प्रतिवाद में ही उलझकर रह गई। आम हिन्दुओं ने उनके साथ सारा कार-व्योहार बंद सा कर दिया। और उन्हें रोटियों के भी लाले पड़ने लगे। वे मजबूरी में मेवातियों के नौ-मुस्लिम इलाकों की ओर निकल गए।

मेवात का इलाका ऐसी भयानक गरीबी का इलाका था कि उन लोगों की खुशहाली की कल्पना भी कंगाली की सरहदों को मुश्किल से पार कर पाती थी। कहते हैं कि मेवातियों की किसी चौपाल पर राजा के ठाट-बाट का जिक्र छिड़ गया तो कोई एक मेवाती पूछने लगा—"बौड़ी, राजा के तो बड़े मजे रहते होंगे। दोनों बखत गुड़ से रोट्टी खात्ता होगा?" दूसरे ने जवाब दिया—"एल्लों, दोनों बखत तो गुड़ से रोट्टी खात्ता ही होगा, रात को सोत्ता होगा तो अपनी खाट के दोनों ओर गुड़ की झोलियाँ लटकाकर सोत्ता होगा। रात को जिस करवट आँख खुलती होगी उधर की ही झोली में से गुड़ निकालकर खा लेत्ता होगा।"

गाड़िया लोहारों की दूसरी जमातें मेवातियों की इसी गरीबी के कारण उनके इलाकों में जाने से थोड़ा कतराती थीं। केसरिया-गनेसा की जमात के लोगों के लिए तो इस वक्त किसी अछूते इलाके में जाकर अपनी रोटियों का जुगाड़ करने की मजबूरी थी और फिर मेवातियों के समाज में धार्मिक सहिष्णुता भी बहुत थी। मेवाती, मस्जिद में नमाज भी पढ़ता था और मंदिर की चौखट पर मत्था भी टेकता था। मौलवी साहब से निकाह भी पढ़वाता था और पंडित जी से सात फेरे भी डलवाता था। मिलाद शरीफ और सत्य नारायण की कथा का एक समान श्रद्धा से आयोजन करता था; तभी तो कहा जाता था—"जाट का क्या हिन्दू और मेव का क्या मुसलमान।"

चैत की नौ दुर्गों में पिछली बरसों की तरह, इस बार भी गुड़गाँव की देवी माता के मंदिर पर बड़ा जबरदस्त मेला जुड़ा था। दूर-दूर के यात्रियों, देश-देश के व्यापारियों, तरह-तरह के सामानों की दुकानों और भाँति-भाँति के खेल-तमाशों के साथ, बैलगाड़ियों और डेरे-तंबुओं का एक महानगर-सा आबाद हो गया था।

मेले में आने वाले लोगों में कुछ लोग ऐसे थे जो पहले कभी माता के दरबार में कोई मिन्नत माँग गए थे और उसके पूरा हो जाने पर, अपनी कृतज्ञता प्रकट करने के लिए, माता की देहरी पर मत्था टेकने के लिए आए थे। कुछ लोग ऐसे थे जो सब तरफ से निराश होकर, अपनी किसी परेशानी को दूर कराने के लिए, माता के दरबार में अरदास पेश करने के लिए आए थे। बहुत थोड़े से लोग ऐसे भी थे जो, केवल भक्ति भावना से ही, दुर्गा के नौ रूपों में माता की आराधना करने के लिए, नौ दिन तक यहीं टिकने के इरादे से आए थे। बाकी लोग, "मेला मेलियाँ दा—पावला धेलियाँ दा" की भावना से ही, मेले में आए थे और इन्हें भी कारोबारी और रसिक दो श्रेणियों में बाँटा जा सकता था।

कारोबारी लोगों में तरह-तरह की दुकानों वाले, खेल-तमाशे वाले, झूले-चरख वाले, नाटक-नौटंकी वाले, नटनी-बेड़नी, बाजीगर-मदारी और भाट-भिखारी थे जो चार पैसे कमाने की गरज से मेले में आए थे। इनके अलावा एक अच्छी-खासी संख्या

उन लोगों की थी जो मेले में खरीदारियाँ करने, मेले में आए हुए मेल-मुलाकातियों, नाते-रिश्तेदारों से मिलने और बच्चों को मेला तमाशा दिखाकर जिंदगी में थोड़ा-सा बदलाव पैदा कर लेने के नेक इरादों के साथ मेले में आए थे।

मेले में रसिकों की संख्या ही सबसे अधिक थी और मेले की ज्यादातर रौनक भी उन्हीं के दम से थी। वैसे इस तरह के मेले हमेशा से, समाज की दमित और कुंठित कामेच्छाओं के वेग को नियंत्रित रखने के लिए, सेफ्टी बाल्व की भूमिका निबाहते चले आए हैं और इसीलिए समाज भी इनके लंपट रूप को, किसी सीमा तक, देखकर भी अनेदखा करता रहा है। रसिकों में सभी सामाजिक और आर्थिक स्तरों के लोग थे जो अपने-अपने साहसों, साधनों और सुविधाओं के हिसाब से मेले का रस ले रहे थे। बड़े लोगों के मनोरंजन के लिए डेरेदार तवायफें थीं, नाटकों-नौटंकियों की रंडी पातुरें और नचकैया लौंडे थे, दरम्यानी लोगों के लिए नटनियाँ-बेड़नियाँ थीं और जेब से कमजोर लोगों के लिए भी वे कंजड़िएँ सुलभ थीं जो भीख माँगने के साथ, दमड़ी छदाम के भाव पर ही, अपनी देह का सौदा भी कर दिया करती थीं।

कुछ लोग अपने घरों से ही, मेले में आई हुई, अपनी प्रेमिकाओं को उड़ा ले जाने की योजना बनाकर चले थे और वे लोग अपनी योजनाओं को कार्य रूप देने में जुटे हुए थे। कुछ लोग भीड़भाड़ में घुसकर, बिना टका-पैसा खर्च किए ही, नारी देह के स्पर्श का रस ले रहे थे और ऐसे में कभी-कभी दो भूखी कायाएँ एक-दूसरे से टकरा जाती थीं तो वे, अँधेरे-उजाले, अपनी भूखों को मिटाने की जुगत भी निकाल ही लेते थे। कुछ लोग मेले में खोई-भटकी हुई औरतों की तलाश में जुटे हुए थे जो उन्हें, उनके डेरों पर पहुँचाने से पहले, उनकी काया से अपनी भलमनसाहत का मोल भी वसूल कर लेने की कोशिश करते थे। और फिर कुछ औरतें भी, अपने डेरों के रास्ते से भटककर मेले में बार-बार खो ही जाती थीं। इन अल्पकालिक रसिकों के अलावा मेले में पेशेवर बुर्दा फरोश भी थे जो औरतों और लड़कियों को बहला-फुसलाकर अंत में उन्हें देह-व्यापार की मंडी की जिन्स बना देने के इरादे से ही मेले में अपने काम में जुटे हुए थे।

कुछ डेरों में चौपड़ और गंजीफे के फड़ लगे हुए थे जहाँ सारे दिन हार-जीत का खेल चलता रहता था। और कुछ डेरे यार लोगों ने उन लोगों के लिए खास तौर पर छेक रखे थे जिन्हें आकस्मिक देह संबंध बनाने के लिए एकान्त की दरकार होती थी। कुछ डेरों में भाँग, गाँजे और सुल्फे के साथ अमल पानी और चिलम-तमाखू का भरपूर इंतजाम था। रसिक समाज में सभी लोग मानते थे–

"बिना भंग भोजन करैं, बिनु अफीम रस राग
बिन तमाल टट्टी फिरैं से सोलह साख गँवार।"

गाड़िया लोहारों की इक्का-दुक्का जमातें तो, घूमते-घामते कभी-कभार, एक

जगह पर मिल ही जाती थीं और उन्हें, एक-दूसरे के जरिए, दूसरी और जमातों की खबरें भी मिलती ही रहती थीं। स्थानीय मेलों-ठेलों में कई-कई जमातें एक जगह इकट्ठा हो जाती थीं तो आपस की चर्चा कुछ ज्यादा घनी हो जाती थी। गुड़गाँव वाली माता के मेले की गिनती तो लक्खी मेलों में की जाती थी और इस मेले में दुकानदारी की संभावनाएँ भी बहुत अच्छी होती थीं। इसीलिए, हरियाणा मेवात के इलाकों में घूमने-फिरने वाली सभी जमातें, इस मेले में आकर एक जगह इकट्ठी हो जाती थीं। मेले में लोगों को माल बेचकर चार पैसों की आमदनी होती थी, नाते-रिश्तेदारों से मेल-मुलाकात होती थी, नई रिश्तेदारियाँ तय होती थीं और मेला खत्म होने पर, बिरादरी की पंचायत बैठती थी जिसमें आपस के सारे मसले-मामले तय होते थे।

इस मेले में आकर सारी जमातों की एक जमात बन जाती थी। निकट के संबंधी अपने पड़ाव पास-पास डालकर, अपने प्रियजनों से निकटता का सुख भोगते हुए मेले का आनंद लेते थे और मेला खत्म हो जाने पर, पंचायत के बाद, अपनी जमातों में वापस लौटकर, फिर से अनंत यात्रा पर निकल पड़ते थे।

केसरिया-गनेसा की जमात के हंगामे ने इस बार, बुजुर्गों के अहद की प्रासंगिकता को, बिरादरी के सामने सबसे बड़े प्रश्न के रूप में उठाकर खड़ा कर दिया था और लोगों के सामने इस मसले के अलावा दूसरा और कोई मसला बात करने के लिए बाकी नहीं रह गया था। सभी जमातें, परंपरावादियों और विद्रोहियों के, अलग-अलग खेमों में बँट चुकी थीं और विद्रोही लोग, बाकी तमाम बातों को अनदेखा करते हुए, विचारों की समानता के आधार पर ही केसरिया-गनेसा की जमात के इर्द-गिर्द पड़ाव डालकर जम गए थे।

गाड़िया लोहारों के पड़ाव पर इस बार, पहली बरसों जैसा, हँसी-खुशी का वातावरण नहीं था। सबके मन मरे हुए थे, सबके चेहरों पर एक तनाव था और सबको लग रहा था कि इस बार की पंचायत में कुछ अनहोनी होकर रहेगी।

परंपरावादियों ने विद्रोहियों को धर्म और जाति का द्रोही कहकर बदनाम करने में, पहले से ही, कोई कसर बाकी नहीं रखी थी और उसके असर में बिरादरी के ज्यादातर लोग उन्हें दोषी मानकर उनसे एक अलगाव-सा बरत रहे थे। परंपरागत मुखियों-चौधरियों के तेवर खुलकर आक्रामक हो गए थे और विद्रोही लोगों को बचाव में अपनी सफाई देते रहने के लिए मजबूर कर दिया गया था। कुल बिरादरी में विद्रोहियों की संख्या एक चौथाई से भी कम थी और बाकी तीन चौथाई से ज्यादा लोगों को, उनका धार्मिक और जातीय उन्माद उभारकर, विद्रोहियों के विरोध में खड़ा कर दिया गया था।

इस स्थिति से विद्रोहियों के मन में कड़वाहट का होना तो स्वाभाविक ही था लेकिन उनके मन में अभी तक, धर्म और जाति की लक्ष्मण रेखाओं को लाँघने

की, कोई नीयत पैदा नहीं हुई थी। यों तो वे चाहते थे कि बुजुर्गों के सारे अहदों को नई परिस्थितियों की कसौटी पर कसकर देखा जाए और उनके कुप्रभावों से बचने के लिए कोई रास्ता निकाला जाए लेकिन समझौते की बात चली तो वे सिर्फ कुएँ से रस्सी से पानी न भरने और लोहे में साल न करने के अहदों से मुक्त रहकर बुजुर्गों के बाकी तमाम अहदों के पाबंद बने रहने के लिए राजी हो गए। समझौते की बात तो बस शुरू होकर ही खत्म हो गई। क्योंकि, परंपरा के तरफदारों ने बिना किसी लाग लपेट के एलान बोल दिया था कि "बुजुर्गों' के किसी भी अहद से पीछे हटने वाले लोगों के नुत्फे में नुकस है और ऐसे तिरजातियों के लिए बिरादरी में कोई जगह नहीं है। बिरादरी में रहेंगे तो बुजुर्गों के सारे अहदों की पाबंदी करनी पड़ेगी।"

विद्रोही लोग संख्या में थोड़े जरूर थे लेकिन इस बार वे भी आर-पार का फैसला करने का इरादा बना चुके थे। गोपाल जी के मंदिर की घटना उनकी सहनशक्ति की चरम सीमा थी और वे इससे आगे नीचे उतरने के लिए तैयार नहीं थे। मेले के बाद बिरादरी की पंचायत बैठी तो केसरिया ने विद्रोहियों का पक्ष सामने रखते हुए मजबूती के साथ कहा–"हमारे बुजुर्गों ने अपने देश में अपना राज बहाल करने का अहद लिया था, बस्ती-बस्ती टक्करें मारने का नहीं। बुजुर्गों के अहद की पाबंदी करनी है तो चलो लौटकर अपने देश, और कुछ करके दिखाओ अपना राज बहाल करने के लिए। हमारे बस्ती-बस्ती भटकने से अपने देश में अपना राज कैसे बहाल हो जाएगा? ऐसे भटकते-भटकते हम लोग राजकुल के राजपूतों से चूहड़े-चमारों में तो गिने जाने लगे।" केसरिया की इस बात से उसके विरोधी उत्तेजित हो उठे और उन्होंने तड़ककर जवाब दिया–"चूहड़े-चमार होंगे तुम लोग।" केसरिया ने उत्तेजित हुए बिना बड़ी शान्ति के साथ फिर कहा–"अपने मन से राजा बनने में कोई राजा नहीं हो जाता, हम अपने आपको चाहे कुछ समझते रहें लेकिन दूसरे लोग हमें क्या समझते हैं? दूसरे लोगों ने हमें राजपूत मानना बंद कर दिया है। हम मंदिर में भगवान के दर्शन करने के लिए जाते हैं तो हमें कुजात भूभलिया कहकर लाठियों से पीटकर खदेड़ दिया जाता है हमारे बूढ़ों-औरतों और बच्चों पर भी रहम नहीं किया जाता।" हीरे चौधरी परंपरावादियों की ओर से जरा ज्यादा ही बढ़-चढ़कर बोल रहे थे उन्होंने व्यंग कसते हुए कहा–"भगवान के दर्शन करने या चढ़ावा लूटने?" केसरिया ने भी उसी ढंग से जवाब देते हुए कहा–"हम पर जो गुजरी, वह हमने कह दी। मजबूरी आपकी भी है कि कुँवर रनजीत सिंह के मुकाबिले में किसी दो टके के भूभलिए की बात पर यकीन कैसे करें। वैसे सच्ची बात यही है। हम अपने मन से चाहे कुछ बनते रहें लेकिन अब हमें राजपूत मानने के लिए कोई भी तैयार नहीं है। रही बात बुजुर्गों के अहदों की तो चलो, बाकी अहदों की तो दुखम-सुखम किसी तरह पाबंदी कर भी सकते हैं लेकिन कुएँ

से रस्सी से पानी न भरने और लोहे में साल न करने के अहदों की पाबंदी हम से अब नहीं हो सकेगी। हम लोग हर जगह तो नदी के किनारे पड़ाव डाल नहीं सकते। कुएँ से हम पानी भर नहीं सकते तो हमारी औरतों को कुएँ पर जाकर दूसरों से पानी की भीख सी माँगनी पड़ती है। हमारी मजबूरी देखकर लोग हमारी औरतों के साथ बेजा छेड़छाड़ करते हैं और हम बेहयाओं की तरह देखते रह जाते हैं। हम लोहे में साल न करने के पाबंद हैं। लेकिन लोहे में साल किए बिना हम छुरी-तलवारों और चिमटा-करछुली से ज्यादा क्या बना सकते हैं? दूसरे लोहार बंदूकें-तमंचे बनाते हैं, तरह-तरह के जंतर बनाते हैं और हम खड़े मुँह ताकते रह जाते हैं। पुराने काम से नए जमाने में हम अपना और अपने बाल-बच्चों का पेट भी नहीं भर सकते। हमें तो डर लगता कि कहीं भूख की आग से व्याकुल होकर हमारी औरतें भी, कंजड़ियों की तरह, रंडियों का पेशा करने के लिए मजबूर न हो जाएँ।'' इस बात पर फिर से पंचायत में हंगामा खड़ा हो गया और कुछ लोग केसरिया को मारने पर उतारू हो गए। हीरे चौधरी ने सबको शांत करते हुए केसरिया को डाँटते हुए कहा—''देख भई केसरिया, भरी पंचायत में अदब से बेअदब होने की जरूरत नहीं है। तेरी ज्ञान की बातें हगने बहुत सुन लीं। कान खोलकर सुन लो कि यह पंचायत तो किसी को, बुजुर्गों के किसी भी अहद से पीछे हटने की इजाजत नहीं देगी। बुजुर्गों के अहदों को मानोगे तो बिरादरी में रहोगे, नहीं मानोगे तो बिरादरी में तुम्हारे लिए कोई जगह नहीं है। बेकार में सबका वक्त खराब करने से कोई फायदा नहीं है। हमें तो दो टूक जवाब दो कि तुम्हें अहदों की पाबंदी करनी है या नहीं?''

पंचायत में एकदम से सन्नाटा छा गया। सब लोग बड़ी आतुरता के साथ केसरिया के जवाब का इंतजार करने लगे। केसरिया ने पीछे मुड़कर अपने लोगों की ओर देखा तो उसे लगा कि सारी आँखें कह रही थीं—''हिम्मत से डटे रहो केसरी। आगे बढ़ाया हुआ कदम पीछे हटाने की जरूरत नहीं है, हम सब तुम्हारे साथ हैं—हर हालत में।'' केसरी का मन भर गया तो उसने बड़ी गंभीरता के साथ जवाब दिया—''कुएँ से पानी न भरने और लोहे में साल न करने के दो अहदों की हमसे अब पाबंदी न हो सकेगी, पंचो। आगे आपकी मर्जी रही।''

पंचायत में, आमतौर पर लोग केसरिया से इस तरह के दो टूक जवाब की उम्मीद नहीं कर रहे थे इसलिए परंपरावादी खेमे में भी बहुत से लोगों के चेहरे उदास हो गए। कुछ लोगों ने दबे सुर में कहा भी—''अपने फैसले पर एक बार फिर से विचार कर लो केसरी, आदमी के सिर पर बिरादरी की ओट बड़ी चीज होती है।'' लेकिन हीरे चौधरी की अगुवाई में उग्रवादी लोग, बिरादरी के रोगी अंग को काट फेंकने के लिए, उतावले हो रहे थे। केसरिया के जवाब का कोई इंतजार किए बिना ही हीरे चौधरी ने उठकर फैसला सुना दिया—''ठीक है, अहद वाले और

अहद तोड़ने वाले एक साथ नहीं रह सकते। बिरादरी अपने बुजुर्गों के अहदों पर पूरी तरह से कायम है जो लोग इन अहदों पर कायम नहीं रह सकते वे अपना रास्ता अलग से तलाश लें। आज के दिन से उन लोगों के साथ हमारे भाईबंदी के सारे रिश्ते खत्म हो गए।''

तीन

गुड़गाँव में विद्रोहियों ने जोश में आकर, मूल पंचायत से अलग होना स्वीकार कर लिया तो उनके सामने, अपने आपको व्यवस्थित करने के लिए, समानान्तर पंचायत व्यवस्था बनाकर खड़ा करने का प्रश्न पैदा हो गया। दो शताब्दियों की अवधि में गाड़िया लोहारों की, व्यावसायिकता और नृवंशता के आधार पर, एक सुनिश्चित बिरादरी बन चुकी थी और उसी के अनुरूप उनकी सम्पूर्ण सामाजिक व्यवस्था भी विकसित हो गई थी; जिसके साये में बिरादरी के लोग, सारे संसार के मुकाबिले में, अपने आपको किसी सीमा तक सुरक्षित महसूस करते थे। यह सुरक्षा कवच हट गया तो विद्रोहियों को भी बड़ा अटपटा-सा लगने लगा लेकिन समानान्तर व्यवस्था बनाकर खड़ा कर लेना भी कोई आसान काम नहीं था।

चित्तौड़गढ़ से निकलने के बाद गाड़िया लोहारों का समुदाय, परिस्थितियों की विवशतावश, आपसे आप छोटी-छोटी जमातों में बँटता चला गया था। हर एक जमात, स्वतंत्र रूप से अपनी सुविधा के अनुसार, किसी ऐसे स्थान पर पड़ाव डालती थी जहाँ से उसके सारे लोग आस-पास के दस-पाँच गाँवों में फैलकर अपना कारोबार चला सकें। इन गाँवों में कारोबार की सारी संभावनाएँ खलास हो जाने पर वह जमात, अपना डेरा-डंडा उठाकर किसी ऐसे ही नए ठिकाने की खोज में निकल पड़ती थी। विद्रोहियों की जन-शक्ति, सारे समुदाय को देखते हुए, काफी कम थी लेकिन फिर भी परंपरागत पन्द्रह-बीस जमातों के बराबर तो थी ही और उन लोगों को एक स्थान पर केन्द्रित रखकर उनके लिए कारोबार उपलब्ध करा पाना संभव नहीं था। इसीलिए, तय यह किया गया कि सब लोग अपनी-अपनी सुविधा के अनुसार नई जमातें बनाकर हाँसी-हिसार के शहरी इलाकों के इर्दगिर्द फैल जाएँ और कुएँ से पानी न भरने और लोहे में साल न करने के अहदों को अनदेखा करके अपने बाकी कारोबार पहले की तरह ही चालू रखते हुए अपनी जमातों में आपस का तालमेल बनाए रखें।

विद्रोहियों की जमातों ने नई परिस्थितियों में अपना कारोबार शुरू किया तो सबसे पहले तो पानी के सवाल पर ही झंझट शुरू हो गया। हिन्दू-बहुल इलाकों में ऊँची बिरादरियों और चूहड़े-चमारों के कुएँ अलग-अलग थे। ऊँची बिरादरियों के लोग इन लोगों को अपने कुओं पर चढ़ने का अधिकार देने के लिए तैयार नहीं थे और चूहड़े-चमारों के कुओं से पानी भरने के लिए यह लोग तैयार नहीं हुए। मुस्लिम-बहुल इलाकों के कुओं से इनके पानी भरने पर किसी को आपत्ति नहीं थी और इसीलिए यह लोग अपने पड़ाव मुस्लिम इलाकों के निकट ही डालने लगे। मूल पंचायत के लोगों की ओर से इन लोगों को, हिन्दू-बहुल इलाकों में मंदिर-लुटेरों के रूप में तो पहले से ही बदनाम किया ज़ा रहा था और अब, इन लोगों के मुस्लिम-बहुल इलाकों के निकट पड़ाव डालने और उनके कुओं से पानी भरने की बातों को भी खूब तूल देकर, इन लोगों को एक तरह से धर्म भ्रष्ट करार दे दिया गया। परिणाम इसका यह हुआ कि हिन्दू समाज से इनके सम्पर्क संबंध टूटते गए और मुस्लिम समाज पर इनकी निर्भरता बढ़ती चली गई।

स्थानीय लोहारों में हिन्दुओं और मुसलमानों के काम करने के तरीकों में थोड़ा अंतर था। हिन्दू लोहार, घरों और खेतों-खलिहानों में काम आने वाले औजारों के साथ, थोड़ी-बहुत संख्या में पुराने ढंग की तलवारें-कटारें, बर्छी-भाले भी बना लिया करते थे। मुसलमान लोहार, बंदूकों-तमंचों और नए-नए यंत्रों के बनाने में ज्यादा रुचि लेते थे और थोड़ी-बहुत संख्या में घरों और खेतों-खलिहानों में काम आने वाले औजार भी बना लिया करते थे। गाड़िया लोहारों को, हिन्दू और मुसलमान दोनों ही किस्म के लोहार, अपना प्रतिद्वन्द्वी मानते थे। हिन्दू ग्राहकों ने एक तरह से विद्रोही गाड़िया लोहारों का बाईकाट सा कर दिया तो हिन्दू लोहार खुश हुए कि बाजार में उनके प्रतिद्वन्द्वियों की संख्या कम हो गई। दूसरी तरफ मुसलमान लोहार भी खुश थे कि विद्रोही गाड़िया लोहारों की निर्भरता मुसलमानों पर बढ़ती चली जा रही थी। इस खुशी में धार्मिकता का अंश तो रत्ती भर भी नहीं था, हिन्दू लोहारों की तरह ही, वे भी अपनी आर्थिक स्वार्थ सिद्धि पर ही खुश थे। इन दिनों अच्छी हैसियत वाले नौजवानों में फिरंगी-तमंचों की माँग खूब बढ़ गई थी। मुसलमान लोहार इंग्लैंड और फ्रांस में बने हुए फिरंगी-तमंचों की हूबहू नकल तो कर लेते थे लेकिन वैसा सच्चा फौलाद नहीं बना पाते थे। गाड़िया लोहारों के पास एक मन लोहे को तपाकर एक सेर फौलाद बनाने की कला थी और इस फौलाद से बने हुए फिरंगी-तमंचे खास विलायती तमंचों को भी मात दे सकते थे।

लोहे में साल न करने के अहद से मुक्ति पाकर विद्रोही गाड़िया लोहार, अपने पारंपरिक व्यावसायिक ज्ञान की लीक से हटकर, कुछ नया सीखना चाहते थे; नए यंत्र बनाना चाहते थे और उन्हें बेचने के लिए नए ग्राहकों तक पहुँचने का रास्ता जानना चाहते थे। लेकिन, जो कुछ वे चाहते थे उसकी विद्या मुसलमान लोहारों के

पास थी। उधर मुसलमान लोहारों के पास दूसरी विद्याएँ तो थीं लेकिन जितने बढ़िया यन्त्र वे बनाना चाहते थे उनके लिए उतना खरा फौलाद बनाने की विद्या गाड़िया लोहारों के पास थी। वास्तव में यह विद्रोही गाड़िया लोहार और स्थानीय मुसलमान लोहार एक-दूसरे के पूरक थे लेकिन दोनों पक्ष, अपनी-अपनी मुट्ठियाँ बंद रखते हुए, दूसरे पक्ष की मुट्ठी खुलवाना चाहते थे। धीरे-धीरे दोनों पक्ष एक-दूसरे की मजबूरियाँ समझकर निकट से निकटतर होते चले गए और इस 'नदी नाव संजोग' ने हाँसी-हिसार के लोहारों की एक ऐसी कार्य-शैली को जन्म दिया कि जिसकी नामवरी दूर-दराज की बस्तियों तक फैल गई।

थोड़े ही दिनों में यह विद्रोही गाड़िया लोहार, हिन्दू समाज और गाड़िया लोहारों के मुख्य समुदाय से अलग-थलग होकर, बिल्कुल अकेले पड़ गए। एक तरफ जंगल के खूँख्वार दरिंदों और दूसरी तरफ बस्तियों के खूनी शिकारियों से घिरे हुए निरीह हिरनों की तरह वे, अपनी प्रजाति की सुरक्षा के लिए, अपने सामूहिक बल पर ही निर्भर रहने के लिए विवश हो गए तो अल्पसंख्यकों की हताशा के अप्रत्यक्ष सूत्र ने उन्हें एक सजग, सक्रिय और सुसंगठित सामाजिक इकाई के रूप में गूँथ दिया।

ऐसे में, दोनों परिवारों के साथ सारी जमात की सहमति से, केसरिया-रेसमिया का विवाह हो गया और उपजातियों के अलगाव की लक्ष्मण रेखा टूट गई तो जमात की इकजहनी और भी ज्यादा घनी होती हुई दिखाई देने लगी। चौहानों के थोड़ा-बहुत कुनमुनाने पर भी बाकी विद्रोही जमातों को आमतौर पर, अपने सबसे ज्यादा तेज-तर्रार नायकों, केसरिया-गनेसा का, पारिवारिक-संबंध-सूत्र में बँध जाना भी अच्छा ही लगा लेकिन गाड़िया लोहारों की पारंपरिक जमातों तक यह खबर पहुँची तो उनमें के चौहान लोग खासतौर पर, आगबबूला होकर, चौहानों की नाक कटवाने वालों को सबक सिखाने के लिए उतावले हो उठे।

स्थानीय मुसलमान लोहारों और विद्रोही गाड़िया लोहारों की मिलीजुली कारीगरी से बनाए गए देसी-तमंचों, बन्दूकों और फिरंगी तमंचों की मंडी के रूप में, हाँसी-हिसार का इलाका, दूर-दूर तक सरनाम हो गया तो यह विद्रोही गाड़िया लोहार भी खुशहाल होने लगे और इसके साथ ही उनकी जीवन-शैली में भी एक बदलाव आ गया। सिर्फ दो अहदों को छोड़कर अपने बुजुर्गों के बाकी अहदों की पाबंदी तो यह लोग अब भी कर ही रहे थे और दूसरे गाड़िया लोहारों की तरह इनकी भी सारी कायनात इनकी परंपरागत गाड़ियों में ही सिमटी हुई थी लेकिन अब सारी विद्रोही जमातें हाँसी-हिसार की बस्तियों के इर्द-गिर्द आकर जमा हो गई थीं और उनके पड़ाव, एक बड़ी हद तक, किसी बस्ती के मोहल्लों की तरह दिखाई देने लगे थे। उनके

पहनने-ओढ़ने के कपड़े पहले की अपेक्षा कहीं अधिक साफ रहने लगे थे और उनकी औरतों के तन पर थोड़े-बहुत चाँदी के गहने भी दिखाई देने लगे थे।

परंपरावादी जमातों के लोग, विद्रोही जमातों के इस गुणात्मक बदलाव को अनदेखा करके, केवल अपने संख्या बल के आधार पर विद्रोहियों को किसी गिनती में ही नहीं रख रहे थे। इसीलिए, कुछ ढीठ किस्म के चौहानों ने केसरिया-गनेसा को ठोंक-पीटकर ठीक करने का बीड़ा उठाया तो उन्हें अपनी जमातों के दूसरे लोगों की कम से कम मौन सहमति तो मिल ही गई। उन्होंने केसरिया-गनेसा की जमात को संदेश भिजवा दिया कि "केसरिया-गनेसा हमारे अपराधी हैं। इन दोनों को दंड देने के लिए हमारे हवाले कर दो वरना इसका नतीजा बहुत बुरा होगा।" इस पर सारी विद्रोही जमातों ने सलाह करके जवाब भिजवा दिया कि—"गुड़गाँव की पंचायत से आप लोगों ने हमें अपनी पंचायत में शामिल ही कहाँ रखा है और तभी से हमारे और आपके रास्ते अलग-अलग हो गए हैं। न हम आपके मामलों में दखल देते हैं और न आप हमारे मामलों में दखल दीजिए। वैसे, जहाँ तक हो सके वहाँ तक हम अपनी तरफ से भाईबंदी को और ज्यादा बिगाड़ना नहीं चाहते।"

विद्रोही जमातें यह तो समझ ही रही थीं कि परंपरावादी लोग केसरिया-गनेसा की जमात को कुछ न कुछ नुकसान पहुँचाने की कोशिश जरूर करेंगे और इसीलिए उन्होंने दूसरी जमातों के कुछ और लोगों को भी, फिरंगी तमंचों के साथ, इस जमात की सुरक्षा के लिए तैनात कर दिया। उन्होंने अपने साथ काम करने वाले स्थानीय मुसलमान लोहारों से इस धमकी की चर्चा की तो उन लोगों ने भी, जरूरत पड़ने पर, उनकी सहायता करने का वायदा किया।

अपने संख्या बल के जोम में परंपरावादी सिरफिरे चौहानों ने, केसरिया-गनेसा की जमात को ठीक करने के लिए, गोल बाँध कर हमला बोल ही दिया तो बस्ती के हिन्दू लोग दूर खड़े होकर भूभलियों के आपसी झगड़े का तमाशा देखते रहे; वैसे हमदर्दी उनकी मंदिर-लुटेरों के खिलाफ ही थी। चौहानों के पुराने ढंग की तलवारें, बर्छियाँ, विद्रोहियों के फिरंगी तमंचों के सामने टिक नहीं सकीं और वे लोग मैदान छोड़कर भागने लगे। इतनी देर में विद्रोहियों के साथ काम करने वाले स्थानीय मुसलमान लोहार भी उनकी मदद के लिए आ गए।

इस घटनाक्रम के बाद धरातल का यथार्थ कुछ इस तरह से उभरकर सामने आया कि हिन्दुओं के समाज से, गाड़िया लोहारों की इन विद्रोही जमातों के संबंध, बस नाम की औपचारिकता तक ही सीमित रह गए। मुरालमानों के समाज से उनकी निकटता घनी हो गई और अब, हिन्दुओं के समाज से यह औपचारिक संबंध भी समाप्त करके, पूरी तरह से मुसलमानों के समाज में ही समाहित हो जाने के स्वर भी मुखर होने लगे थे।

यों तो गाड़िया लोहारों की इन विद्रोही जमातों के लोग, आमतौर पर, इस

हद तक जाने के लिए तैयार नहीं थे लेकिन हिसार के कुछ मौलवियों को इस स्थिति का पता चला तो उन लोगों ने इस चिनगारी को हवा देना शुरू कर दिया। उन्होंने इस्लामी मसावात और इकजहनी (समानता और भाईचारा) की बातें खूब रंग देकर उन लोगों के सामने रखीं तो नौजवान लोग उनके प्रचार के प्रवाह में बहने लगे। पुरानी परंपराओं के पूरे वफादार पहले के बड़े-बूढ़े तो भगवान के प्यारे हो चुके थे और उन दिनों के नौजवान, जो अब अधेड़ आयु की दहलीज के आस-पास पहुँच रहे थे, वे भी आधे-अधूरे मन से ही इस हवा का प्रतिरोध कर पा रहे थे। जैसे-जैसे समय बीतता गया वैसे-वैसे प्रतिरोध के पाँव उखड़ते चले गए।

लोहा पीटकर दो जून की रोटियों का जुगाड़ करने में ही जिंदगी गुजारने वाले लोहारों को धर्म-कर्म का तो ऐसा कुछ खास ज्ञान नहीं था लेकिन सदियों की परंपराओं को एक झटके में ही तोड़ फेंकना भी तो कोई आसान काम नहीं था। कुछ लोग बीच का मार्ग निकालने की कोशिश भी करने लगे। उन लोगों की ओर से कहा जाने लगा कि "चलो मुसलमान भी हो जाओ लेकिन हम लोग न तो अपने बुजुर्गों के बाकी अहदों को तोड़ेंगे न गऊ का मांस खाएँगे।" मौलवी लोगों ने इसका समाधान करते हुए कह दिया कि "तुम लोग अपने बुजर्गों के अहदों की शौक से पाबंदी किए जाओ और गऊ का मांस खाना मुसलमान के लिए जरूरी भी नहीं है लेकिन मुसलमान होने के बाद सूअर का मांस खाना बंद कर देना पड़ेगा।" "बस्ती के पालतू सूअरों का मांस तो हम वैसे भी नहीं खाते। कभी-कभी जंगली का शिकार कर लाते हैं तो सारी जमात के लोगों की जुबान का जरा जायका बदल जाता है। जंगली सूअर का मांस तो हम खा ही सकेंगे?" "नहीं। जंगली और पालतू हर किस्म के सूअरों का मांस मुसलमानों के लिए, खाना तो क्या छूना भी, हराम है।"

कुछ दिनों इसी तरह के बहस-मुबाहिसे चलते रहे और फिर, विद्रोही जमातों के मर्दों ने, मोटी तौर पर मुसलमान बन जाने का मन बना ही लिया लेकिन इस्लाम धर्म की धार्मिकता से अब भी उनका कोई खास सरोकार नहीं बन पाया था। अपने अस्तित्व के लिए उन्हें अपने आस-पास के समाज से किसी न किसी तरह जुड़ कर तो रहना ही था। हिन्दुओं के अपने पुराने समाज में, यों तो पहले भी, उनकी हैसियत पाँचवें सवार से ज्यादा कभी नहीं रही थी लेकिन अब तो उस समाज का व्यवहार उनके प्रति शत्रुतापूर्ण नहीं तो अमैत्रीपूर्ण अवश्य हो गया था। इस बीच मुसलमानों के समाज से उनकी आर्थिक जड़ें तो जुड़ ही चुकी थीं और जब उनको जरा निकट से देखने का मौका मिला तो, मस्जिद में सबको एक कतार में खड़े होकर नमाज पढ़ते और एक कटोरे से पानी पीते देखकर, इस्लामी मसावात और इकजहनी के दूर के ढोल भी सुहावने लगने लगे। इसके अलावा अपने समुदाय की बढ़ोतरी की संभावनाओं को देखकर मुसलमानों के समाज का व्यवहार इनकी

ओर, इन दिनों, कुछ ज्यादा ही सुहृदयतापूर्ण हो गया था।

औरतों को तो वैसे ही उनके मर्दों का परिशिष्ट मान लिया गया था। इस मामले में, उनसे कोई सलाह-मशविरा करने की, किसी ने जरूरत भी महसूस नहीं की। औरतों में से कभी किसी-किसी ने अपने मर्द से इस मामले पर बात छेड़ने की कोशिश भी की तो उसे यह कहकर चुप कर दिया गया कि–"यह मामले तो मर्दों के सोचने-समझने के हैं, तुम तो अपने घर-गृहस्थी के कामों से काम रखो।" औरतें वैसे इस मसले को लेकर परेशान बहुत थीं। मर्दों की तरह, मुसलमानों के समाज से, इनकी कोई खास निकटता नहीं बन पाई थी और इनके मन में मुसलमानों की 'गऊखाने मलिच्छों' की छवि अब भी बरकरार बनी हुई थी। अपने मर्द के पीछे यमलोक तक जाने के सती सावित्री के निश्चय पर तो वे अडिग थीं लेकिन वे यह सब कुछ समझ नहीं पा रही थीं कि अगर मुसलमान होना ही पड़ा तो कैसे क्या होगा?

इसी आत्ममंथन के दौर में केसरिया ने, एक रात, अपनी रेसमिया का मूड अच्छा बनाकर अपने मुसलमान बनने की मजबूरियों का जिक्र किया तो रेसमिया ठिठोली करते हुए कहने लगी–"भंवरजी, कोई सुथ्थणो वाली तो परसंद नी आ गी से?" केसरिया ने हँसकर जवाब दिया–"म्हंणै तौ अपणी रेसमियाँ के संग ही सत्ता होणे सै।" रेसमिया निहाल हो गई, केसरिया के गले में बाँहें डालकर, सारी प्रेयसी मुद्राओं को मुखर करते हुए कहने लगी–"म्हारो तो सिगरो धर्रम-कर्रम तू ही सै, रे। म्हारो धर्रम तो थाँरी भट्टी की धौंकणी धौंकणों, थाँरे टब्बर ने रसोई तपणो, थाँरे टावरों नै जणनों और उनकी परबस्तगी करणों सै। अगलै म्हणों, ना तौ थाँरो सुथ्थणा पहणानों और ना थाँरी मुसल्टियों के संग बैठे के गऊ को मांस खाणो।"

धर्म बदला तो लोगों के नाम भी बदल गए और केसरिया-गनेसा भी कैसर अली गौहर अली हो गए लेकिन इन नामों की वास्तविक उपयोगिता कुछ भी नहीं थी। मस्जिद के इमाम साहब के अलावा दूसरा और कोई उन्हें इन नामों से पुकारता ही नहीं था और वे खुद भी इन नामों से कोई अपनापन महसूस नहीं करते थे। इस्लाम धर्म स्वीकार कर लेने से, इन विद्रोही गाड़िया लोहारों की, जीवन-शैली में बस इतना ही बदलाव आया था कि उन्होंने अपने अंरगखों के बंद, बाईं ओर की जगह दाईं ओर को, खुलवाने शुरू कर दिए थे और धोती की जगह सुथन्ने पहनने लगे थे। सरों पर से चोटियाँ तो जरूर उड़ गई थीं लेकिन फेंटा बदस्तूर कायम था और अपने देश में अपना राज बहाल होने पर ही सर पाग बाँधने का अहद अपनी जगह पर अब भी बरकरार था। दाढ़ी तो पहले भी कुछ लोग रखते ही थे, कुछ लोग नहीं भी रखते थे, और उसका सिलसिला भी उसी तरह पर चलता रहा

लेकिन मौलवी लोग अब उनके शरही और गैर-शरही होने के झंझट खड़े करने लगे थे जो उनकी समझ में बिल्कुल ही नहीं आते थे।

कल्मा-ए-शहादत पढ़ाने के बाद चालीस दिन तक उन लोगों से अपनी देख-रेख में बुजू बनवाकर अपने पीछे खड़ा करके नमाज के दस्तूर अदा कराकर इमाम साहब तो अपनी जिम्मेदारी से सुबुक दोश हो गए थे और इन लोगों ने भी अपने पुराने भगवान को ही सुथन्ना पहनाकर कामचलाऊ अल्लामियाँ बना लिया था लेकिन कल्मा-ए-शहादत, पक्का-पक्का, अभी बहुत थोड़े से लोगों को ही याद हो पाया था। जुम्मे के दिन मस्जिद में इमाम साहब के पीछे खड़े होकर नमाज के दस्तूर अदा करने तक ही उनका सारा इस्लाम सीमित था; और इससे ज्यादा और कुछ करने की न उनको फुरसत थी न इच्छा।

उनकी औरतें, अब भी पहले की तरह, चोली-घाघरे के साथ राजस्थानी रंग-बिरंगी ओढ़नियाँ ही पहनती रहीं। अपने सुहाग की निशानी, बाँहों भर लखौरी चूड़ियों के न पहनने का सवाल ही पैदा नहीं होता था और माथे के बोलनों, कानों की बालियों और हाथों-पैरों के मोटे-मोटे कड़ों में उनके प्राण बसते ही थे। खान-पान और घर-गृहस्थी के सारे काम अब भी बिल्कुल पहले की तरह ही चल रहे थे और किसी मंदिर के आगे से गुजरते समय वे अब भी पहले की तरह ही, हाथ जोड़कर अपना मत्था उसकी देहरी पर टेक देती थीं।

सोचा तो उन्होंने यही था कि उनकी दुनिया गाड़िया लोहारों की विद्रोही जमातों तक ही सीमित थी और उन सबके मुसलमान हो जाने पर आगे चिन्ता करने के लिए बाकी रह ही क्या जाएगा? गाड़िया लोहारों की दूसरी जमातें तो उनके साथ अपने सारे रिश्ते तोड़ ही चुकी थीं और हिन्दुओं के बाकी समाज से उनके जो कुछ परंपरागत भावनात्मक रिश्ते थे, उनके टूटने से, जो भी घाटा होगा उसकी भरपाई नए मुसलमान भाइयों से पूरी हो जाएगी। जुबानी हिसाब-किताब तक तो बात सब ठीक थी लेकिन जब सचाई नंगी होकर सामने नाचने लगी तो इन लोगों को दिन में तारे नजर आने लगे। पहले तो हिन्दुओं के समाज से हजारों बरसों के भावनात्मक रिश्तों की टूटन ही अपने आप में काफी तकलीफदेह थी फिर मुसलमानों के समाज से भी उन्होंने जो उम्मीदें बाँध रखी थीं वे भी मृगमरीचिका ही साबित हो रही थीं।

हिन्दुस्तान की धरती पर आकर इस्लामी मसावात और इकजहनी को भी वर्ण व्यवस्था का गहन लग चुका था। मुसलमानों ने भी, हिन्दुओं की सामाजिक वर्ण व्यवस्था के समानांतर, वैसी ही सामाजिक व्यवस्था गढ़ कर खड़ी कर ली थी। जिन जातियों ने थोक के भाव इस्लाम धर्म स्वीकार किया था उन्होंने अपनी आंतरिक व्यवस्था और अपनी पुरानी जातिगत पहचान को ज्यों का त्यों बनाए रखा और बहुत-सी जगहों पर तो अलग-अलग जातियों ने अपनी मस्जिदें भी अलग-अलग बना ली

थीं। विद्रोही गाड़िया लोहारों ने उम्मीद बाँध रखी थी कि इस्लाम धर्म स्वीकार करने पर उनकी गिनती मुस्लिम राजपूतों में की जाने लगेगी लेकिन मुसलमानों की पाँतों में उनके स्वागत-सत्कार का आरंभिक दौर खत्म हुआ तो मुस्लिम राजपूत तो क्या पुराने मुस्लिम लोहार भी उन्हें अपनी बिरादरी में शामिल करने के लिए तैयार नहीं हुए और इधर इनका राजपूती अहम् भी इन्हें लोहारों की बिरादरी में शामिल होने की इजाजत नहीं देता था। नतीजा इसका यह हुआ कि इन लोगों की एक छोटी-सी नई बिरादरी बन गई जो न राजपूत मानी जा रही थी न लोहार और विडंबना यह थी कि यह लोग मुसलमान होने के साथ ही राजपूत भी थे और लोहार भी।

गाड़िया लोहारों की यह जमातें दसियों बरसों से, हरियाणा मेवात के इलाकों में घूमती-फिरती चली आ रही थीं। यह 'जंगल' एक तरह से उनका अपना देस ही बन गया था और यहाँ के लोक जीवन में उनकी एक सुनिश्चित पहचान बन चुकी थी। इन दिनों की इस सारी उखाड़-पछाड़ में एक तो वैसे ही विद्रोही गाड़िया लोहारों की पहचान पर सवालिया निशान लग गया था और अब उनके मुसलमान हो जाने पर तो उनकी पुरानी छवि और भी ज्यादा बुरी तरह से बिखर गई थी। कभी-कभी तो उन्हें यह भी कसकने लगता था कि पहले जो अपने थे उनसे अपनेपन के सारे संबंध टूट गए थे और जिन लोगों से अपनेपन की आस लगाई थी उनके अपनेपन का, मस्जिद और नमाज के दायरे से बाहर, कोई अर्थ नहीं था।

इस उखड़े-उखड़े से वातावरण में इन नए मुसलमानों को अपनी दशा अपने ही देश में, जड़ से उखड़े हुए परदेसियों जैसी लगने लगी तो उनका मन इस घुटन से बाहर निकलने के लिए अकुलाने लगा और वे किसी दूर देश में जाकर अपनी जिंदगी का एक नया अध्याय बिल्कुल नए सिरे से शुरू करने का मन बनाने लगे।

चार

शास्त्रोपजीवी रहकर अपने परिवार का पालन न कर पाने की स्थिति में, कान्यकुब्ज ब्राह्मणों में, शस्त्रोपजीवी बन जाने की परंपरा तो थी लेकिन उनमें का कोई कुलीन, हल की मुठिया पकड़कर, खेत जोतने की बात सोच भी नहीं सकता था। कुछ लोगों ने कभी, हल की मुठिया पकड़ने का दुस्साहस किया भी था तो उन्हें खदेड़ कर ब्राह्मणत्व के दायरे से बाहर कर दिया गया। उन्हें बाँभन कहा जाने लगा और कुलीन ब्राह्मणों ने उनके साथ रोटी-बेटी के सारे संबंध समाप्त कर दिए। शास्त्रों के सहारे गृहस्थी की गाड़ी खींच पाना संभव नहीं रहा तो मैनपुरी और फर्रुखाबाद के बीच बसे हुए छोटे से गाँव कमलपुर के निवासी करनसिंह तिवारी को भी, अपने

शास्त्रों को पिटारे में रखकर, शस्त्रों का सहारा लेने के लिए मजबूर होना पड़ा।

अपने 'धनी' का 'नमक हलाल' करने की परंपरा, मध्य युग के भारतीय सूरमाओं का, आदर्श रही है और इस पंरपरा में 'धनी' और 'सूरमा' का धर्म एक ही होना अनिवार्य नहीं था। 1191 ई. की तराइन की पहली लड़ाई में मुहम्मद गोरी को धूल चटाने में, पृथ्वीराज चौहान के लश्करों में उनके अफगान-मुसलमान सैनिकों की एक महत्त्वपूर्ण भूमिका रही थी और दक्षिण भारत पर कहर ढाने वाले सुल्तान अलाउद्दीन खिलजी के लश्करों में हिन्दू सैनिकों की भी कोई कमी नहीं थी। अकबर और जहाँगीर के शासन काल में उनके राजपूत सेनापतियों ने बल्टव-बुखारा तक के मुसलमान विद्रोहियों का दमन किया था और छत्रपति शिवाजी के खिलाफ औरंगेजब के सैनिक अभियानों में राजपूतों और खत्रियों की भरमार थी। पानीपत की तीसरी लड़ाई में अहमदशाह अब्दाली की ओर से लड़ने वाली अवध की पल्टनों का सबसे ज्यादा जुझारू हिस्सा गुसाइयों की वैरागी पल्टनों का था और उनके खिलाफ मरहठों की तरफ उनका तोपखाना इब्राहीम खाँ गारदी और उनके मुसलमान तोपची सँभाले हुए थे।

इन दिनों दिल्ली की मुगल सत्ता छिन्न-भिन्न हो रही थी और इस इलाके के सूरमाओं के लिए कलकत्ता के कंपनी बहादुर, लखनऊ के नवाव वजीर और ग्वालियर के सिंधिया महाराज आकर्षण के केन्द्र बने हुए थे। सिंधिया महाराज का सौभाग्य सूर्य उन दिनों मरहठा मंडल में, बड़ी तेजी से ऊँचा उठ रहा था और उनका ग्वालियर कमलपुर से ज्यादा दूर भी नहीं था। इसीलिए, करनसिंह तिवारी, ग्वालियर पहुँच कर, जनकोजी सिंधिया के लश्कर में भर्ती हो गए और धीरे-धीरे तरक्की करके जुमलेदार के ओहदे तक पहुँच गए।

फारिसी लुटेरा नादिरशाह, मुहम्मदशाह रंगीले की दिल्ली में कत्लेआम मचा कर, मुगलिया ताज के दमकते हुए हीरे कोहेनूर के साथ तख्ते ताऊस को भी उठा कर ले गया तो हिन्दुस्तान की राजनीति में, मुगलों का तख्ते दिल्ली, हाशिए पर पहुँच गया और जिल्लेसुभानी, आलमपनाह और ताजदारे हिन्दोस्तान के तमाम आदावो अलकाव अपने अतीत की प्रेत छाया बनकर रह गए। ऐसे में जब हिन्दुस्तान की राजनीति के सारे शातिर खिलाड़ी हैदराबाद के निजामुलमुल्क, पूना के पेशवा, अवध के नवाब वजीर और रुहेले सरदार-खान्दाने मुगलिया की साख को मुट्ठी में लेने के लिए अपनी-अपनी बिसातें बिछा रहे थे तभी एक दूसरा अफगान लुटेरा अहमद शाह अब्दाली, हिन्दुस्तान की राजनीति का भाग्य विधाता बनकर, टपक पड़ा।

पेशवा बालाजी बाजीराव द्वितीय ने निजामुलमुल्क को उदगिर के युद्ध क्षेत्र में बुरी तरह से हराकर उन्हें तो हैदराबाद की सीमाओं में ही बाँधकर सीमित कर दिया था लेकिन उनकी भोंड़ी विस्तारवादी राजनीति और अदूरदर्शी कूटनीति ने, सारी गैर-मरहठा ताकतों को, उनका दुश्मन बना दिया था। अवध के शुजाउद्दौला

और रुहेलखंड के नजीबुद्दौला तो अपने पूरे कसबल के साथ, अब्दाली के पाले में जाकर खड़े हो ही गए थे, राजपूताने की राजपूत रियासतें भी उनके साथ किसी तरह का सहयोग करने के लिए तैयार नहीं थीं और जब पेशवा के छोटे भाई सेनापति सदाशिवराव भाऊ ने, अपने साथ के सारे सेनापतियों की राय को अनदेखा करके, दिल्ली पर कब्जा कर लिया तो भरतपुर के सूरजमल जाट भी उनका साथ छोड़कर चले गए। मल्हारराव होल्कर और जनकोजी सिंधिया इस घटनाक्रम को दुर्भाग्यपूर्ण समझते हुए भी, मरहठा इकजहनी के हितों को ध्यान में रखकर ही मैदान में जमे रहे।

अब्दाली की आँधी को रोकने के लिए, मरहठों के लश्कर, हरियाणा-पंजाब के इलाके में आकर जमने लगे थे। जनकोजी और महादजी सिंधिया-बंधु भी अपने लश्करों के साथ वर्ष 1759 के आरंभ से ही पंजाब में आकर जम गए थे और जुमलेदार करनसिंह तिवारी भी उनके साथ इस इलाके में मरहठा लश्करों का दबदबा जमाते रहे।

पंजाब के इलाके को सर करना, अब्दाली और मरहठा दोनों दलों के लिए, जिन्दगी और मौत का सवाल बन गया था और वर्ष 1760 के अंत तक दोनों दल आर-पार की लड़ाई के लिए, पानीपत के ऐतिहासिक युद्ध के मैदान में पूरे दलबल सहित जमा हो गए थे। सैनिक बल की दृष्टि से मरहठे कुछ उन्नीस पड़ रहे थे। जहाँ अब्दाली के लश्करों में उसके अपने 23000 घुड़सवारों और 7000 पैदल सैनिकों के साथ अवध और रुहेलखंड के 7000 घुड़सवार और 23000 पैदल सैनिक भी मोर्चा सँभाले हुए थे वहाँ मरहठों के लश्करों में घुड़सवार और पैदल सैनिकों की कुल संख्या 45000 ही थी।

सन् 1761, जनवरी की 14 तारीख को सूर्योदय के समय, पानीपत का मीलों लंबा-चौड़ा युद्ध का मैदान, घने कोहरे में डूबा हुआ था। कड़ाके की ठंड पड़ रही थी लेकिन दुश्मन से दो-दो हाथ करने के हौसले की गर्मी से दोनों दलों के सैनिक कसमसा रहे थे। कड़ाके की ठंड तो रात में भी पड़ी थी, फिर भी, दोनों दल सारी रात अपनी-अपनी मोर्चाबंदियाँ चुस्त-दुरुस्त करते रहे थे और दिन निकलते-निकलते दोनों दल, आर-पार की लड़ाई के लिए, अपने-अपने मोर्चों पर आमने-सामने जम गए थे।

मरहठों का दल पानीपत शहर की तरफ था और उन्होंने अपने पूरे सैन्य बल की व्यूह-रचना इस तरह पर की थी कि मोर्चे का केन्द्रीय भाग खुद सर्वोच्च सेनापति सदाशिवराव भाऊ सँभाल रहे थे, बायाँ बाजू इब्राहीम खाँ गारदी के लश्करों ने सँभाला हुआ था और दायाँ बाजू मल्हारराव होल्कर और जनकोजी सिंधिया के लश्कर सँभाल रहे थे।

अब्दाली का दल मराठों से दक्षिण पश्चिम की ओर जमा हुआ था और उन्होंने

अपनी व्यूह-रचना इस तरह पर की थी कि मोर्चे का केन्द्रीय भाग अब्दाली के वजीर शाह वली खाँ ने सँभाला था जिसमें मुख्यतः अफगान पैदल और घुड़सवार सैनिक थे और इसके दाएँ और बाएँ बाजुओं की सुरक्षा के लिए दोनों ओर पाँच-पाँच हजार घुड़सवार तैनात किए गए थे। इस मोर्चे के धुर दाईं ओर नजीबुद्दौला के रुहेले और धुर बाईं ओर शुजाउद्दौला के अवधी लश्कर तैनात थे। इसके अलावा अब्दाली ने अपने 13000 सैनिक, पीछे छावनी में, कुमक के लिए छोड़ रखे थे।

कोहरे की धुंध कटी तो मरहठों की ओर से इब्राहीम खाँ गारदी के तोपखाने ने दुश्मन पर आग बरसाना शुरू कर दिया और उन्हीं के बाएँ बाजू के सैनिकों ने आगे बढ़कर करीब आठ-नौ हजार रुहेले सैनिकों को हलाक कर दिया। सदाशिव राव भाऊ ने शाह वली खाँ के केन्द्रीय मोर्चे पर ऐसा घनघोर हमला किया कि एक बार को तो अब्दाली की सेनाओं के पैर उखड़ गए। मरहठों के दाएँ बाजू की ओर से भी मल्हारराव होल्कर और जनकोजी सिंधिया के सैनिक अनुशासित ढंग से आगे बढ़ रहे थे।

दोपहर तक तो मरहठों का पलड़ा भारी दिखाई देता रहा लेकिन दो बजे के करीब पेशवा-पुत्र विश्वासराव, मैदान में लड़ते-लड़ते, दुश्मनों के हाथ मारे गए। उनकी मृत्यु को देखकर, सदाशिवराव अपना संतुलन बनाए न रख सके और वे मैदान जीतने की जगह दुश्मनों को दंड देने की भावना से युद्ध करने लगे। मरहठों की अनुशासित व्यूह-रचना अस्त-व्यस्त होने लगी और तभी अब्दाली ने अपने ताजा दम 13000 सैनिक भी मैदान में उतार दिए। मरहठों का मनोबल चरमरा गया, उनकी पाँतों में अफरातफरी फैल गई और तीन बजते-बजते अब्दाली ने मैदान पूरी तरह से सर कर लिया।

अगले दिन मरहठा खबरनवीसों ने पूना दरबार को खबर भेजी—"दो मोती चकनाचूर हो गए, बाईस अशर्फियाँ खो गईं और चाँदी-ताँबे के नुकसान का तो कोई हिसाब ही नहीं दिया जा सकता।"

जुमलेदार करनसिंह तिवारी होश में आए तो उन्होंने पाया कि वे दो सैनिकों की लाशों के नीचे दबे पड़े थे। सिर में काफी जोर का दर्द तो वे महसूस कर रहे थे लेकिन सिर को हाथ से टटोलकर देखा तो पता चला कि घाव से खून का रिसना बंद हो चुका था। लाशों को ठेल कर ऊपर आए और स्मृति पर जोर दिया तो याद आया कि विश्वासराव की मृत्यु के बाद, मरहठा लश्करों में फैली अफरातफरी के समय, एक भागते हुए सवारहीन घोड़े की झपेट में आकर वे नीचे गिर गए थे और तभी, इसी तरह से भागते हुए, एक दूसरे घोड़े के पाँव की ठोकर उनके सिर को लगी और वे बेहोश हो गए।

इस समय होश में आकर उन्होंने इधर-उधर नजर दौड़ाई तो उन्हें दिखाई दिया कि रात गहरा रही थी और उनके चारों तरफ मौत बिखरी पड़ी थी। मरने

वाले तो मर ही चुके थे और जो लोग अभी तक दम नहीं तोड़ पाए थे उनमें सिर्फ कराहने की सकत ही बाकी रह गई थी। मौत के आतंक के सामने उन्हें अपने घाव के दर्द की भी कोई सुधि नहीं रही और वे इस कत्लगाह से बाहर निकलने के लिए छटपटाने लगे।

पीछे की ओर, पानीपत का जीता हुआ शहर, सहमकर सन्नाटे की नींद सो रहा था। सामने दूर क्षितिज पर अब्दाली की छावनी की मशालें टिमटिमा रही थीं और वहाँ से विजयोत्सव के कोलाहल की हल्की-हल्की आवाजें यहाँ तक आ रही थीं। मतलब इसके यह हुए कि पूरब और पश्चिम के रास्ते निश्चित रूप से बंद हो चुके थे। उत्तर की ओर का रास्ता पंजाब की ओर को जाता था और इस समय उस ओर को जाने का कोई सवाल ही नहीं रह गया था। ले-देकर एक दक्षिण की ओर का रास्ता ही बाकी रह गया था कि जिससे, राजपूतों के इलाकों में होकर, भरतपुर-अलवर के रास्ते ग्वालियर पहुँचा जा सकता था। वैसे इस रास्ते पर भी जो कुछ निरापदता थी वह भी सिर्फ इसी रात के लिए ही थी। इस समय तो अब्दाली की सेनाएँ विजयोत्सव मनाने में मस्त थीं लेकिन सुबह होते ही, वे लोग जीते हुए इलाकों पर अपना शिकंजा कसना शुरू कर देंगे, इस पर संदेह करने की कोई गुंजाइश भी नहीं थी।

गनीमत यह थी कि पिछले चार-पाँच महीनों से, जनकोजी सिंधिया का लश्कर, इसी इलाके में डेरा डाले हुए पड़ा था और उनके जुमलेदार करनसिंह तिवारी के लिए यह सारा इलाका जाना-पहचाना सा हो गया था। किसी आड़े समय पर काम आने के लिए करनसिंह तिवारी ने, जोड़-बटोरकर, बीस अशर्फियाँ बना ली थीं, जिन्हें वे हमेशा, अपनी कमर में कसे रहते थे। टटोलकर देखा कि वे ज्यों की त्यों सही-सलामत थीं तो उनकी जान में जान आई। वे आश्वस्त हो गए कि अब उन्हें, अपनी यात्रा पूरी करने के लिए, किसी के सामने हाथ नहीं फैलाना पड़ेगा तो वे, रात में अधिक से अधिक फासला तय करने का मन बनाकर, चलने के लिए उठ खड़े हुए।

रास्ते में, इसी तरह इक्का-दुक्का भटकते हुए, अपने ही लश्कर के कुछ जाने-पहचाने सैनिक और मिल गए तो वे अपनी सहज सैनिक बुद्धि से, करनसिंह तिवारी की कमान में, नौ-नौ सैनिकों के दो पैकों में गठित हो गए। सौभाग्य से उन्हें, ग्वालियर की ओर जाता हुआ, एक असैनिक काफिला भी मिल गया और उसमें कुछ लोग ऐसे भी निकल आए जो पहले से, करनसिंह तिवारी को, जनकोजी सिंधिया के जुमलेदार की हैसियत से जानते थे। थोड़े मोल-तोल के बाद इन लोगों ने काफिले की सुरक्षा की जिम्मेदारी सँभाल ली और काफिले वालों ने इन्हें, कुछ पान-फूल भेंट करने का वायदा करके, रास्ते के खर्च-पानी की चिन्ता से मुक्त कर दिया।

रास्ते का सफर तो अच्छा कट गया लेकिन ग्वालियर पहुँचकर उन्हें मरहठा

सेना और सेनापतियों के जो समाचार मिले उससे उनके मन मर गए। जनकोजी और महादजी दोनों सिंधिया बंधु लापता थे। पानीपत के सामरिक बंटाढार और जवान बेटे की मृत्यु के आघात ने पेशवा बालाजी बाजीराव द्वितीय को तोड़ कर मृत्यु के कगार पर पहुँचा दिया था और उनके भाई रघुनाथ राव (राघोवा) पेशवाई हासिल करने के लिए, जाने क्या-क्या कुचक्र रचने लगे थे। एक तो वैसे ही, ग्वालियर में सिंधिया महाराज की सेनाओं का कोई पुरसाने हाल नहीं था दूसरे, जनकोजी और महादजी जैसे सहृदय सूरमा सेनापतियों की पेशवाई में रहकर अब किसी दूसरे सेनापति की पेशवाई स्वीकार करना, मानसिक रूप से, उनके वश का था भी नहीं। ऐसी स्थिति में अब उनके ग्वालियर में अटके पड़े रहने का कोई औचित्य नहीं रह गया था। लश्कर में रहकर सिपाही को घर परिवार की चिन्ता से निर्लिप्त रहना सीखना पड़ता है और बीतराग हुए बिना वह, युद्ध के मैदान में, दुश्मन का मुकाबला कर ही नहीं सकता। अब न लश्कर था और न युद्ध का मैदान तो घर परिवार की ममता भी जाग उठी थी।

कमलपुर वापस पहुँचे तो सब कुछ नई दृष्टि से देखना पड़ा। शस्त्रों का सहारा छूट गया तो फिर शस्त्रों का सहारा लेने के अलावा दूसरा कोई रास्ता बाकी भी नहीं रह गया था लेकिन अब वे पहले की तरह अकिंचन और निरीह नहीं थे। बीस अशर्फियों की पूँजी और जुमलेदारी की प्रतिष्ठा ने समाज में उनकी साख काफी ऊँची उठा दी थी।

यजमान अपने पुरोहित से, परलोक के साथ, इस लोक में भी कुछ पा सकने की संभावना पर भी नजर तो रखता ही है। किसी दुनियादारी के संकट के समय उनकी जुमलेदारी की प्रतिष्ठा से कुछ सहारा पा सकने और कभी हाथ तंग होने पर उनसे चार पैसे उधार माँग सकने की संभावना को देखकर, यजमानों के मन में उनके प्रति, भक्ति भाव कुछ ज्यादा ही जाग उठा था। इसीलिए, गाँव देहात के प्रतिष्ठित लोगों ने बड़े आदर-सत्कार के साथ उन्हें अपने धार्मिक-सामाजिक अनुष्ठानों में आमंत्रित करना शुरू कर दिया था। और बड़े लोगों की देखादेखी, मामूली हैसियत के लोग भी, उनके आस-पास मँडराने लगे थे। गाँव में रहकर ही अब उन्हें अपना भविष्य उज्ज्वल दिखाई देने लगा तो पंडित करनसिंह तिवारी ने अपनी तलवार, बाकायदा खुंटी पर टाँग दी और बड़ी ठसक के साथ अपने शास्त्रों का पिटारा खोल कर घर के आगे ओसारे में विराजमान हो गए।

यजमानी से घर की दालरोटी आराम से चलने लगी थी। बुजुर्गों की छोड़ी हुई थोड़ी-सी खेती की जमीन भी थी, उस पर, दूसरों से खेती कराने से, थोड़ा अनाज और गाय के लिए भूसा चारा भी मिल जाता था। इसके अलावा लोगों को जरूरत के समय उनसे कर्ज भी मिल जाता था लेकिन उनका सिपाही मन ब्याज बट्टे की आमदनी को अच्छा नहीं समझता था और इस मद से उन्हें जो आमदनी होती

थी उसे वे, जहाँ तक संभव होता था, अपने परिवार की व्यक्तिगत जरूरतों पर खर्च नहीं करते थे। ब्राह्मणों को उनकी यह खुशहाली ज्यादा अच्छी तो नहीं लगती थी लेकिन खुलकर कोई उनका काट भी नहीं करता था।

पंडित की हैसियत से करनसिंह तिवारी, बस कामचलाऊ, गँवई गाँव के पंडित ही थे। लघु-सिद्धान्त कौमुदी और अमरकोश के आरंभिक संस्कृत ज्ञान के साथ कुछ स्तोत्रों और संस्कार पद्धति के मोटे-मोटे ज्ञान के बल पर ही वे अपनी पुरोहिताई की गाड़ी को बड़े मजे से खींचे लिये जा रहे थे। बेटा झंडासिंह छः बरस का हो रहा था और वे उसे सचमुच ही एक विद्वान पंडित बनाना चाहते थे। पड़ोस के गाँव में पंडित सुधाकर दत्त द्विवेदी संस्कृत के माने हुए विद्वान थे और उनकी संस्कृत पाठशाला का दूर-दूर तक नाम हो रहा था। करनसिंह तिवारी ने उन्हीं को बेटे का गुरु बनाने का मन बना लिया।

झंडासिंह सात बरस के हुए तो उनका उपनयन कराकर करनसिंह तिवारी ने उन्हें पंडित सुधाकरदत्त द्विवेदी की पाठशाला में प्रवेश दिला दिया—इस आशा के साथ कि आगे चल वे अपनी विद्या के बल पर, पंडित समाज में, कमलपुर के तिवारियों का नाम उजागर करेंगे।

पाँच

अठारहवीं शताब्दी के उत्तरार्द्ध में एशिया के जिन प्रदेशों की शासन व्यवस्था सबसे अच्छी थी उनमें रुहेलखंड की गिनती भी बड़े सम्मान के साथ की जाती थी। प्रजा सुरक्षित थी, उद्योग धंधों को हुकूमत की ओर से बढ़ावा मिल रहा था। बनिज व्यापार पनप रहे थे और देश की खुशहाली दिन-ब-दिन बढ़ती चली जा रही थी। देश के भीतर अपने इन प्रजा-पालक प्रयासों और पड़ोसी हुकूमतों के साथ झगड़े-टंटे पैदा करने की जगह, मेल-मिलाप बढ़ाने की नीतियों पर चलकर ही रुहेले अपनी स्वतंत्र सत्ता को सुरक्षित रखे हुए थे। यही वजह थी कि दिल्ली के तख्त की अफरातफरी से परेशान होकर भिवानी-करनाल के अग्रवाल, रेवाड़ी के दूसर और हाँसी-हिसार के लोहार-बढ़ई रुहेलखंड के इलाकों में आकर बसने लगे थे और रुहेलों की हुकूमत उन लोगों को हर तरह से सुरक्षा और सहायता दे रही थी।

हरियाणा के इलाकों में रुहेलखंड की सुरक्षा और समृद्धि की कुछ ऐसी हवा बँध गई थी कि 1775 ई. में रुहेला शाही खत्म हो जाने पर, अवध के नवाब वजीरों की अमलदारी में भी, हरियाणा के व्यापारियों और कारीगरों के रुहेलखंड में आकर बसने का सिलसिला चलता रहा। चन्दौसी इस बीच, रुहेलखंड की गेहूँ, घी, कपास,

और सन की सबसे बड़ी और समृद्ध मंडी के रूप में प्रतिष्ठित होकर दिन दूनी-रात चौगुनी तरक्की करने लगी थी। बाहर से आने वाले व्यापारियों और कारीगरों के लिए यहाँ काम की कोई कमी नहीं थी और जो लोग यहाँ आते थे वे यहीं के होकर रह जाते थे।

हाँसी-हिसार के इलाके के नौ मुस्लिम गाड़िया लोहार तो वैसे भी कहीं दूर देश में जाकर अपनी किस्मत नए सिरे से आजमाना ही चाहते थे, तभी उन्होंने सुना कि हाँसी-हिसार के कुछ लोहार-बढ़इयों ने चन्दौसी में बैलगाड़ियाँ बनाने का काम शुरू किया है और उस इलाके में उनकी बनाई हुई बैलगाड़ियाँ बेहद पसंद की जा रही हैं। बाजार में उनकी इतनी माँग है कि वे लोग, दिन-रात काम करके भी, उसकी पूर नहीं डाल पा रहे हैं। नौ मुस्लिम गाड़िया लोहारों को तो जैसे मन माँगी मुराद मिल गई। बड़े-बूढ़े लोग तो थोड़ा कुनमुनाए भी लेकिन नौजवानों को अपने भविष्य के नए क्षितिज खुलते हुए दिखाई देने लगे और वे इस सुनहरे मौके को चूकने के लिए कतई तैयार नहीं थे। औरतें तो वैसे भी पुराने परिचितों की बोलियों-ठोलियों से कुछ ज्यादा ही दुखी थीं और इस पुराने वातावरण से छुटकारा पाने के लिए छटपटा रही थीं। उनकी राय भी नौजवानों के साथ मिल गई तो बड़े-बूढ़े बिल्कुल अकेले पड़ गए। अपनी जानी-पहचानी धरती से हमेशा-हमेशा के लिए बिछुड़ने का दुख अपनी जगह पर था लेकिन इस घुटन से बाहर निकलकर, खुलकर जीने के लिए, दूसरा कोई रास्ता भी तो नहीं था।

उन्नीसवीं शताब्दी के दूसरे दशक के पूर्वार्द्ध में देश की शासन व्यवस्था बड़ी अस्त-व्यस्त थी। दिल्ली, आगरा, मध्य भारत और राजपूताने के इलाकों की सारी सड़कें ठगों और पिंडारियों से आतंकित थीं और रही-सही कसर मरहठा सरदारों की सैनिक गतिविधियों ने पूरी कर दी थी। ऐसी हालत में हाँसी-हिसार से चन्दौसी तक का सफर निरापद तो कोई नहीं समझता था और काफिलों की सुरक्षा के लिए नियत किए गए घुड़सवारों की क्षमता की भी अपनी सीमाएँ होती थीं।

इस काफिले में हिन्दू और मुसलमान दोनों ही थे और उन दोनों समुदायों में भी अपनी-अपनी ऊँची-नीची कई बिरादरियों के लोग थे लेकिन सबसे बड़ी तादाद मुसलमान लोहार-बढ़इयों की थी जिनमें नौ मुस्लिम गाड़िया लोहार भी शामिल थे। इसीलिए, इस काफिले को लोहार-बढ़इयों का काफिला कहा जा रहा था। इस नाम की शोहरत से ही लोग समझ लेते थे कि रोजी-रोटी की तलाश में अपना देश छोड़कर जाने वाले कारीगरों के पास लूटने के लिए कोई नकद माल तो होगा ही नहीं और उनके लोहे के औजारों को लूटना तो दूर रहा कोई, मुफ्त देने पर भी लेकर, सनीचर महाराज को अपने घर न्योतने के लिए तैयार ही क्यों होता?

लोहार-बढ़इयों के अलावा, इस काफिले में शामिल, दूसरे लोग भी उन्हीं की तरह मामूली हैसियत के लोग थे और अपने देश में निराश होकर, परदेश में अपनी

किस्मत आजमाने के लिए निकले थे। फिर भी, असुरक्षा की भावना ने काफिले के सभी सहयात्रियों के बीच एक निकटता पैदा कर दी थी। जातियों और धर्मों की विभाजन रेखाओं को न नकारते हुए भी इन लोगों के बीच, इन दिनों, जो नजदीकी रिश्ते कायम हो गए थे वे आगे की कई पीढ़ियों तक अटूट बने रहे। यह तो इन लोगों का सौभाग्य ही था कि काफिला, बिना किसी दुर्घटना के, अपनी मंजिल पर सही सालिम पहुँच गया।

शहर पनाह के खुर्जा दरवाजे की खंदक से आगे, खुर्जा-अनूपशहर जाने वाली कच्ची सड़क पर, लगभग एक फर्लांग के फासले पर एक बरसाती नाला था जिस पर एक पक्का पुल बना हुआ था। कहते हैं कि अगले वक्तों में इस नाले और खंदक के बीच, सड़क की बाईं ओर, एक गढ़ी हुआ करती थी। जीती-जागती गढ़ी तो न जाने कब की, अतीत के गर्भ में समा चुकी थी लेकिन अब भी लोग इस स्थान को कहते गढ़ी ही थे। टूटे-फूटे परकोटे से चिरी हुई इस गढ़ी में, इस समय भी, पुराने शिवालय, कुएँ, पुजारी के रहने के मकान और उनसे कुछ नए विष्णु मंदिर और धर्मशाला की तरह इस्तेमाल में आने वाली चार कोठरियों के अलावा धीमर-कहारों के तीन-चार कच्चे मकान तो थे ही। रात को शहर पनाह का दरवाजा बंद हो जाने के बाद आने वाले यात्रियों को इसी गढ़ी की धर्मशाला में पनाह मिलती थी। धीमर-कहार लोग इन यात्रियों के खाने-पीने का इंतजाम करते थे और मंदिर के पुजारी जी इस सारी व्यवस्था के महाप्रबंधक थे।

इस समय गढ़ी के मंदिर के पुजारी एक बूढ़े ब्राह्मण थे, ब्राह्मणी उनकी पहले ही स्वर्गवासिनी हो चुकी थी। शहर पनाह के भीतर भी काफी दूर तक कोई मंदिर शिवालय नहीं था इसलिए गढ़ी के मंदिरों में पूजा-अर्चना के लिए आने वालों की कमी नहीं थी और पुजारी जी को चढ़ावे, दान-दक्षिणा से अच्छी-खासी आमदनी हो जाती थी। पुजारी जी की बहिन हरियाणा के लोहारू शहर में ब्याही थी। उसके दो बेटों में से एक को पुजारी जी ने, अपना उत्तराधिकार सँभालने के लिए, माँग लिया था। हाँसी-हिसार से लोहार-बढ़इयों का काफिला चला तो पुजारी जी का भांजा बिहारी लाल अपनी पत्नी के साथ उस काफिले में शामिल हो गया। रास्ते में गाड़िया लोहारों में के केसरिया यानी कैसर अली और बिहारी लाल के बीच अच्छी-खासी दोस्ती हो गई। कैसर अली का बेटा अहमद अली, गौहर अली का बेटा मुहम्मद अली और बिहारी लाल का बेटा गिरधारी लाल, लगभग दस वर्ष की आयु के समवयस्क थे और वे भी, बहुत जल्दी ही, आपस में खूब घुलमिल गए।

सूर्यास्त के समय काफिला चन्दौसी पहुँचा तो शहर पनाह के दरवाजे बंद होने से पहले, बिहारी लाल और मुसलमान गाड़िया लोहारों के परिवारों को छोड़कर, काफिले के बाकी लोग शहर में प्रवेश कर गए। बिहारी लाल को तो अपने मामा के पास, गढ़ी के मंदिर पर ही, रहना था और गाड़िया लोहार, अभी तक, बस्ती

में घर बनाकर न बसने के अपने बुजुर्गों के अहद पर कायम थे। गढ़ी के कुएँ से पानी का इंतजाम हो जाने की उम्मीद थी इसलिए वे लोग भी ज्यादा कुछ सोचे-विचारे बिना, बरसाती नाले और गढ़ी के बीच की खाली जगह पर, अपने डेरे डालकर जम गए।

सुबह उठकर यह गाड़िया लोहार, अपने डेरे के लिए, मुनासिब जगह खोजने निकले तो उन्हें इससे बेहतर जगह दूसरी कोई दिखाई नहीं दी। डेरों और भट्ठियों के लिए ढेरों-ढेर समतल जमीन, जानवरों के लिए घास पानी की सुलभता, कार-व्योहार के लिए बड़ी बस्ती की निकटता और बुजुर्गों के अहद की पाबंदी का संतोष, सभी कुछ तो उपलब्ध था इस जगह पर। इसके साथ ही घलवे में मिल रहा था, अपने जाने-पहचाने, बिहारी लाल का पड़ोस।

एक ही रात की जान-पहचान में, बिहारी लाल के रिश्ते से, पुजारी जी सभी लोगों के मामा हो गए और पुजारी जी ने भी, बिहारी लाल के गाँव-रिश्ते के नाते, इन सबको अपनी ममता की गोद में समेट लिया—वैसे उनका अपना यह स्वार्थ भी काफी वजन रखता था कि इतने सारे जीवट के लोगों के पास बस जाने से उनकी गढ़ी की सुरक्षा भी बढ़ जाएगी।

बरसाती नाले के किनारे, सड़क से पूरब की ओर गढ़ी से लगी हुई, जमीन कम थी और गाड़िया लोहारों में तोमरों की संख्या भी थोड़ी थी। उनके मुखिया कैसर अली की ही घनिष्ठता बिहारी लाल से ज्यादा थी इसीलिए, कैसर अली और उनके तोमरों का पड़ाव सड़क के पूरब की ओर के हिस्से में रहा और गौहर अली के चौहानों और दूसरे गोतों के लोगों का पड़ाव सड़क के पश्चिम की ओर। दो-चार दिनों में इन लोगों ने गाड़िया लोहारों की परंपरागत शैली में अपने रहने के ठिकाने बनाकर अपनी भट्ठियाँ कायम कर लीं और इस तरह पर उन्होंने, अनजाने ही, बस्ती से बाहर एक नई बस्ती की बुनियाद रख दी।

धीरे-धीरे नई जगह पर, इन गाड़िया लोहारों की, मुसलमानों की हैसियत से ही पहचान बनने लगी। उनके रहन-सहन और खान-पान के तौर-तरीके भी बदलते चले गए और स्थानीय मुसलमानों के साथ उनकी सामुदायिक इकजहनी भी घनी होने लगी। स्थानीय हिन्दू समुदाय के साथ तो उनके कोई परंपरागत भावनात्मक रिश्ते भी नहीं थे इसलिए उनकी पुरानी परंपराएँ बड़ी आसानी के साथ अतीत में गुम होती चली गईं और बुजुर्गों के अहद उनके लिए अर्थहीन होकर रह गए। गाड़ी बैल अब उनके लिए बेकार के बोझ हो चुके थे और खुले आसमान के नीचे किसी तरह भी दिन गुजार लेने से वे उकता गए थे।

मंडी का प्रभाव क्षेत्र फैलता चला जा रहा था और व्यापारियों, दलालों, मुनीमों और पैकारों के रूप में नए-नए लोग, बाहर से आकर, शहर की मुख्य बस्ती में आबाद होने लगे थे। उनके परिशिष्ट के रूप में सेवक, दस्तकार और खेतिहर जातियों

के लोगों के आने का सिलसिला भी शुरू हो गया था, जिन्हें शहर पनाह के भीतर मुख्य बस्ती में बसाने का सवाल ही पैदा नहीं होता था।

डेढ़-दो साल के अर्से में गाड़िया लोहारों ने अपने गाड़ी बैल बेच दिए और उनका पड़ाव, छप्परों और कच्चे घरों की, स्थायी बस्ती के रूप में बदल गया। उनका सहारा पाकर बरसाती नाले के उस पार, चमड़े का काम करने वाले चमार लोग झोंपड़ियाँ डाल, अपना वादिया टोला बसाकर बस गए। चौहानों वाले पड़ाव के पश्चिम में हिन्दू बढ़ई और मुराव, खागी और लोधों जैसी खेतिहर जातियों ने अपने घर बना लिए। खन्दक से बाहर गढ़ी के पूरब में मेहतर आबाद हो गए, उससे थोड़ा आगे बढ़कर, खन्दक और शहर पनाह के बीच की खाली जगह पर सेमर के विशाल वृक्ष के इर्द-गिर्द पल्लेदार चमारों का सेमर टोला बस गया और शहर पनाह से बाहर, अकिंचनों की यह बस्ती, बाहर दरवाजे के नाम से जानी जाने लगी।

छः

''तुम्हारा यह नाम किसने रखा झंडासिंह?''

''उइसे बप्पा तौ हमाओ नाँव सोमेसुर ई धरो हतो, गुरुजी। फेर जब उन्नैं अपईं पोथिन्नें बत्ता में बाँधि कै धद्दओ और अपनऊ सिंधिया महाराज के लस्कर मैं भत्ती हुइ गए तौ दादी कहिन लागीं—''जब हमाए घत्तैं माता सस्सुतियै विदा हुई गईं तौ पंडितन जैसे नामऊ धन्न की कहा जरूरत। लस्करियन के मौड़ा को नाँव झंडा सिंहियै ठीक रहियै।'' दादी सुरगवासी हुइ गईं तौ अम्माँ, बप्पा सै कहित रहीं—''अब तौ इन कर नाँव ठीक ठाक करि देव।'' बप्पा ऊतर देत रहे—''अपईं अम्मा को धरो भओ नाँव, हम तौ बदल नाय सकित।''

''ठीक है जब तुम्हारे घर से सरस्वती माता विदा होती हुई दिखाई दीं तो तुम्हारी दादी ने सोमेश्वर को झंडासिंह बना दिया। अब हमें तुम्हारे घर में सरस्वती माता, पूरे ओज के साथ, वापस आती हुई दिखाई दे रही हैं तो हम झंडासिंह को फिर से सोमेश्वर बनाए दे रहे हैं। तुम्हारे बप्पा से हम कह देंगे कि वे अपने घर में तुम्हारा नाम झंडासिंह, बंडासिंह कुछ भी रखे रहें किंतु हमारी पाठशाला में तुम्हारा नाम सोमेश्वर तिवारी ही रहेगा।''

इस प्रकार झंडासिंह फिर से सोमेश्वर तिवारी हो गए। पढ़ने में मेधावी और परिश्रमी तथा व्यवहार में आज्ञाकारी और सुशील थे इसलिए उन पर, गुरु की अनुकंपा निरंतर बनी रही। पाँच वर्षों की अवधि में उन्होंने अपनी पाठशाला के स्तर का सारा ज्ञान अपने शिष्य को दे दिया तो पंडित सुधाकरदत्त द्विवेदी ने सोमेश्वर से

कहा–"बेटा सोमेश्वर, अपनी पाठशाला की क्षमता के अनुसार हमारे पास जितना भी ज्ञान था वह तो हम तुम्हें दे चुके किंतु इतना सा ज्ञान, तुम्हारी प्रतिभा के अनुरूप नहीं है। तुम्हारे जैसे प्रतिभाशाली विद्यार्थी को तो काशी की ज्ञान गंगा में गहरे पैठ कर गोता लगाना चाहिए।"

"किंतु हम तो काशी में किसी को जानते भी नहीं, गुरुजी। और फिर, वहाँ हमें कोई, क्यों तो अपने विद्यार्थी के रूप में स्वीकार करेगा और वहाँ, हमारे रहने-सहने की व्यवस्था कैसे, क्या होगी?"

"तुम्हारे जैसे प्रतिभाशाली विद्यार्थी का, बाँहें पसारकर, स्वागत करने वाले गुरुओं का काशी में कोई अभाव नहीं है तथा अपने रहने-सहने के विषय में भी तुम्हें कोई विशेष चिंता करने की आवश्यकता नहीं होगी। वैसे, हम तो ऐसे कई महानुभावों को भी जानते हैं कि जिन्होंने गुरुगृहों में मसाला पीसने तथा ब्रह्मभोजों में लड्डू-कचौड़ी काटने में ही दस-दस वर्ष बिता दिए हैं और अब बड़ा चोटा बड़ा पग्गड़-बड़ा पोथा बड़ा धग्गड़ के नियम के अनुसार, यहाँ आकर, शास्त्री बने बैठे हैं। काशी के आचार्य विधुशेखर से हमारा खूब अच्छा परिचय है। हम उनके नाम की चिट्ठी लिखकर दे देंगे और हमें पूरा विश्वास है कि वे तुम्हारे लिए सारी व्यवस्था कर देंगे।"

"इसके लिए बप्पा को मनाने की भी तो एक समस्या है?"

"इसकी तुम चिन्ता मत करो, जुमलेदार साहब को हम सब समझा लेंगे। वे चाहते भी हैं कि पंडित समाज में तुम उनके कुल का नाम उजागर करो। उन्होंने दुनिया देखी है और हमें, उन्हें यह समझाने में, कोई कठिनाई नहीं होगी कि पंडित समाज में नाम उजागर करने के लिए पांडित्य पर काशी की मोहर लगना भी नितांत आवश्यक है।"

आचार्य विधुशेखर, काशी के प्रतिष्ठित विद्वान तथा अत्यन्त लोकप्रिय आचार्य थे। उनके विद्यार्थियों की संख्या भी अच्छी-खासी थी, जिनमें से अधिकांश तो काशी के धनी मानी परिवारों के बेटे थे, जो अपने घरों पर ही रहते थे और समय-समय पर अपनी संपन्नता के अनुरूप आचार्य जी को दान-दक्षिणा भी भेंट करते रहते थे। इनके अतिरिक्त दूर-दूर के नगरों तथा ग्राम्यांचलों से आए कुछ ऐसे विद्यार्थी भी थे जो आचार्य जी की हवेली में ही उनके साथ अन्तेवासियों के रूप में, रहते-सहते थे। इन अन्तेवासियों में भी कुछ विद्यार्थी तो बिल्कुल ही निर्धन परिवारों से आते थे जो आचार्य कुल में भृत्य शिष्यों के रूप में रहते थे और उनकी शिक्षा के अतिरिक्त उनके भरण-पोषण का भी सारा दायित्व आचार्य जी का ही होता था। इनके अतिरिक्त, संपन्न परिवारों से आने वाले, ऐसे अन्तेवासी भी होते थे कि जिनकी शिक्षा और

आवास का दायित्व ही आचार्य जी पर होता था और अपने भोजन वस्त्र की व्यवस्था वे स्वयं करते थे। वैसे काशी में ब्राह्मणों के बेटों को, ब्रह्मभोजों का टोटा कभी नहीं रहा।

उन दिनों आचार्य जी के विद्यार्थियों में सोमेश्वर तिवारी और मनसुख लाल पारिख की जोड़ी खूब विख्यात हो रही थी। उनके प्रसंशक उन्हें 'जय विजय' कहते थे तथा उनके निन्दकों की भाषा में उन्हें 'कर्कट-दमनक' कहा जाता था। दोनों विद्यार्थी, आचार्य जी के आत्मनिर्भर अन्तेवासी थे। पठन-पाठन में कुशाग्र और परिश्रमी तथा व्यवहार में सुशील थे इसलिए, गुरु परिवार की भी उन पर अनुकंपा थी। उनके परिवारों की ओर से थोड़े-थोड़े रुपए किसी व्यावसायिक कोठी में जमा करा दिए गए थे और उनके ब्याज में, इन दोनों को, थोड़ा-थोड़ा धन प्रतिमास नियमित रूप से मिलता रहता था। पारिखों का परिवार, तिवारियों के परिवार की अपेक्षा, कुछ अधिक सम्पन्न था और मनसुख लाल को प्रतिमास प्राप्त होने वाली धनराशि, सोमेश्वर को प्राप्त होने वाली धनराशि से कुछ अधिक ही होती थी किंतु इससे उनकी दोस्ती पर कोई प्रभाव नहीं पड़ता था।

मनसुख लाल पारिख, गुजराती मूल के ब्राह्मण थे। उनके घर में अब भी गुजराती भाषा ही बोली जाती थी किंतु गुजरात भूमि से, उनके परिवार का, अब कोई सीधा संपर्क नहीं रह गया था। कई पीढ़ियों से गुजराती वैश्यों के अनेक परिवार, मुरादाबाद नगर में आकर बस गए थे और इस क्षेत्र के महाजनी व्यवसाय पर उनका एकाधिपत्य सा स्थापित हो गया था। बाद को उनकी पुरोहिताई करने वाले कुछ ब्राह्मण परिवार भी, गुजरात से आकर मुरादाबाद में बस गए थे और अपने यजमानों की भाँति वे भी, दूसरे देशज ब्राह्मणों की अपेक्षा, सुसम्पन्न, सुशिक्षित तथा सुसंस्कृत थे। मनसुख लाल के पिता पंडित माणिक लाल, अपनी पारिवारिक परंपरा में, ज्योतिष तथा आयुर्वेद के साथ ही दक्षिणमार्गी तंत्र विद्या के माने हुए अधिकारी, शाक्त स्मार्त थे और गुजरातियों के अतिरिक्त दूसरे समुदायों में भी उनकी अच्छी प्रतिष्ठा थी।

पंडित माणिक लाल ने बेटे को अपनी इन्हीं पारंपरिक पारिवारिक विद्याओं में पारंगत बनाने के आशय से पठन-पाठन के लिए काशी भेजा था। उधर जुमलेदार करनसिंह तिवारी ने भी अपने बेटे को, परिवार की कामचलाऊ ज्योतिष, पौराणिक तथा कर्मकांडीय विद्याओं का अधिकारी विद्वान बनाने का लक्ष्य सामने रखकर, आचार्य विधुशेखर की सेवा में भेजा था।

आचार्य विधुशेखर, व्याकरण, काव्य-साहित्य, धर्मशास्त्र तथा ज्योतिष के तो स्वयं ही अधिकारी विद्वान थे और इन विषयों की समुचित शिक्षा का प्रबन्ध उनकी पाठशाला में ही था। सिद्धान्त कौमुदी के साथ संस्कृत भाषा तथा व्याकरण के क्षेत्र में अधिकारिक रूप से प्रवेश पा लेने के बाद, उन दोनों की, अन्य विषयों में शिक्षा तो आचार्य जी की पाठशाला में ही चलती रही किंतु सोमेश्वर तिवारी के लिए

पुराण-इतिहास तथा वैदिक कर्मकांड और मनसुख लाल पारिख के लिए आयुर्वेद तथा तंत्र विद्या की विशिष्ट दीक्षा के लिए उन्होंने दूसरे सक्षम आचार्यों की व्यवस्था करा दी।

धीरे-धीरे दोनों मित्र, अपने-अपने क्षेत्रों में अधिकारिक रूप से प्रतिष्ठित हो गए और आचार्य विधुशेखर ने उन्हें अपनी पाठशाला में थोड़ा-थोड़ा अध्यापन कार्य देना भी आरंभ कर दिया। अपनी विद्या तथा ब्राह्मणत्व के बल पर उन्हें अन्य प्रकार से भी थोड़ी-थोड़ी आय होने लगी तो वे काशी के महानगरीय मोहजाल में गहरे फँसने लगे और उनके मन, घर वापस न जाने के लिए, तरह-तरह के बहाने खोजने लगे।

महाराज चेतसिंह का काशी राज्य, आकार में तो छोटा ही था किंतु प्रसिद्धि, प्रतिष्ठा तथा समृद्धि की दृष्टि से वह, अपने आकार की अपेक्षा कहीं अधिक बड़ा था। राज्य में शांति थी, प्रजा खुशहाल थी, बनिज व्यापार फल-फूल रहे थे और काशी की तीर्थ यात्रा पर आने वाले यात्रियों की संख्या में प्रतिवर्ष वृद्धि होती जा रही थी। राज्य के किसान, अपने सामान्य खेतों को भी, बगीचों की भाँति कमाते-सँवारते थे और उन्हें न राज्य की ओर से किसी बेजा माँग कर डर था और न किसी जोर-जबरदस्ती का।

दिल्ली के मुगल साम्राज्य की विघटन वेला में, काशी राज्य, अवध के नवाबों की मातहती में आ गया था किंतु उनकी ओर से राज्य के सामान्य शासन प्रबंध में कोई हस्तक्षेप नहीं किया जाता था। यों, लखनऊ की शीया नवाबशाही, औरंगजेबी कट्टरता की पक्षधर थी भी नहीं। जायसी और तुलसी की अवधी भाषा और संस्कृति से उसकी जड़ें जुड़ चुकी थीं और उनकी सेनाओं का सबसे अधिक विश्वस्त तथा जुझारू अंग अयोध्या के वैरागी गुसाइयों का था।

अकबरी अनुदान से राजा टोडरमल द्वारा पुनः प्रतिष्ठित भगवान विश्वनाथ के मंदिर के औरंगजेबी रूपांतरण पर काशी के हिन्दू नागरिकों के मन में एक कसक तो अवश्य थी किंतु उन्हें इस बात पर संतोष भी था कि वे, औरंगजेबी शासन-सत्ता की आँखों में धूल झोंककर, मंदिर में प्रतिष्ठित शिवलिंग को अखंडित रूप में निकाल ले जाने में सफल रहे और काशी नरेश, स्वयं बाबा विश्वनाथ के पार्थिव स्वरूप में, श्री विग्रह को आततायियों से सुरक्षित रखे रहे। इधर परिस्थितियों में थोड़ा बदलाव आया तो एक अन्य सामान्य से मंदिर में, बाबा विश्वनाथ के उसी श्री विग्रह की, पूजा-अर्चना खुले खजाने होने लगी थी।

1775 ई. के रुहेलायुद्ध में कम्पनी बहादुर के छुटभैये की भूमिका निबाह कर अवध के नवाबों ने रुहेलखंड का अधिकांश तो अपने अधिकार में कर लिया

किंतु अँग्रेज लोग अवध की हुकूमत पर बुरी तरह से हावी आ गए। और तभी उन्होंने काशी राज्य से अवध की नवाबी को धकियाकर, उसे अपनी मातहती में ले लिया। आरंभ में तो अंग्रेजों ने औरंगजेबी कट्टरता की स्मृतियाँ ताजा करके काशी नरेश और उनकी हिन्दू प्रजा के मन में यह बात बैठा दी कि अँग्रेजी सत्ता का लक्ष्य ही भारतवर्ष के हिन्दुओं को मुसलमानों के अत्याचारों से मुक्ति दिलाने का है। उन्होंने तो यहाँ तक कह दिया कि अब, जब मुसलमानी सत्ता समाप्त हो गई है तो ज्ञान व्यापी की मस्जिद को फिर से मंदिर में रूपान्तरित करके बाबा विश्वनाथ के श्री विग्रह को उनके पूर्व स्थान पर पुनः प्रतिष्ठित कर देना चाहिए।

भगवान विश्वनाथ के श्री विग्रह की पुनः प्रतिष्ठा की बात सुनने में तो बहुत अच्छी लगी किंतु जब इस प्रस्ताव पर गंभीरता से विचार किया तो महाराज चेतसिंह को अपने राज्य की प्रजा को दो परस्पर विरोधी शिविरों में बाँट देने की बात अच्छी नहीं लगी। उन्होंने इन्दौर की महारानी अहल्याबाई होल्कर तथा ग्वालियर के महाराज महादजी सिंधिया से इस विषय पर राय ली तो उन्होंने भी यही सलाह दी कि इतिहास की गलतियों से सबक तो हासिल किए जा सकते हैं तथा उन गलतियों की पुनरावृत्ति को रोकने के प्रयास भी किए जाने चाहिए किंतु इतिहास की एक गलती को सुधारने के प्रयास में उसी प्रकार की दस नई गलतियाँ करना कभी भी श्रेयस्कर नहीं हो सकता। उन्होंने बतलाया कि औरंगजेबी कट्टरता के दुष्परिणामों से भी सबक सीखना बड़ा आवश्यक है। इसी कट्टरता का परिणाम है कि काबुल से हैदराबाद, दकन और हिन्दूकुश से ब्रह्मपुत्र तक फैला हुआ विशाल साम्राज्य, केवल पचास वर्षों में ही, दिल्ली के लाल किले में भी दूसरों का मोहताज बनकर रह गया है। छत्रपति शिवाजी महाराज चाहते तो वे अपने साम्राज्य में इस प्रकार की इतिहास की सारी गलतियों को सही कर सकते थे किंतु उन्होंने ऐसा कुछ नहीं किया। उनके राजधर्म ने अपनी प्रजा की सारी धार्मिक आस्थाओं का पूरा सम्मान किया और उसी का फल है कि आज के मुगल साम्राज्य के उत्तराधिकारी मरहठों की शालीनता के सामने नत मस्तक हैं।

इस विषय में अंतिम निर्णय लेने के लिए तीनों राजनयिक सिर जोड़कर बैठे तो उन्होंने समस्या के सारे पक्षों पर गहराई के साथ विचार-विमर्श करने के बाद, यही निश्चय किया कि औरंगजेबी संकीर्णता के गड़े मुर्दे को उखाड़कर राज्य के शान्त तथा सुस्थिर वातावरण में कटुता की सड़ाँध फैलाना किसी भी दृष्टि से उचित नहीं होगा। महारानी अहल्याबाई होल्कर ने प्रस्ताव रखा कि वे स्वयं काशी में एक नए भव्य मंदिर का निर्माण कराकर उसमें बाबा विश्वनाथ के श्री विग्रह को शास्त्रीय विधि-विधान तथा मान-सम्मान के साथ पुनः प्रतिष्ठित करना चाहती हैं तो दोनों महाराजाओं ने बड़े उत्साह के साथ उनके प्रस्ताव का स्वागत किया।

काशी राज्य की मुसलमान प्रजा इन दिनों एक जबरदस्त मानसिक तनाव के

दौर से गुजर रही थी। बदली हुई परिस्थितियों में एक ओर तो औरंगजेबी बर्बरता को मूक सहमति देकर सामान्य हिन्दुओं को मर्मान्तक पीड़ा पहुँचाने का अपराध बोध, उन्हें आँखें ऊपर नहीं उठाने दे रहा था और दूसरी ओर अब हिन्दुओं की ओर से उसी बर्बर प्रक्रिया को अपनाए जाने का आतंक उनकी नींद हराम किए हुए था। अफवाहों का बाजार गर्म था, कभी कोई कह देता था कि कलकत्ते से कम्पनी बहादुर का हुक्म आ गया है कि ज्ञान व्यापी की मस्जिद का रूप बदलकर उसे फिर से विश्वनाथ मंदिर बना दिया जाए। तो कोई दूसरा कहने लगता था कि ग्वालियर से सिन्धिया महाराज की फौजें ज्ञान व्यापी की मस्जिद को तोड़कर उस स्थान पर फिर से विश्वनाथ मंदिर बनवाने के लिए कूच कर चुकी हैं। हिन्दू सिरफिरे और मुसलमान कठमुल्ले दोनों ही इन अफवाहों को हवा दे रहे थे। इसके साथ ही महाराज चेतसिंह का यह कथन कि बाबा विश्वनाथ के श्री विग्रह का वर्तमान स्थान उनकी गरिमा के अनुरूप नहीं है और काशी नगर के निवासियों के सुख तथा समृद्धि के लिए श्री विग्रह को पहले के जैसा मान-सम्मान दिया जाना आवश्यक है, मुसलमानों का दिल दहलाए दे रहा था।

काशी नगर के निवासियों का सारा सुख और समृद्धि, तीर्थ यात्रा पर आए हुए, हिन्दू यात्रियों पर ही निर्भर करता है यह बात तो मुसलमान भी जानते थे। वे यह भी जानते थे कि बाबा विश्वनाथ के सम्मानपूर्वक प्रतिष्ठित हो जाने से काशी में आने वाले यात्रियों की संख्या में वृद्धि होगी और इसका लाभ उन्हें भी मिलेगा किंतु इसके लिए मस्जिद को फिर से मंदिर बनाने की बात उनके गले नहीं उतर रही थी।

काशी नगर में रहने वाले मुसलमानों में बहुत बड़ी संख्या बनारसी साड़ियाँ तैयार करने वाले बुनकरों की थी और उनका सारा व्यापार हिन्दू व्यवसायियों के हाथ में था। व्यापारी समुदाय अपने व्यावसायिक मामलों में पूरी तरह से धर्म निरपेक्ष होता है और वह अपनी व्यक्तिगत धार्मिक निष्ठा और आस्था को व्यापारिक लाभ के रास्ते में कभी आड़े नहीं आने देता। इसीलिए, हिन्दू व्यापारी वर्ग भी चिंतित था कि कहीं मुसलमान बुनकर कारीगर, हिन्दुओं की प्रतिशोध भावना से आतंकित होकर, काशी नगर से पलायन न करने लगे।

ऐसे में जब लोगों ने सुना कि महाराज चेतसिंह और सिंधिया महाराज के सहयोग से इन्दौर की महारानी अहल्याबाई होल्कर, ज्ञान व्यापी मस्जिद के साथ कोई छेड़-छाड़ किए बिना, उसी के बगल में, भगवान विश्वनाथ का नया मंदिर बनवा रही हैं तो नगर के सामान्य लोगों के सर पर से एक बोझ-सा उतर गया। कुछ कठमुल्लों ने अवश्य आपत्ति की कि 'मस्जिद के बगल में मंदिर बनेगा तो उसके घंटे घड़ियालों के शोर से हमारी नमाज में खलल पड़ेगा' किंतु नगर के सामान्य मुसलमानों ने उन्हें दो टूक उत्तर दे दिया—'अब ई कुफर रहे दऽ मुल्वी साहेब। तोहिकी मसितिया

कऽ बगलई माँ ओनकर मन्निरिया बने तऽ हमनी तऽ कउनऊ नुकसान देखत बाटी नऽ। ओन कर बाबा कऽ लगे बनारस माँ मार नईके नइके जात्री अइले करीं तऽ हमनिउ की सुरुआ बोटी का जुगाड़ तनी ठीक-ठाक बैठे लगल अउर तोहिकी जकतिया-बकतिया दिए माँ हमनी का कउनऊ परेसानी न हुइवे करी।''

राज शक्ति के साथ प्रजा शक्ति का सहयोग भी मिल गया तो मंदिर निर्माण का काम युद्ध स्तर पर चल निकला और उसकी गूँज दूर-दूर तक फैलने लगी। व्यावसायिक कोठियों पर आनेवाली चिट्ठी-पत्रियों से पता लग रहा था कि दूसरी रियासतों के अनेक श्रीमंत, राजे-महाराजे भी मंदिर निर्माण में गहरी रुचि ले रहे थे और उनमें से बहुत से लोग, श्री विग्रह की पुनः प्रतिष्ठा के दिन, स्वयं भी बाबा के दरबार में हाजिरी लगाने के लिए उत्सुक थे। जैसे-जैसे पुनः प्रतिष्ठा का दिन निकट आता जा रहा था वैसे-वैसे काशी की निर्जीव काया में नए प्राणों का संचार सा होता जा रहा था और काशी निवासियों को अपने सामने समृद्धि के नए क्षितिज खुलते हुए दिखाई देने लगे थे। बनारसी साड़ियों के बुनकर-व्यापारी नए दिसावरों के व्यवसायियों के, दुकानदार महाजन नए ग्राहकों के, पंडे पुजारी नए यजमानों के, अध्यापक-आचार्य नए शिष्यों के तथा गुनवंत-कलाकार नए गुण ग्राहकों के सुनहरे सपने सँजोने लगे थे।

ईस्वी सन् 1777 में बाबा विश्वनाथ की वापसी का दिन, काशी में महा-महोत्सव का दिन था। सारा नगर नई दुल्हन की भाँति सँवारा-सजाया गया था, दुकानदारों ने अपनी दुकानों में बिकाऊ सामान की भरपूर आपूर्ति का पूरा प्रबंध कर लिया था और पंडे पुजारी अपने साधन संपन्न यजमानों के लिए सुविधाजनक आवास एवं खान-पान तथा सामान्य जनों के लिए केवल सिर छिपाने के लिए स्थान उपलब्ध कराने की व्यवस्था में व्यस्त थे। बनारसी पानों तथा भाँग बूटी की तरह-तरह की ठंडाई की दुकानें सारे नगर में, बरसाती कुकुरमुत्तों की भाँति, जगह-जगह दिखाई देने लगी थीं और साधन सम्पन्न धर्म प्राण लोगों ने बाहर से आने वाले साधु-फकीरों और गरीब गुर्बा लोगों की भोजन व्यवस्था के लिए कई स्थानों पर अन्न क्षेत्र खुलवा दिए थे।

नगर में ऐसी चहल-पहल और भीड़-भाड़, काशी निवासियों की इस पीढ़ी ने, इससे पहले कभी नहीं देखी थी। नगर से बाहर गंगा के किनारे, डेरे-शामियानों का एक पूरा का पूरा नगर ही बस गया था। गंगा के सारे घाट गुलजार हो गए थे और बीच धार में सजे-बजे बजरों और सैलानी नावों की रंग-बिरंगी छटा देखते ही बनती थी। बाहर से आने वाले धनीमानी लोग तरह-तरह के धार्मिक अनुष्ठानों का आयोजन कर रहे थे तथा भोजन भट्ट ब्राह्मण भी इन दिनों खूब कसकर चाँदी काट रहे थे।

दाल मंडी के कोठों पर गन्धर्व और रामजनी समुदायों की प्रतिष्ठित नृत्यांगनाएँ, नए गुण-ग्राहकों को रिझाने के लिए, अपनी-अपनी कलाओं का सर्वोत्तम प्रदर्शन कर रही थीं और उनके कोकिल कंठों का रस लेने के लिए, देर रात गए तक, नीचे सड़क पर सामान्य जनों की भीड़ लगी रहती थी। वैसे,

चांडाली तु स्वयम् काशी, प्रयागश्चर्मकारिणी।
अयोध्या पुक्कसी चैव, रजकी मथुरामता।।

के मंत्रोच्चार के साथ चारों महातीर्थों का पुण्य कमाने का प्रयास करने वालों का भी कोई अभाव नहीं था।

यों तो सवेरे के पूर्वाकाश की धूमिल क्षितिज पर, धीरे-धीरे लालिमा बिखेरकर उगते हुए सूरज का सलोना स्वरूप, सभी स्थानों पर सुंदर ही होता है किंतु काशी की बलखाती हुई गंगा के पूर्वाकाश में यही सुहाना सौन्दर्य घनीभूत होकर विभाषित होते हुए, सुबहे-बनारस का रूप ले लेता है। सारा वातावरण अरुणोदय की कोमल किरणों की सिंदूरी आभा से रंग जाता है तथा समूची जड़ और चेतन सृष्टि विभोर हो उठती है। इस पर आज तो नए विश्वनाथ मंदिर के नौबतखाने से आते हुए नफीरियों के भैरवी स्वर, सुबहे-बनारस को और भी अधिक रंगीन बनाए दे रहे थे।

सुबह की प्रतीक्षा में कोई भी काशी निवासी रात में ढंग से सो नहीं पाया था और सुबह हो गई तो सभी लोगों को बाबा विश्वनाथ की वापसी की शोभायात्रा तथा उनके श्री विग्रह की पुनः प्रतिष्ठा के समारोह में सम्मिलित होने के लिए, सुबह के स्नान ध्यान के नित्य कर्मों के निवृत्त होने की, जल्दी पड़ गई थी। और तो और, जो लोग सुबह की कागावासी लेने के अभ्यस्त थे उन्होंने भी आज घोंटने-छानने की बस औपचारिकता ही निबाह ली थी।

नया मंदिर बाबा विश्वनाथ का स्वागत करने के लिए पूरी तरह से तैयार हो गया था। नवोदित प्रतिभा के रूप में, अधिकारी वैदिक कर्मकांडीय पंडितों के साथ, सोमेश्वर तिवारी भी ब्राह्म वेला से ही मंदिर में हवन-पूजन की व्यवस्था में भाग ले रहे थे। यजमान पीठ पर आसीन महारानी अहल्याबाई होल्कर, पूरे विधि-विधान के साथ, प्रासादोत्सर्ग के संकल्प की प्रक्रिया पूरी कर रही थीं और मंदिर के द्वार पर मणिकर्णिका घाट के कापालिक, पूरे ओज के साथ, शिव-तांडव-स्तोत्र का वाचन कर रहे थे।

बाबा विश्वनाथ के श्री विग्रह को प्रश्रय देने वाले, नगर के एक कोने में स्थित, उस अकिंचन से मंदिर का निर्माण करवाने वाले को गुमान भी नहीं रहा होगा कि किसी दिन इस मंदिर को, काशी तो क्या दूर-दूर के राज्यों के लोग भी, इतना महत्त्व देंगे। परिस्थितियाँ बदलीं तो आज इस मंदिर का सौभाग्य सूर्य भी

अपने उत्कर्ष के चरम बिंदु पर जगमगाने लगा। श्री विग्रह को नए मंदिर में प्रतिष्ठित करने को ले जाने के लिए काशी नरेश महाराज चेतसिंह, पूरे राजसी ठाट-बाट के साथ, स्वयं उपस्थित थे, हजारों लोगों की भीड़ जमा थी तथा 'बाबा विश्वनाथ की जय' के घोष से दसों दिशाएँ गूँज रही थीं।

बाबा की वापसी की शोभायात्रा आन-बान में किसी सम्राट के राज्याभिषेक की शोभायात्रा से कम नहीं थी। सबसे आगे एक सुन्दर और सुसज्जित ऊँट पर दो नगाड़ों के साथ नकारची, शोभायात्रा का मार्ग प्रशस्त कर रहा था। उसके पीछे, सफेद चूड़ीदार पायजामों पर सुनहरी काम की अचकनें और टोपियाँ पहने हुए, नफीरी वादकों के कई दल संगीत की रसधारा बहा रहे थे और उनके दोनों ओर अनेक चोबदार राजकीय पताकाएँ लिये हुए खड़े थे। विशालकाय राज-गज के गंगा-जमुनी हौदे में राजछत्र के नीचे श्री विग्रह विराजमान करा दिया गया था, स्वयं महाराज चेतसिंह उसके ऊपर चँवर ढोर रहे थे और उनको सम्मान और सुरक्षा देते हुए सुसज्जित सशस्त्र सैनिकों की टुकड़ियाँ उनके दोनों ओर खड़ी हुई थीं।

शोभायात्रा के समायोजक की शंखध्वनि पर गजराज उठकर खड़ा हो गया। महावत ने अंकुश से हल्का-सा इशारा दिया तो उसने अपनी सूँड़ ऊपर को उठाकर एक सौम्य-सी चिंघाड़ निकाली और शोभायात्रा का प्रस्थान आरंभ हो गया। हजारों लोगों का विशाल जनसमूह शोभायात्रा में सम्मिलित था और शंखों, घंटों, घड़ियालों, भेरियों और तुरहियों की ध्वनि आकाश तक गूँज रही थी।

नगर परिक्रमा पूरी करके शोभायात्रा, नव-निर्मित विश्वनाथ मंदिर पर पहुँची तो महारानी अहल्याबाई होल्कर ने, अपने पूरे लाव लश्कर के साथ बढ़कर, श्री विग्रह की अगवानी की, नगर की सुप्रसिद्ध तथा सुप्रतिष्ठित मंगलामुखियों ने मंगलगान किया और वेदपाठी पंडितों की समवेत वेदध्वनि के साथ अनेक राजा-सामंतों ने अपने कंधों पर उठाकर श्री विग्रह को मंदिर में प्रविष्ट किया। महारानी अहल्याबाई ने श्री विग्रह के समक्ष प्रासादोत्सर्ग का संकल्प पूरा किया और उसकी शोड्षोपचार पूजा-अर्चना करके, सारे हिन्दू समाज की आस्था विश्वास का प्रतिनिधित्व करते हुए, पूरे आदर सम्मान के साथ बाबा विश्वनाथ को उनके नए मंदिर में पुनः प्रतिष्ठित करा दिया।

बाबा विश्वनाथ अपने नए मंदिर में प्रतिष्ठित हो गए तो उनके दर्शनों के लिए, दूर-दूर के प्रदेशों से आने वाले तीर्थयात्रियों की भीड़ जुटने लगी, बनिज व्यापार का विस्तार होने लगा तथा राज्य के निवासियों की समृद्धि तथा राजकीय आय में बड़ी तेजी के साथ वृद्धि होने लगी।

आचार्य विधुशेखर की पाठशाला में बाहर से आने वाले विद्यार्थियों की संख्या भी अच्छी-खासी बढ़ गई और उनके रहने-सहने तथा शिक्षा-दीक्षा की व्यवस्था के लिए उन्हें दूसरे उपाध्यायों की सहायता लेना अनिवार्य हो गया। सोमेश्वर तिवारी

और मनसुख लाल पारिख, आचार्य जी के जाने परखे शिष्य और सहयोगी थे इसलिए उन्होंने सहयोगी अध्यापन के साथ पाठशाला की प्रशासकीय व्यवस्था में भी उन्हें अधिकाधिक जिम्मेदारियाँ देनी आरंभ कर दीं और इसके साथ ही उन्होंने उनके लिए आर्थिक लाभ के कुछ स्रोत भी उपलब्ध करा दिए। काशी के महानगरीय जीवन में वे, अब कुछ ज्यादा ही, रच-बस गए थे।

आचार्य जी के प्रभाव क्षेत्र के कई कान्यकुब्ज और गुजराती ब्राह्मण परिवारों में अनेक विवाह योग्य सुंदर सुशील तथा सुसंस्कृत कन्याएँ थीं। गुरु-माता कभी-कभी उनमें से उपयुक्त कन्याओं के साथ उन दोनों के विवाह संबंध बनवाने की बात करतीं तो वे, नागरिका पत्नियों के साथ, काशी के संपन्न महानगरीय जीवन के सपने देखने लगते थे।

कुछ समय तक तो काशी राज्य की यह व्यवस्था ठीक-ठाक चलती रही किंतु जब राज्य के निवासियों की समृद्धि तथा कोष की संपन्नता की सूचना, कलकत्ते में, ईस्ट इंडिया कम्पनी के गवर्नर जनरल वारेन हेस्टिंग्ज को मिली तो उसके मुँह में पानी आ गया और उसने काशी की इस समृद्धि और संपन्नता को हड़पने का मन बना लिया। इसी दृष्टि से उसने पहले तो महाराज चेतसिंह को कहलवाया कि काशी राज्य की सुरक्षा के लिए, काशी में तीन गोरी पल्टनों का रखा जाना आवश्यक है तथा महाराज को उनके रखरखाव पर पाँच लाख रुपए वार्षिक का भार उठाने के लिए सहमत होना चाहिए। काशी राज्य की सुरक्षा के लिए ऐसी किसी व्यवस्था की आवश्यकता तो बिल्कुल भी नहीं थी किंतु जबर की धौंसपट्टी के सामने महाराज चेतसिंह को यह व्यवस्था स्वीकार करने के लिए विवश होना पड़ा।

वारेन हेस्टिंग्ज की दाढ़ को खून लग गया तो उसने महाराज चेतसिंह को फिर संदेश भेजा कि तीन पैदल पल्टनों के साथ एक गोरी घुड़सवार पल्टन का भी काशी में रखा जाना आवश्यक है और इसके रखरखाव का खर्च भी काशी राज्य को ही वहन करना चाहिए। महाराज चेतसिंह, वारेन हेस्टिंग्ज की इस बात को मानने के लिए राजी नहीं हुए तो वह स्वयं अपनी सेनाओं के साथ काशी पर चढ़ आया। गोरी पल्टनों ने महाराज चेतसिंह का राजमहल घेर लिया और वारेन हेस्टिंग्ज ने काशी के रेजीडेंट को महाराज की गिरफ्तारी का आदेश दे दिया। इस पर काशी निवासियों का आक्रोश भड़क उठा और उन्होंने सारी गोरी पल्टनों का सफाया कर दिया।

खिसियाया हुआ वारेन हेस्टिंग्ज अपनी नई सैन्य शक्ति के साथ एक बार फिर, सन् 1782 ई. में काशी पर चढ़ आया। सैन्य बल की दृष्टि से, वारेन हेस्टिंग्ज के सामने, महाराज चेतसिंह की कोई हैसियत नहीं थी और जब बुरी तरह से घिर गए तो वे, बड़ी कठिनाई के साथ, अपनी जान बचाकर ग्वालियर पहुँच पाए।

काशी पर अँग्रेजी सेना का अधिकार हो गया तो वारेन हेस्टिंग्ज ने महाराज चेतसिंह के कुल के ही एक अन्य व्यक्ति को अपना कठपुतला शासक बनाकर काशी राज्य की सारी समृद्धि और संपन्नता को अपनी मुट्ठी में कर लिया।

नई व्यवस्था में काशी का रूप-रंग बिगड़ता ही चला गया। प्रजा नित नए करों के बोझ से दबती गई, खेतियाँ उजड़ती गईं, बनिज व्यापार सिमटते गए, नए यात्रियों का आना बंद हो गया और राज्य के पुराने निवासी भी अपना देश छोड़ कर दूसरे प्रदेशों की ओर भागने लगे। काशी राज्य की जनसंख्या पाँच लाख से घटकर मात्र दो लाख रह गयी।

आचार्य विधुशेखर की पाठशाला में विद्यार्थियों की संख्या भी बहुत कम हो गई थी और उन्होंने अपने नए विद्यार्थियों के लिए जो अतिरिक्त व्यवस्था की थी वह अब बिल्कुल अनावश्यक होकर रह गयी थी। शालीनता के बोझ से दबे हुए आचार्य जी ने अपने मुख से तो कभी कुछ नहीं कहा किंतु वास्तविकता यही थी कि सोमेश्वर तिवारी और मनसुख लाल पारिख दोनों ही अब उनकी पाठशाला पर व्यर्थ का बोझ बन गए थे। आचार्य जी ने उन दोनों के लिए अतिरिक्त आय के जो स्रोत उपलब्ध करा दिए थे वे भी सूख चले थे और उजड़ी हुई काशी में, ब्राह्मणों के बेटों का पेट भरने के लिए, अब ब्रह्मभोजों का भी अकाल-सा हो गया था।

महानगर के सम्मोहन का जादू फीका पड़ गया तो सोमेश्वर तिवारी और मनसुख लाल पारिख को अपने-अपने घरों की याद सताने लगी। काशी के विद्वत् समाज ने उन्हें सक्षम शास्त्री तथा प्रतिष्ठित उपाध्याय के रूप में मान्यता दे ही दी थी और उन्होंने आचार्य जी से अपने-अपने घरों को वापस जाने की अनुमति माँगी तो उन्हें भी अब उन दोनों को काशी में और अधिक रोके रखने का कोई औचित्य दिखाई नहीं दिया।

मार्ग व्यय के लिए थोड़ा-थोड़ा धन तो उन दोनों के पास था ही, व्यावसायिक कोठियों में उन दोनों के नाम से जो धनराशियाँ जमा थीं उसे उन्होंने वापस ले कर आचार्य जी को गुरु-दक्षिणा के रूप में समर्पित कर दिया तथा गुरुदेव एवं गुरुमाता की चरणवंदना करके काशी प्रवास की खट्टी-मीठी स्मृतियों को सँजोए, अपने-अपने घरों के लिए वापस चल दिए।

सात

नए शहर में बंदूकों-तमंचों के कारबार की तो ज्यादा गुंजाइश नहीं थी लेकिन हाँसी-हिसार के लोहारों की यांत्रिक अभिरुचि के अनुरूप उन्हें दूसरे और कई विकल्प

इस शहर में उपलब्ध हो गए।

इन दिनों, इधर के देहाती इलाकों में, किसानों ने बड़ी संख्या में गन्ने की खेती करनी आरंभ कर दी थी और शहर के कई संपन्न परिवारों ने अपने ब्याज बट्टे के कारोबार के साथ राव और देशी खांड बनाने के उद्योग का जोड़-तोड़ बैठा कर देहाती इलाकों में खंडसालों का जाल फैला दिया था। स्थानीय जमींदारों से साँठ-गाँठ करके यह खंडसाली महाजन, गन्ना पैदा करने वाले किसानों के भाग्य विधाता बन गए थे। गन्ने की फसल तैयार होने से पहले ही वे, जरूरतमंद किसानों को पेशगी कीमत देकर, औने-पौने मूल्य पर, उनकी आने वाली फसल के गन्ने के रस का सट्टा कर लेते थे। समय आने पर किसानों को अपना गन्ना इन्हीं खंडसालियों की खंडसालों पर पहुँचाना पड़ता था। इस व्यवस्था में पुराने पत्थर के कोल्हू और थोड़ा-बहुत गुड़ बना लेने के छोटे-छोटे परछे-कड़ाह बेमानी होकर रह गए थे। हाँसी-हिसार के लोहारों ने लोहे के कोल्हू और रस पकाने के बड़े-बड़े कड़ाह बनाना शुरू कर दिए तो उनके लिए एक बना-बनाया बाजार मिल गया।

इसी तरह मंडी में कपास और सन की आवक भी बहुत बढ़ रही थी और इन जिन्सों का दिसावरों को लदान करने से पहले उन्हें ठोस गाँठों में बाँधना होता था। हाँसी-हिसार के लोहार गाँठें बनाने की हत्थू मशीनें बनाने लगे और वे हाथों-हाथ बिकने लगीं।

इतना सब कुछ तो था ही लेकिन सबसे बड़ी बात यह थी कि इस शहर के लोहार-बढ़इयों ने, बैलगाड़ियाँ बनाने की अपनी एक विशिष्ट शैली विकसित कर ली थी। यह बैलगाड़ियाँ देखने में सुंदर तथा बरतने में टिकाऊ होने के साथ ही चलने में भी बहुत हल्की होती थीं और इनसे मामूली किस्म के बैल भी अच्छे-खासे भारी बोझों को बड़ी आसानी के साथ खींच ले जाते थे। इन गाड़ियों को आकार तो बढ़इयों से ही मिलता था; किन्तु उनको गति देने वाले पहियों के नल, हाल और धुरे बनाने की कारीगरी का करिश्मा लोहारों के ही हाथ में था। कार्तिकी पूर्णिमा के अवसर पर चौवारी, ककोडा, राजघाट और तिगरी के जुगाधरी मेलों के काठ बाजारों पर यही बैलगाड़ियाँ छाई रहती थीं और इनकी नामवरी ने मंडी की प्रसिद्धि को और भी चार चाँद लगा दिए थे।

हत्थू आरों की खश-खश, पटासियों पर पड़ती हुई वसूलों की चोटों की खट-खट और गुलमेखें पीटते हुए हथौड़ों की ठक-ठक से, शहर के सारे बाहरी आँचल दिन भर गूँजते रहते थे। शहर के लोहार-बढ़इयों को सारे साल दम मारने की फुरसत नहीं मिलती थी। कार्तिकी पूर्णिमा के मेलों से वापस आते ही अगले वर्ष के मेले की तैयारियों का सिलसिला शुरू हो जाता था। लोहार-बढ़इयों की गिनती शहर के संपन्न दस्तकारों में की जाती थी और उनका सामाजिक स्तर, शहर के दूसरे मजदूरी पेशा लोगों की अपेक्षा, कुछ ऊँचा स्वीकार किया जा चुका था।

लोहार-बढ़इयों में अधिक संख्या तो मुसलमानों की ही थी किन्तु हिंदुओं की संख्या भी नगण्य नहीं थी। व्यावसायिकता की दृष्टि से दोनों समुदायों के बीच बड़ी अच्छी समरसता थी। हिंदू उस्तादों के मुसलमान शागिर्द और मुसलमान उस्तादों के हिंदू शागिर्द, अपने-अपने उस्तादों को, पिता तुल्य सम्मान देते थे। वैसे दोनों की कार्यशैलियों में कोई अंतर था तो बस इतना ही कि हिंदू उस्ताद अपनी दुकानें प्रतिपदा और अष्टमी को बंद रखते थे तथा मुसलमान उस्ताद जुम्मे के दिन। बढ़ई और लोहार व्यावसायिक दृष्टि से, एक-दूसरे के पूरक थे और उनके बीच की विभाजन रेखा पानी की लकीर की भाँति थी। हिंदुओं में तो खाती लोहारों के बीच रोटी-बेटी के सारे संबंध थे ही किन्तु मुसलमान लोहार-बढ़इयों में, गाड़िया लोहार, बेटी के मामले में, दूसरे लोहार-बढ़इयों से अलगाव बनाए हुए थे।

बढ़इयों में कुछ संपन्न परिवार जंगलों से लकड़ी लाकर बेचने का ही कारोबार करते थे। यह लोग, बैलगाड़ियाँ बनाने वाले साहिबे जायदाद दस्तकारों को लकड़ी उधार दे दिया करते थे और जब वे लोग अपनी बनाई हुई गाड़ियाँ बेचकर मेलों से वापस लौटते थे तो उनसे लकड़ी की कीमत मुनाफे सहित वसूल कर लेते थे। क्योंकि ब्याज की आमदनी इस्लामी शरीयत में हराम मानी गयी थी इसलिए ब्याज शब्द के प्रयोग से परहेज किया जाता था और मुनाफे जैसे मासूम शब्द के प्रयोग से साँप भी मर जाता था और लाठी भी नहीं टूटती थी। लोहार लोग अपने काम के लिए पूरी तरह पर लोहिया वैश्यों पर आश्रित थे, जो भट्ठीदार उस्तादों को उनकी आर्थिक साख के अनुरूप कच्चा माल देकर उनसे, मजदूरी पर, बिकाऊ माल तैयार कराते थे। अधिकांश उस्ताद इन लोहियों के कर्ज से दबे रहते थे। यही लोहिए, बैलगाड़ियों में लगने वाला लोहे का सामान बढ़इयों को उधार देकर, उन्हें भी अपने कर्जे के शिकंजे में जकड़े रहते थे। इस तरह पर शहर में लोहियों और लोहार-बढ़इयों की, एक अलग ही दुनिया बन गयी थी जिसमें दोनों वर्ग 'मोको और न तोको ठौर' के सिद्धान्त की रस्सी से खूब कसकर बँधे हुए थे। लोहिए, लोहार-बढ़इयों को अपनी दुधारू गाय समझकर उनकी अनगढ़ बातों की चार लातों को भी हँसी-खुशी बर्दाश्त कर लेते थे और लोहार-बढ़ई भी इन लोहियों को अपना अन्नदाता समझकर उनसे दबे ही रहते थे।

बढ़इयों का तो सारा काम दिन में ही होता था और यांत्रिक कारीगरी तथा खेती और दस्तकारी के औजारों के बनाने और सुधारने का काम लोहार लोग भी दिन में ही निबटा लिया करते थे किन्तु गर्म भट्ठी के भारी कामों को लोहार लोग रात में ही किया करते थे। रात को लगभग दो बजे से ही उनकी भट्ठियाँ सुलगनी शुरू हो जाती थीं और सुबह को सूर्योदय के समय तक उनके काम का सिलसिला जारी रहता था। रात को भट्ठियों पर काम करने वाले लोग, दिन में तीसरे पहर तक, अपने परिवारों में रहकर खाते-पीते और आराम करते थे तथा शाम को, बन-सँवर

कर छैला बने हुए, अपने अच्छे-बुरे शौक पूरे किया करते थे।

लोहारों की बड़ी भट्टी पर, एक उस्ताद के साथ, पंखे का पहिया चलाने वाले लड़के के अतिरिक्त तीन-चार घनवाहे शागिर्द रहा करते थे। उस्ताद एक बड़ी-सी निहानी पर तपते हुए लोहे को सँड़ासी से पकड़कर अपने थान पर बैठते थे और एक समय में दो घनवाहे उस पर निरंतर चोटें करते हुए बनने वाले अदद को, रूप दिया करते थे। तपते लोहे पर किस जगह घन की चोट लेनी है, इसी में उस्ताद की सारी कारीगरी होती थी और यह कला बरसों के अनुभव से प्राप्त होती थी।

नए शहर में एक पीढ़ी बदलते-बदलते, गाड़िया लोहारों के रंग-ढंग भी बहुत कुछ बदल गए। हिंदू समाज और उसकी परंपराओं से भावनात्मक जुड़ाव के बचे-खुचे रिश्ते भी, पिछली पीढ़ी के साथ ही, अतीत की गहराइयों में गुम होने लगे थे। किन्तु उनकी स्त्रियाँ अभी इस सीमा तक बदलने के लिए तैयार नहीं थीं और उनकी सामुदायिक राजपूती ठसक भी उन्हें दूसरे मुसलमान लोहार-बढ़इयों से पूरी तरह पर एकरस नहीं होने दे रही थी।

कैसर अली और गौहर अली तो जैसे भी मुसलमान थे वह थे ही। मस्जिद में नमाज पढ़ने के साथ मंदिर की देहरी पर भी मत्था टेक ही लिया करते थे और जब कोई कुछ कहता था तो हँसकर उत्तर दे दिया करते थे कि "अभी इतनी उनसे भी नहीं बिगाड़ी है।" उनके बेटे अहमद अली और मुहम्मद अली स्थानीय मुसलमानों के साथ खूब अच्छी तरह से रच-बस गए थे, खान-पान की पुरानी मर्यादाओं को छोड़ चले थे, नियमित रूप से जुम्मे की नमाज पढ़ते थे और दशरथ को जसरत, रावण को रामन तथा हनुमान को हलूमान कहने लगे थे। इस पर भी, हाँसी-हिसार से एक साथ आने वाले लोगों की बिरादरी अपनी जगह पर बनी हुई थी। इस दूर देश में गाँव नाते के रिश्ते भी खून के रिश्तों की भाँति ही प्रभावशाली दिखाई दे रहे थे। हरियाणवी भाषा का स्नेह सूत्र उन्हें धर्मों और जातियों की सीमाओं में सीमित रखते हुए भी एकताबद्ध किए हुए था और वे एक-दूसरे के सुख-दुःख में बराबर की साझेदारी निभा रहे थे। बिहारी चाचा, अहमद अली-मुहम्मद अली के और भी ज्यादा सगे हो गए थे तथा बिहारी लाल का बेटा गिरधारी लाल, अपने अहमद-मुहम्मद भैया के बलबूते पर, स्थानीय लड़कों में सीना सिपर होकर रहता था।

शहर की लोहार-बढ़इयों की दुनिया में कैसर अली और गौहर अली दोनों ही अच्छी-खासी साख वाले उस्तादों के रूप में प्रतिष्ठित हो चुके थे। बैलगाड़ियों के पहियों के नल, हाल और धुरे बनाने का काम तो उनका प्रमुख धंधा था ही और उसके बलबूते पर वे आर्थिक रूप से भी सम्पन्न हो चले थे किंतु यांत्रिक कारीगरी का अभ्यास बनाए रखने के लिए वे फिरंगी तमंचों और दूसरे यंत्रों के

बनाने का काम भी नियमित रूप से करते ही रहते थे। उनके बेटे अहमद अली और मुहम्मद अली अब जवान हो चले थे और दोनों ही अपने बुजुर्गों की परंपरा के कुशल कारीगरों के रूप में उभरकर सामने आने लगे थे।

पुरखों के जमाने में दादा-दादी और नाना-नानी के चार गोतों को छोड़कर विवाह करने का रिवाज था। इस दूर देश में पहले तो उनकी अपनी बिरादरी के मुसलमानों के घर ही इने-गिने थे इस पर भी चार गोतों को छोड़कर विवाह करने की लीक पर ही चलने की जिद करते तो लड़के-लड़कियाँ अनब्याहे ही रह जाते। इस समस्या पर बहुत कुछ सोच-विचार किया तो पुरुषों की यही राय बनी कि जब मुसलमान हो ही गए हैं तो उन्हीं की तरह, माँ के दूध का बचाव करते हुए, लड़के-लड़कियों के शादी संबंध शुरू कर देने चाहिए। शुरू-शुरू में स्त्रियों ने इस कुरीति पर बहुत नाक-भौं सिकोड़ी किंतु समस्या का कोई दूसरा समाधान उपलब्ध ही नहीं था तो उन्हें भी, विवश होकर, वस्तुस्थिति के सामने हथियार डालने पड़ गए, और जब यह प्रथा बिरादरी के रिवाज में शामिल हो ही गयी तो गौहर अली की बेटी जैनब का निकाह अहमद अली के साथ पढ़वा दिया गया।

आठ

जैसे-जैसे मंडी का विकास और विस्तार होता जा रहा था वैसे-वैसे नगर के सामान्य जीवन में बहु-आयामिता आती जा रही थी किन्तु समस्या यह सामने आ रही थी कि इन नए आयामों को दिशा और गति देने के लिए स्थानीय प्रतिभाएँ उपलब्ध नहीं थीं। और तो और, इतनी बड़ी बस्ती में न तो कोई चिकित्सा शास्त्र का जानकार वैद्य था और न धार्मिक अनुष्ठानों की जटिलता को समझने वाला कोई पंडित।

काशी से वापस लौटकर आए तो उनके पिता पंडित माणिक लाल पारिख ने मनसुख लाल का विवाह ठाकुरद्वारे के एक प्रवासी गुजराती ब्राह्मण परिवार की सुंदर और सुशिक्षित कन्या से करा दिया। आरंभ में तो अपने पिता की प्रसिद्धि और प्रतिष्ठा के बल पर वे, एक वैद्य और दक्षिणमार्गी तांत्रिक के रूप में, थोड़ा-थोड़ा जमने लगे थे किंतु तभी उनके पिता की अचानक ही मृत्यु हो गई और मुरादाबाद में पहले से जमे हुए वैद्यों की कुटिल नीति के सामने उन्हें टिक सकना कठिन हो गया। इसी बीच उन्हें चंदौसी के एक प्रतिष्ठित अग्रवाल वैश्य परिवार के बेटे की चिकित्सा करने का अवसर प्राप्त हुआ। दूसरे वैद्य उसके रोग को असाध्य बता चुके थे किंतु उनके उपचार से वह पूरी तरह स्वस्थ हो गया। उपकृत वैश्य परिवार ने अपने नगर में वैद्य जी की यश गाथा की धूम मचा दी और जब उनके उपचार

से दो-चार दूसरे असाध्य रोगी और स्वस्थ हो गए तो चंदौसी में उनके नाम का डंका बजने लगा। नगर के कई प्रतिष्ठित नागरिकों ने उनसे बहुत आग्रह किया तो वे चंदौसी में आ कर बस गए और शीघ्र ही नगर में एक सफल चिकित्सक तांत्रिक तथा ज्योतिषी के रूप में भली-भाँति प्रतिष्ठित हो गए। पंडित मनसुख लाल को भगवान ने यश और धन देने में तो कोई कृपणता नहीं की थी किंतु संतान को लेकर वे नितांत भाग्यहीन रहे, उनकी पत्नी कभी गर्भ ही धारण नहीं कर सकीं।

फर्रुखाबाद के वैश्य व्यापारियों को इस मंडी के रंग-ढंग कुछ ज्यादा ही रास आ गए थे। नगर के व्यापारी समुदाय में उनकी अपनी एक विशिष्ट पहचान बन गई थी और उनके वर्चस्व के आधार पर एक पूरा का पूरा बाजार ही फर्रुखाबादी बाजार कहा जाने लगा था। इन फर्रुखाबादियों के कई परिवार तो यहाँ आकर स्थायी रूप से ही बस गए थे किंतु अपने मूल स्थान से भी उनके संपर्क सूत्र अभी तक बड़ी मजबूती के साथ जुड़े हुए थे और उनका फर्रुखाबाद आना-जाना लगा ही रहता था। इन परिवारों में से कुछ परिवार वैद्यराज मनसुख लाल पारिख के अनन्य भक्त भी थे तथा उनके माध्यम से, फर्रुखाबाद के संपन्न समाज के लिए भी उनका नाम अनजाना नहीं रह गया था।

''कमलपुर की पंडिताई की दृष्टि से तो हमारी काशी की विद्या निरर्थक ही है, बप्पा।''

''इस हिसाब से तो हमारी विद्या भी, यहाँ के लिए, आवश्यकता से कुछ अधिक ही है, सोमेश्वर। यहाँ तो हमारे हरू सुकुल अपनी अमरकोश की पोथी से ही विवाह करा देते हैं और उनके यजमानों को पूरा विश्वास है कि हरू सुकुल की पोथी के मंत्रों से बाँधी गई विवाह की गाँठें कभी ढीली नहीं पड़तीं।''

''तो फिर हमारे विषय में आपने क्या विचार किया है?''

''कमलपुर में पंडिताई कराने के लिए तो हमने, तुम्हें काशी पढ़ने भेजा नहीं था। विद्यार्थी थे तो हम भी सपने देखते थे कि विद्या के बल पर अपने कुल का नाम उजागर करेंगे। दुर्भाग्य से तुम्हारे बब्बा की असामयिक मृत्यु ने हमें परिवार के लिए दो जून की रोटियों का जुगाड़ करने में जोत दिया। सच तो यह है कि तुम्हारे माध्यम से हम अपनी इसी महत्त्वाकांक्षा को पूरा करना चाहते थे। हम तो इसे अपना सौभाग्य ही समझते हैं कि हमारी और तुम्हारी महत्त्वाकांक्षाओं में कोई अंतर्विरोध पैदा नहीं हुआ और इसीलिए हम दोनों भविष्य को एक ही दृष्टि से देख सकते हैं।''

''इस दृष्टि से तो हम सचमुच ही भाग्यशाली हैं।''

''ठीक है। तुम्हारे भविष्य के विषय में एक सुझाव तो यह आ रहा है कि

तुम यहाँ कमलपुर में ही अपनी पाठशाला खोल कर स्वतंत्र रूप से अध्यापन कार्य शुरू कर दो किंतु हमें यह सुझाव स्वीकार नहीं है। ऐसा करने पर तुम पंडित सुधाकर दत्त द्विवेदी के प्रतिस्पर्द्धी बन जाओगे। हो सकता है कि तुम, अपने युवा ओज के बल पर द्विवेदी जी को पछाड़ भी दो किंतु अपने बेटे द्वारा ऐसी गुरुघाती कृतघ्नता किए जाने की कल्पना ही हमारे मन को ग्लानि से भर देती है।''

''मैं भी आपकी इसी राय से पूरी तरह सहमत हूँ। मेरे पास आज जो कुछ भी विद्या है उसके सारे श्रेय के अधिकारी तो द्विवेदी जी ही हैं। यदि वे स्वयं मुझे अपनी पाठशाला में अपने सहायक के रूप में स्वीकार करते तो मैं इसे अपना अहोभाग्य समझता किंतु अब तो वे इस कार्य के लिए अपने पुत्र को ही प्रशिक्षित कर चुके हैं। ऐसी स्थिति में मेरे द्वारा कमलपुर में अपनी अलग से पाठशाला खोलने का सुझाव स्वीकार किए जाने का प्रश्न ही पैदा नहीं होता।''

''फर्रुखाबाद बड़ा नगर है, उसके पंडित समाज की आस-पास के क्षेत्रों में एक प्रतिष्ठा भी है और वहाँ धार्मिक मनोवृत्ति के नागरिकों का भी कोई अभाव नहीं है। दूसरा विकल्प यह भी हो सकता है कि तुम भी फर्रुखाबाद में जमकर अपने भाग्य और पुरुषार्थ की परीक्षा लो। तुम्हारे फर्रुखाबाद में बसने की प्रारंभिक व्यवस्था करने के लिए, भगवान की कृपा से, हम भी अभी समर्थ हैं ही।''

''यह दूसरा विकल्प ही ठीक रहेगा, बप्पा।''

''ठीक तो रहेगा किंतु इस विकल्प की बेल को मंगरी चढ़ाने से पहले हम, तुम्हारा विवाह करके, अपने पितृ ऋण से भी पूरी तरह उऋण हो जाना चाहते हैं।''

बेटे का विवाह करने के बाद जुमलेदार करनसिंह ने उसके रहने-बसने की व्यवस्था भी फर्रुखाबाद में कर दी। थोड़े ही दिनों में नगर के विद्या व्यसनी पंडितों तथा पारखी गुण ग्राहकों में तो सोमेश्वर तिवारी की अच्छी साख बन गई किंतु व्यावसायिक पंडिताई के लटकों-झटकों में बिल्कुल कोरे होने के कारण सामान्य जनों में उनकी कोई गहरी पैठ नहीं बन सकी। यही नहीं, पोंगा पंडितों का समुदाय, उन्हें उखाड़ने के लिए, तरह-तरह के षड्यंत्र रचने से भी नहीं चूकता था। उनके यजमानों की परिधि तो छोटी-सी ही थी किंतु उनसे उन्हें जो हार्दिक श्रद्धा और सम्मान मिलता था वह दूसरों के लिए दुर्लभ था। आर्थिक दृष्टि से उन्हें दाल-रोटी का अभाव तो कभी नहीं रहा किंतु वैसे उन्हें ऐसा कुछ अधिक सम्पन्न भी नहीं कहा जा सकता था।

जुमलेदार करनसिंह ने पकी आयु में जब अपना शरीर विसर्जन किया तो तब तक सोमेश्वर तिवारी भी अपने पैरों पर लस्टम-पस्टम खड़े हो ही चुके थे और उनका बेटा रामेश्वर दत्त आठ वर्ष का हो गया था।

फर्रुखाबाद के अपने एक संपन्न व्यवसायी यजमान के परिवार में, किसी धार्मिक अनुष्ठान के अवसर पर, वैद्यराज मनसुख लाल पारिख की चर्चा चली तो

सोमेश्वर तिवारी को अपने अभिन्न मित्र की यशगाथा सुनकर बहुत अच्छा लगा और उनके यजमान को भी यह जानकर बड़ा सुखद आश्चर्य हुआ कि वैद्यराज उनके पंडित जी के सहपाठी और अभिन्न मित्र रह चुके थे। उस यजमान ने इस चर्चा का उल्लेख वैद्यराज से किया तो उन्होंने भी बड़े उत्साह के साथ उसकी संपुष्टि की। बरसों बाद अपने अभिन्न मित्र की कुशल क्षेम का समाचार पाकर मनसुख लाल को भी प्रसन्नता तो बहुत हुई किंतु उन्हें यह जानकर थोड़ा दुख भी हुआ कि सोमेश्वर तिवारी अभी तक अपनी प्रतिभा के अनुरूप, प्रसिद्धि तथा संपन्नता प्राप्त नहीं कर सके थे।

सोमेश्वर तो अपने सुदामा भाव में बहुत कुछ सकुचाते भी रहे किंतु मनसुख लाल ने बड़े उत्साह के साथ अपनी मैत्री के पुराने संपर्क सूत्रों को फिर से जीवित कर लिया और उसी यजमान के माध्यम से दोनों मित्रों के बीच नियमित रूप से पत्र व्यवहार आरंभ हो गया। ऐसे में थोड़े समय बाद मनसुख लाल ने सोमेश्वर से कुछ दिनों के लिए अपने यहाँ सपरिवार आतिथ्य ग्रहण करने का आग्रह किया तो सोमेश्वर तिवारी उनके अनुरोध को अस्वीकार नहीं कर सके।

लौंद का साल था और अधिक मास श्रावण में पड़ रहा था। मनसुख लाल पारिख ने खूब सोच-समझकर सोमेश्वर तिवारी को, श्रावण के अधिक मास में ही, अपने यहाँ बुलाने की योजना बनाई थी। उनकी सहमति मिल गई तो मनसुख लाल ने नगर के प्रमुख नागरिकों से श्रावण के अधिक मास के अवसर पर श्री वेणु गोपाल जी के मंदिर में श्रीमद्‌भागवत की सप्ताह कथा आयोजित करने की चर्चा शुरू कर दी। नगर के धर्म प्राण नागरिकों ने बड़े उत्साह के साथ इस आयोजन का समर्थन किया तो कथा वाचक पौराणिक पंडित के चयन का प्रश्न सामने आ गया। फर्रुखाबादियों ने अपने पंडित सोमेश्वर तिवारी का नाम सुझाया तो मनसुख लाल ने भी उनकी प्रतिभा की बड़ी प्रशंसा की। सब लोग उनके नाम पर सहमत हो चले तो मनसुख लाल कहने लगे—"सोमेश्वर तिवारी मेरे तो अभिन्न मित्र और सहपाठी रहे हैं इसलिए उनके विषय में मेरा मत निष्पक्ष नहीं हो सकता। मेरे मत को आप लोग इसी रूप में लेकर अपने स्वतंत्र ज्ञान विवेक से ही इस विषय में कोई निर्णय लें।" इतने पर भी सभी लोगों ने पंडित सोमेश्वर तिवारी को ही कथा वाचक बनाने का मन बना लिया और फर्रुखाबादियों ने उनको लाने का दायित्व सँभाल लिया तो नगर में श्रीमद्‌भागवत की सप्ताह कथा की तैयारियाँ पूरे जोर-शोर के साथ शुरू हो गयीं। औपचारिक रूप से तो मुख्य श्रोता श्री वेणु गोपाल जी के मंदिर के पुजारी जी को ही होना था किंतु इस आयोजन का सारा व्यय-भार नगर के सम्पन्न व्यवसायियों ने बड़े उत्साह के साथ अपने कंधों पर सँभाल लिया।

श्रावण का महीना तो वैसे भी मंडी में ठलवार का महीना ही होता था। लोगों के पास करने को कोई काम नहीं होता था और समय का काटना कठिन हो जाता था। आदत के अनुसार सुबह-सवेरे ही नित्य नियम से निबटकर मालिक और मुनीम लोग आढ़तों की गद्दियों पर तथा तुलैया-पल्लेदार लोग फड़ों पर आ ही जाते थे। दोपहर तक सब लोग, अपने-अपने आयु वर्ग के गुटों में बँटकर, नगर के प्रचलित निंदा वृत्तांतों तथा प्रेम कथाओं का रस लेते थे। दोपहर का भोजन करने के बाद थोड़ी देर घरों पर लोट-पोट कर सब लोग आढ़तों पर वापस लौट आते थे और फिर किसी फड़ पर आल्हा का या किसी फड़ पर ढोला का रंग जम जाता था। रात को नगर के प्रमुख स्थानों पर मल्हारों की तर्ज पर रुक्मिनी मंगल की कथा गाई जाती थी या सामूहिक रूप से भजन-कीर्तन, कजरियों और ख्यालों का रस लिया जाता था। कभी कोई ठलवार की मारी स्वाँग मंडली आ जाती थी तो मोहल्ले के लोग रोटियों के साथ रुपया-अधेली पर ही स्वाँग भी करवा लिया करते थे और रातभर उनका नगाड़ा कड़कता रहता था क ड़ ड़ ड़, ड़ ड़, ड़ ड़, ध म्।

यों तो श्रीमद्भागवत की सप्ताह कथा, किसी भी सुविधाजनक स्थान तथा समय में, सदैव ही फलदायिनी कही गई है किंतु इसके लिए सर्वोत्तम समय श्रावण का महीना और वह भी लौंद के साल का अधिक मास ही माना गया है; ऐसा समय वर्षों की प्रतीक्षा के बाद बड़े भाग्य वालों को ही उपलब्ध हो पाता है। सौभाग्य से यही मणि-कांचन संयोग सुलभ हो गया तो नगर के धर्म प्राण लोगों में एक नया उत्साह पैदा हो गया। धनपतियों में अपने धर्मभाव के साथ ही अपनी संपन्नता का प्रदर्शन करने की होड़ लगी हुई थी। वे जानते थे कि सामान्य लोगों में अपनी धार्मिकता का प्रदर्शन करने से उन्हें अपने व्यवसाय में डंडी मारने की सुविधा अपने आप ही सुलभ हो जाएगी। सामान्य गृहस्थों ने अपने आस-पास के संबंधियों को सप्ताह कथा का पुण्यलाभ कमाने के लिए आमंत्रित कर दिया था और मरीगिरी गृहस्थियों ने भी आने वाले मेहमानों के लिए एक आध धड़ी आटा पीसकर रख लिया था। विवाहेतर प्रणय प्रसंगों में उलझे हुए रसिक लोग, अपनी प्रेमिकाओं के संरक्षकों की संभावित धार्मिक व्यस्तता को अपने लिए वरदान मानकर, बड़ी आतुरता के साथ सप्ताह कथा की प्रतीक्षा कर रहे थे।

शहर पनाह के कैथल दरवाजे से आगे, खंदक के उस पार, लगभग ढाई सौ गज के फासले पर श्री वेणु गोपाल जी का मंदिर स्थित था। मंदिर किसी रजवाड़े की गढ़ी की शैली में बना हुआ था और बाहर से उसकी ऊँची प्राचीरों, राजसी मुख्य द्वार तथा व्यवस्थित चौकी पहरे को देखकर किसी गढ़ी का ही आभास होता था। गढ़ी में दीवानखाने के स्थान पर मंदिर का गर्भगृह था जिसमें वेणु गोपाल जी तथा राधारानी के सोने-चाँदी के आभूषणों से सजे-धजे सुंदर श्री विग्रह विराजमान थे। गर्भगृह के आगे एक बड़ा-सा बरामदा था जो मंदिर के जगमोहन के रूप में

प्रयुक्त होता था जिसमें बैठकर श्रद्धालु भक्तजन श्री-विग्रहों के दर्शनों के साथ भजन कीर्तन का रस लिया करते थे। जगमोहन के आगे पसरे हुए चौड़े चकले आँगन के बीचोंबीच तुलसी चौरा बना हुआ था, जिसमें हरी-भरी तुलसी महारानी सारे साल गोपाल जी के सामने इठलाती रहती थीं। कहा तो यही जाता था कि इस बयावान में गोपाल जी स्वयं ही अपने मंदिर की पहरेदारी करते थे, चोरी के इरादे से आने वाले चोरों को मंदिर में घुसते ही दीखना बंद हो जाता था और डकैतों के सामने आग की लपटों की दीवार खड़ी हो जाती थी किंतु वास्तविकता यह भी थी कि नगर की निकटता, राजा मँझोला के घुड़सवारों के आतंक और कैथल के कायस्थों और पठानों की सद्भावना के सुरक्षा कवच को भेदने का कोई चोर-डकैत साहस ही नहीं जुटा पाता था।

वेणु गोपाल जी के मंदिर के इसी चौड़े चकले आँगन में श्रीमद्भागवत की सप्ताह कथा का आयोजन किया गया था। आँगन कच्चा था और उसे खूब अच्छी तरह से झाड़-बुहारकर गाय के गोबर और पीली मिट्टी से लीपकर उस पर श्रोताओं के बैठने के लिए दरियाँ बिछा दी गयी थीं। ऊपर खूब बड़ा-सा चंदोवा तान कर एका विशाल पंडाल बना दिया गया था जिसे केले के खंभों और हरे बाँसों से खूब अच्छी तरह सुसज्जित किया गया था। पंडाल के दक्षिण पश्चिमी कोण में एक ऊँचा-सा व्यासपीठ बनाकर उस पर गावतकिए तथा श्रीमद्भागवत की पोथी रखे जाने के लिए सुनहरी तारकशी के काम के आधारपीठ रख दिए गए थे। व्यास-पीठ के पास थोड़ी नीचाई पर मुख्य श्रोता के बैठने का स्थान बना दिया गया था और पंडाल के मध्य में, तुलसी चौरे के ठीक नीचे, पाँच ताँबे के कलशों के साथ स्वर्ण मंडित विष्णु प्रतिभा को प्रतिष्ठित करने तथा कथारंभ से पहले ही पूजा अर्चना की व्यवस्था की गयी थी।

नौ

बरसात के दिनों में फर्रुखाबाद से चंदौसी तक की लंबी यात्रा, निश्चित रूप से, कष्टसाध्य तो थी ही, फिर भी, फर्रुखाबादी व्यवसायियों ने इस यात्रा को किसी सीमा तक सहज बनाने का रास्ता भी निकाल ही लिया था। जिन दिनों गंगा असामान्य रूप से बाढ़ पर नहीं होती थी उन दिनों वे लोग, फर्रुखाबाद से कछलाघाट तक की यात्रा, गंगा के जल मार्ग से, नावों द्वारा पूरी कर लिया करते थे। यह यात्रा स्थल मार्ग की सामान्य यात्रा की अपेक्षा महँगी तो पड़ती थी किंतु उसकी अपेक्षा, निश्चित रूप से, अधिक सुरक्षित तथा सुविधा सम्पन्न थी। कछलाघाट से बदायूँ

तक का रास्ता, बरसात के दिनों में भी, एकदम से बंद नहीं हो जाता था। मौसम साफ रहता था तो, प्रतिदिन सुबह-सवेरे, एक छोटा-मोटा काफिला, कछलाघाट से उझानी बदायूँ को रवाना होता ही था। संपन्न यात्री लोग, अतिरिक्त सुरक्षा की दृष्टि से, कुछ हथियारबंद प्यादों और घुड़सवारों की व्यवस्था भी कर लेते थे तो यह यात्रा और भी अधिक निरापद हो जाती थी। यही स्थिति बदायूँ से बिसौली तथा बिसौली से चंदौसी के बीच के रास्तों की भी थी। फर्रुखाबादी व्यवसायियों को कछलाघाट पर दमदार बैलों वाली विश्वस्त बैलगाड़ियों की व्यवस्था करने में कोई कठिनाई नहीं होती थी और वे कछलाघाट से चंदौसी तक की यात्रा, तीसरे दिन तक, बड़े आराम से पूरी कर लेते थे।

मित्र से मिलने की हौंस में सोमेश्वर तिवारी ने, अधिक कुछ आगा-पीछा सोचे बिना ही, मनसुख लाल का आमंत्रण तो स्वीकार कर लिया किंतु जब चलने का समय आया तो बरसात के दिनों में, पत्नी और पुत्र को साथ लेकर, इतनी लंबी यात्रा पर निकलने में उन्हें हिचकिचाहट होने लगी। उनकी इस डाँवाडोल मनःस्थिति को देखकर उनके पुराने और प्रतिष्ठित यजमान सेठ सूरजभान ने उन्हें, अपने साथ ही, उनकी यात्रा भी सुखद और सुरक्षित रूप से संपन्न कराने का आश्वासन दिया तो वे बहुत कुछ आश्वस्त भी हो गए किंतु जब उन्हें पता चला कि यजमान-पत्नी भी इस यात्रा में उनके साथ रहेंगी तो वे निश्चिंत हो गए कि अब उनकी यात्रा सुरक्षित और सुखद ही होगी।

शुद्ध श्रावण का कृष्ण पक्ष बीतने को जा रहा था, वर्षा इस बार सामान्य ही हुई थी और गंगा भी अभी तक अपने फाँट में ही बह रही थी। ऐसे में नाव द्वारा यात्रा करना कोई जोखिम का काम नहीं था, मल्लाह अपने आप में आश्वस्त थे और यात्री अपने स्थान पर निश्चित। लंबी यात्रा की यात्री नाव में यों तो धूप और वर्षा से बचाव का समुचित प्रबंध था किंतु रास्ते भर आकाश में हल्के-हल्के बादल छाए रहे और गंगा की लहरों में छनकर आती हुई ठंडी हवा काया को शीतल करती रही। रास्ते में ऐसा कोई बड़ा व्यवधान पैदा नहीं हुआ और फर्रुखाबाद से कछलाघाट तक की लंबी यात्रा, किसी मौज-मस्ती के नौकायन की भाँति कट गई। कछलाघाट पर आगे की यात्रा के लिए अच्छी बैलगाड़ियों और आरामदेह रब्बों के साथ सुरक्षा के लिए विश्वस्त घुड़सवारों की व्यवस्था करने में सेठ सूरजभान को कोई विशेष प्रयास करने की भी आवश्यकता नहीं पड़ी तो सब लोग, तीसरे दिन, अपने गंतव्य पर सकुशल पहुँच गए।

इतने वर्षों बाद आमने-सामने आते ही मनसुख लाल पारिख और सोमेश्वर तिवारी, मनसुख और सोमू होकर, गले लग गए, उनकी पत्नियाँ विभोर होकर इस भरत मिलाप को देखते-देखते आप-से-आप ही 'जेठी' और 'छोटी' बन गईं और रामू को ताऊजी-ताईजी कल्पना के ताऊजी-ताईजी से भी ज्यादा अच्छे लगे। कान्यकुब्ज

ब्राह्मणों के खान-पान की जटिल परंपरा को ध्यान में रखते हुए सोमेश्वर तिवारी के परिवार की कच्ची रसोई की व्यवस्था अलग से कर दी गई थी किंतु गृहस्वामिनी ने आते-आते, सबके लिए एक साथ ही, पक्की रसोई की व्यवस्था ही ठीक समझी। भोजन के बाद मनसुख लाल और सोमेश्वर तो अपने अतीत की स्मृतियों को ताजा करने में व्यस्त हो गए, जेठी और छोटी अपनी आपस की अंतरंगता को गहरा बनाने के प्रयास में अपने-अपने गृह परिवारों की तमाम बातें बूझने बताने लगीं और लंबी यात्रा का थका-हारा रामू अपनी अम्माँ और ताई जी के बीच निश्चिंत होकर सो गया।

तीसरे पहर के समय शरबत-पानी से निबटकर मनसुख लाल, गोपाल जी के दर्शन कराने के लिए सोमेश्वर तिवारी को श्रीवेणु गोपाल जी के मंदिर पर ले गए। श्री वेणु गोपाल जी और राधारानी के दर्शनों के साथ मंदिर पर श्रीमद्भागवत की सप्ताह कथा का भव्य आयोजन देखकर, सोमेश्वर तिवारी को बड़ी प्रसन्नता हुई। सप्ताह कथा की सारी व्यवस्था विधिसम्मत थी और सारा प्रबंध कील काँटे से दुरुस्त। सब कुछ देखकर सोमेश्वर ने मनसुख लाल से कहा—"आयोजन तो बहुत सुंदर है किंतु कथा वाचन कौन करेगा?" मनसुख लाल ने निर्लिप्तता का अभिनय करते हुए तटस्थ भाव से उत्तर दिया—"फर्रुखाबाद के पंडित सोमेश्वरदत्त तिवारी।"

सोमेश्वर को लगा कि मनसुख लाल उनकी अकिंचनता का मखौल उड़ा रहे हैं इसलिए तिलमिलाकर कहने लगे—"मुझे अपने यहाँ बुलाकर इस प्रकार से अपमानित करोगे मुझे तुमसे इस बात की सपने में भी आशा नहीं थी, मनसुख लाल।" मनसुख लाल ने हँसकर कहा—"तुम्हारे फर्रुखाबादी यजमानों ने कथा वाचन के लिए तुम्हारा नाम प्रस्तावित किया और इस सप्ताह कथा के आयोजकों ने उसे स्वीकार कर लिया तो इसमें मेरा क्या दोष?"

"किंतु, मुझसे तो इस विषय में किसी ने कभी कोई बात ही नहीं की।"

"अब यह बात रही तुम्हारे और तुम्हारे यजमानों के बीच की, इसमें मैं क्या कह सकता हूँ। वैसे, अपनी प्रतिभा का प्रदर्शन करने के लिए, तुम्हें इससे बढ़कर अवसर नहीं मिल सकता, सोमेश्वर। इस नगर के लोग गुण ग्राहक हैं। मुझे ही देखो, पिताजी की मृत्यु के बाद एक समय ऐसा भी आया कि जब मुझे, मुरादाबाद में, रोटियों के भी लाले पड़ने लगे थे। इन लोगों ने मेरी प्रतिभा को पहचाना और अब तुम देख ही रहे हो कि, भगवान की कृपा से, मुझे किसी वस्तु का अभाव नहीं है। यदि तुमने इन लोगों को अपनी प्रतिभा से प्रभावित कर दिया तो इनके स्नेह बंधन से छूटकर तुम वापस फर्रुखाबाद जा ही नहीं सकोगे।"

मंदिर से वापस लौटते समय रास्ते भर सोमेश्वर की मनोदशा बड़ी डाँवाडोल रही। वे प्रसन्न थे कि इतने भव्य स्तर पर आयोजित सप्ताह कथा की व्यासपीठ

का दायित्व उन्हें अनायास ही मिलने जा रहा है किंतु इसके साथ ही वे आशंकित भी थे कि यदि उनसे इस दायित्व का सफलतापूर्वक निर्वाह न हो सका तो क्या होगा? समझदार लोगों के सामने संपूर्ण भागवत कथा की चमत्कारिक व्याख्या करने में तो उन्हें कोई कठिनाई नहीं थी किंतु अति सामान्य लोगों के सामने श्रीमद्‌भागवत की संक्षिप्त कथा को रोचक और प्रभावशाली ढंग से सरल लोक भाषा से प्रस्तुत करना अपने आप में एक कला थी और इसका उन्हें कोई पूर्वाभ्यास नहीं था।

घर पहुँचे तो सोमेश्वर, थोड़े विचलित से होते हुए, मनसुख लाल से कहने लगे, ''मनसुख भैया, तुमने हमें यह किस बवाल में फँसा दिया? सप्ताह कथा का हमें तो पहले का कोई अनुभव नहीं है और यदि हम अपना दायित्व सफलतापूर्वक नहीं निबाह सके तो क्या होगा?'' मनसुख लाल ने मुस्कराकर उत्तर दिया—''तो इसमें इतनी चिंता करने की क्या आवश्यकता है, मल्लाह की तो लँगोटी ही भीगती है, सोमू भैया। इस दूर देश में तुम्हारी असफलता का, फर्रुखाबाद में तुम्हारे यजमानों पर, कोई प्रभाव नहीं पड़ने जा रहा है। फर्रुखाबाद के पोंगा पंडितों ने तुम्हारे आत्मविश्वास को अवश्य थोड़ा-सा डिगा दिया है किंतु मुझे तो तुम्हारी प्रतिभा पर पूरा विश्वास है। सप्ताह कथा में श्रीमद्‌भागवत की कथा को संक्षिप्त करने का एक निश्चित विधान है, उसे ध्यान में रखकर, थोड़े से अतिरिक्त प्रयास से ही तुम इस दायित्व को सफलतापूर्वक निबाह ले जाओगे।'' इसी बीच मनसुख लाल की पत्नी भी आकर बातचीत में सम्मिलित हो गयीं। सोमेश्वर को इस प्रकार हिम्मत हारते देखकर, उनका मनोबल बढ़ाने के लिए कहने लगीं—''देवरजी, इस नगर का पहला असाध्य रोगी इनके पास उपचार के लिए पहुँचा तो यह भी, इसी तरह से हिम्मत हार रहे थे। हमने इनसे कहा कि किनारे पर बैठकर कोई तैरना नहीं सीख सकता। साहस और ईमानदारी के साथ अपना कर्तव्य पालन करोगे तो देर-सवेर सफलता अवश्य मिलेगी।'' इस बात से सोमेश्वर का भी मनोबल ऊँचा हुआ तो उन्होंने बहुत कुछ सामान्य होते हुए मुस्कराकर मनसुख लाल से कहा—''अच्छा, तो तुम्हें यह सारी संपन्नता हमारी भाभी की कृपा से प्राप्त हुई है।'' मनसुख लाल ने थोड़ा गंभीर होकर उत्तर दिया—''सीता के अभाव में रामकथा में शेष ही क्या रह जाता है, सोमू।''

मनसुख लाल और उनकी पत्नी से प्रोत्साहन पाकर सोमेश्वर, पूरे मनोयोग के साथ, सप्ताह कथा का पूर्वाभ्यास करने में जुट गए। धीरे-धीरे उनका सोया हुआ आत्मविश्वास जागने लगा और कथा आरंभ का दिन आते-आते वे, अपने पूरे ओज के साथ, चुनौती का सामना करने के लिए तैयार हो गए। इस बीच पारिख और तिवारी परिवारों के बीच की दूरियाँ भी सिमटती चली गयीं तथा जेठी और छोटी, किसी एक ही परिवार की जेठानी और देवरानी की भाँति, व्यवस्थित हो गयीं। रामू की 'ताईजी' अब 'बड़ी माँ' हो चुकी थी और बड़ी माँ ने भी रामू को अपने मातृत्व

की बाँहों में पूरी तरह से समेट लिया था।

सप्ताह कथा, अधिक श्रावण मास के शुक्ल पक्ष की एकादशी को आरंभ होकर, कृष्ण पक्ष की द्वितीया को समापित होनी थी इसलिए नवमी तक सारी व्यवस्था चाक-चौबंद कर दी गयी थी। कथा-मंडप की सज्जा को अंतिम रूप दिया जा चुका था और कथा के सारे उपादान अपने-अपने स्थानों पर व्यवस्थित कर दिए गए थे। बाहर से आने वाले श्रोताओं में से अधिकांश तो नगर में अपने संबंधियों के साथ रहने-सहने की व्यवस्था कर ही सकते थे किंतु सोच यह भी लिया गया था कि बाहर से आने वाले कुछ श्रोतागण अपने लिए ऐसी कोई व्यवस्था नहीं भी कर सकेंगे और आस-पास के गाँवों से एक-एक दो-दो दिन के लिए आने वाले आकस्मिक श्रोताओं के लिए भी कोई व्यवस्था करनी ही पड़ेगी। इसीलिए, श्री वेणु गोपाल जी के मंदिर के आस-पास की भूमि समतल करके वहाँ छोलदारियाँ लगाकर ऐसे सार्वजनिक अतिथियों के रहने-सहने, खाने-पीने की समुचित व्यवस्था कर दी गयी थी। इसके अतिरिक्त एक छोटा-मोटा मेले जैसा बाजार भी आपसे आप ही अस्तित्व में आ गया था और राजा मँझोला के घुड़सवारों ने समारोह स्थल तथा नगर के कैथल दरवाजे की सुरक्षा के लिए पहरेदारी की व्यवस्था सुदृढ़ कर ली थी।

दशमी के दिन से कथा-मंडप में थोड़ी चहल-पहल आरंभ हो गयी थी। सोमेश्वर तिवारी ने मनसुख लाल तथा समारोह के दूसरे प्रमुख आयोजकों के साथ कथा-मंडप का निरीक्षण किया और प्रत्येक वस्तु अपने स्थान पर व्यवस्थित पाकर उन्हें बहुत संतुष्टि हुई। शुभ लग्न में श्री वेणु गोपाल जी के बड़े पुजारी जी ने, मुख्य श्रोता के रूप में, रक्षा-दीप प्रज्वलित किया। पवित्री, जल, अक्षत, फूल और सवा रुपए के साथ सप्ताह कथा का महा संकल्प लेकर उन्होंने गणपति पूजन के बाद दूसरे देवताओं के आह्वान पूजन के साथ कथा आरंभ से पहले की सारी औपचारिकताएँ उसी दिन पूरी कर लीं।

एकादशी के दिन सुबह से ही श्री वेणु गोपाल जी के मंदिर पर भारी चहल-पहल आरंभ हो गई थी। कथा-मंडप में नियमित रूप से कथा सुनने वाले संकल्पवान श्रोताओं के बैठने के लिए उनके वर्णों के अनुसार अलग-अलग स्थान नियत थे और प्रत्येक संकल्पवान श्रोता अपने वर्ण क्षेत्र की अगली पंक्ति में स्थान पाने का प्रयास कर रहा था। व्यासपीठ के बाईं ओर महिलाओं के बैठने का स्थान सुरक्षित था। बड़ी-बूढ़ी महिलाओं में से अधिकांश अपने हाथों में काँस के पनगों की बनी हुई छोटी-छोटी रंग-बिरंगी डलियें और खरबूजों के बीजों की थैलियों के साथ उन्हें छीलने के लिए बाँस की खपच्चियों की चिमटियें लिये हुए थीं। अधेड़ आयु की महिलाएँ सामान्य रूप से बन-सँवरकर आई थीं किंतु युवा लड़कियों और बहुओं को परलोक की चिंता से मुक्त ही रखा गया था। व्यासपीठ के दाईं ओर का स्थान आकस्मिक रूप से कथा सुनने के लिए आने वाले श्रोताओं के लिए नियत था

और आज इस स्थान पर नगर के तमाशाइयों का बोलवाला था।

शुभ मुहूर्त में सोमेश्वर तिवारी ने व्यासपीठ पर अपना आसन ग्रहण किया। मुख्य श्रोता ने श्रीमद्भागवत की पोथी, आधार पीठ तथा व्यास आचार्य का विधिवत पूजन करने के बाद, हाथ जोड़कर व्यास जी से कथा आरंभ करने का अनुरोध किया।

सोमेश्वर ने आँखें मूँदकर हाथ जोड़ते हुए गुरुचरणों का ध्यान किया तो उन्हें ऐसा लगा कि जैसे आचार्य विधुशेखर साक्षात् रूप में उन्हें आश्वस्त कर रहे थे, ''चिंता क्यों करते हो सोमेश्वर, निर्द्वन्द्व होकर कथा आरंभ करो। कथा वाली मेरी सारी विद्या तुम्हीं में समाहित है।'' सोमेश्वर गुरु चरणों में श्रद्धावनत हो गए और अब उनके मन पर से दुविधा के बादल पूरी तरह से छँट चुके थे। कुछ पल बाद उन्होंने मुस्कराते हुए आँखें खोलीं और पूरे आत्मविश्वास के साथ 'कस्तूरी तिलकम् ललाट पटले' के स्तोत्र से हरि वंदना करने के बाद कथा आरंभ कर दी। उनकी पाटदार आवाज पूरे कथा-मंडप में गूँज रही थी और मंत्रबिद्ध-सा समूचा श्रोता समुदाय, सारी इंद्रियों से कथामृत का पान कर रहा था।

शाम के समय कथा समाप्ति के बाद सब लोग घर वापस आए तो सबके चेहरों पर संतुष्टि के भाव मुखर थे। मनसुख लाल की पत्नी, सोमेश्वर की खिंचाई करने के इरादे से कहने लगीं—''देवर जी, सुनते हैं कि काशी के भाँड़ नकलें उतारने में बड़े कुशल होते हैं।''

''सो तो होते हैं।''

''तो फिर भाँड़ों के डेरे पर आपने कितने दिनों तक उनकी विद्या सीखी थी?''

''क्या आपको आज मेरी कक्षा में कुछ भड़ैती-सी दिखाई दी।''

''आज तो नहीं किंतु उस दिन आपने जितनी निरीहता के साथ अपनी अनुभवहीनता का जैसा नाटक रचा था वह किसी कुशल कलाकार का ही काम हो सकता था।''

''ऐसी बात नहीं है, भाभी। उस दिन मैंने जो कुछ भी कहा था उसमें एक शब्द भी झूठ नहीं था।''

''तो फिर आज आपने इतनी कुशलता के साथ भागवत-कथा कैसे कह डाली?''

''यह तो हमारी सीता भाभी के प्रोत्साहन का चमत्कार था।''

''धन्य हो, मेरे लक्ष्मण।''

देवर-भाभी की चुहल में रस लेते हुए मनसुख लाल हँसकर कहने लगे, ''अब कुछ खाने-वाने का भी तो प्रबंध करो, तुम्हारे राम को बड़े जोर की भूख लगी है। इस लक्ष्मण के चक्कर में पड़ोगी तो कोई रावण उठाकर ले जाएगा, सीता महारानी।''

सप्ताह-कथा का समारोह सफलतापूर्वक संपन्न हो गया तो सोमेश्वर तिवारी का, एक प्रकार से, भाग्य ही बदल गया और नगर ही नहीं, आस-पास के सारे क्षेत्र में उनके पांडित्य की धाक जम गई। समापन के दिन चढ़ावे में एक हजार

से कुछ ऊपर रुपए तो नकद ही आ गए थे और दो बड़े-बड़े पिटारे कपड़ों से भी ठसाठस भर गए थे। इसके अतिरिक्त सबसे बड़ी बात तो यह हुई कि एक श्रद्धालु ने एक पक्के मकान का दान पत्र भी चढ़ावे में चढ़ा दिया था। नगर के अनेक धनी-मानी लोग उनसे गुरु मंत्र लेने के लिए भी तैयार थे और वे उनसे आग्रह कर रहे थे कि वे अब यहीं रहकर इस नगर को अपने पांडित्य से कृतार्थ करें। सोमेश्वर की पत्नी भी फर्रुखाबाद को अपनी विपन्नता और यहाँ की संभावित संपन्नता को ध्यान में रखकर यहीं बसे रहने का मन बनाने लगी थीं किंतु वे स्वयं, पुरखों की धरती और संपन्न भविष्य के आकाश के बीच, अभी तक त्रिशंकु बने हुए थे।

मनसुख लाल, सोमेश्वर को इस समय तो उनकी प्रतिभा के अनुरूप प्रतिष्ठा दिलाने में सफल हो गए थे किंतु उनके लक्ष्य में इस प्रतिष्ठा को स्थायित्व दिलाना अभी शेष रह गया था। यों तो मुरादाबाद में भी उनका कोई सगा-संबंधी नहीं था किंतु पिता जी की मृत्यु के बाद उनके गुजराती स्वजाति बंधुओं ने उनके साथ जो व्यवहार किया था उससे उनकी ओर से भी मनसुख लाल का मन पक गया था। इस नगर में उन्हें संपत्ति और सम्मान तो बहुतेरा मिल गया था फिर भी व्यक्तिगत रूप से वह, इस परदेश में, अपने आपको अकेला महसूस करते थे। सोमेश्वर के आने से उनका यह अकेलापन टूट चुका था, उनकी पत्नी भी सोमेश्वर और उनकी पत्नी को देवर-देवरानी के रूप में पाकर संतुष्ट थीं तथा रामू के आ जाने से अब उन्हें संतान का अभाव भी उतना नहीं खलता था।

उस दिन सोमेश्वर को चिंतित मुद्रा में बैठा देखकर मनसुख लाल ने पूछ लिया—"किस चिंता में डूबे हुए बैठे हो, सोमेश्वर?" सोमेश्वर ने चौंककर उत्तर दिया—"चिंता क्या, हम तो बड़ी दुविधा में फँस गए हैं, मनसुख भैया। इस नगर के बहुत से प्रतिष्ठित नागरिक हमसे अनुरोध कर रहे हैं कि हम इसी नगर में रहकर यहाँ के धार्मिक कर्मकांडों को शास्त्रोक्त विधि से संपन्न कराने की व्यवस्था करें और तुम्हारी अंशकालिक पाठशाला में विद्यानुरागी युवकों को संस्कृत की उच्च शिक्षा देने में तुम्हारा हाथ बँटाएँ। इस प्रस्ताव को स्वीकार कर लेने की स्थिति में हमारा सामान्य जीवन, फर्रुखाबाद की अपेक्षा, निश्चय ही कई गुना संपन्न हो जाएगा और तुम्हारी तथा भाभी की ममतामयी छत्रछाया में सुख की नींद सोने का लोभ भी कुछ कम नहीं है। रामू की माँ, सोलहों आना, इस प्रस्ताव को स्वीकार कर लेने के पक्ष में है और रामू भी छोटी माँ को छोड़कर बड़ी माँ के साथ रहने के लिए पाँचों कपड़ों से तैयार बैठा है किंतु कमलपुर की बड़े-बूढ़ों की धरती का मोह हमारे पैरों में बेड़ियाँ डाले खड़ा है।"

"बड़े-बूढ़ों की धरती का मोह होना तो स्वाभाविक ही है किंतु धरातल के यथार्थ को भी अनदेखा नहीं किया जा सकता, सोमेश्वर। तुम्हारा कमलपुर तो यहाँ

से है ही कितना दूर, हमारे परिवार को देखो, कहाँ गुजरात-अहमदाबाद और कहाँ रुहेलखंड-मुरादाबाद। और बापू, अंतिम समय तक, तन से तो मुरादाबाद में ही रहते रहे किंतु उनके मन और प्राण हमेशा अपने अहमदाबाद के लिए अकुलाते रहे। कहते हैं कि एक शायर को अपनी दिल्ली से बहुत प्यार था किंतु जब दिल्ली में रोटियों के लाले पड़ने लगे तो "हमने यह माना रहें दिल्ली मगर खाएँगे क्या" कहकर, दिल्ली को अंतिम प्रणाम कर वहाँ से विदा हो लिया। अच्छा यह बताओ कि बप्पा के स्वर्गवास के बाद तुम अपने कमलपुर वाले घर में जाकर कितने दिन रहे हो?"

"बप्पा वाला घर तो जाने कब का खँडहर से भी ठेरा हो गया। कभी साल-दो साल में कमलपुर जाना होता है तो बप्पा के चचेरे-तयेरों के यहाँ ही रहना होता है।"

"कमलपुर के खेतों से तुम्हें क्या मिलता है?"

"साल में बस यही मन-दो मन अनाज। फर्रूखाबाद में रहने के लिए अपना कच्चा-पक्का मकान है और यजमानी से दाल-रोटी की गुजर हो ही जाती है।"

"बस, इतने पर ही तुम अपना और रामू का सारा भविष्य दाँव पर लगा देना चाहते हो?"

"लगता तो कुछ ऐसा ही है।"

"हमें तो लगता है कि तुमने बचपन में अऊतो के पेड़े कुछ ज्यादा ही खा लिए थे इसीलिए, कभी-कभी, उनका बुद्धूवसंतपन, आचार्य विधुशेखर की सिखाई हुई सारी विद्या पर हावी हो जाता है। सप्ताह कथा की सफलता ने तुम्हारे सामने उज्ज्वल भविष्य के नए क्षितिज खोल दिए हैं। और इस अवसर पर उनका लाभ उठाने से चूकना परले दर्जे की मूर्खता होगी। कमलपुर की खेती और मकान का ठेरा बप्पा के चचेरे-तयेरों को शालीनता के साथ दे आओगे तो वे तुम्हारा आभार मानेंगे और जब कभी तुम कमलपुर जाओगे तो वे तुम्हें हाथों-हाथ लेंगे। यहाँ तुम्हें अभाव किस बात का है। रहने के लिए अपना पक्का मकान है, गाँठ में अच्छी-खासी रकम है और नगर के सबसे अधिक संपन्न और प्रतिष्ठित लोग तुमसे गुरुमंत्र लेने के लिए आतुर हैं।"

"तो फिर छोड़ें धरती-वरती का मोह?"

"धरती का मोह क्यों छोड़ो। अब तुम कोई चुकटिया बाह्मन तो हो नहीं, सप्ताह कथा के हजार रुपए तो नगद तुम्हारी गाँठ में हैं, बप्पा की बीस अशर्फियों में से दस-पन्द्रह अब भी तुम्हारे पास सुरक्षित होंगी ही और फिर फर्रुखाबाद के मकान के भी बीस-पचीस रुपये तुम्हें मिलेंगे ही। मन करोगे तो तुम्हारे लिए यहाँ भी खेती की जमीन का कोई अभाव नहीं रहेगा।"

"ठीक है, तो हमारा भी तुम्हारे साथ इसी नगर में रहना तय रहा।"

"झूठ नहीं बोलेंगे, तुम्हारे यहाँ आकर बसने में इतना स्वार्थ तो हमारा भी है ही कि अब हम इस पराई बस्ती में एक से दो हो जाएँगे। हमारे हाथ में अपनी संतान की तो कोई रेखा ही नहीं है और रामू से हम दोनों को जैसा मोह हो गया वह तुम जानते ही हो। हमारी और तुम्हारी सारी आशाएँ अब उसी पर केंद्रित होनी चाहिए। तुम भी यहाँ होगे तो हमारे रामू की शिक्षा के लिए आचार्य विधुशेखर की पाठशाला के दो सक्षम उपाध्यायों की सेवाएँ तो उपलब्ध रहेंगी ही।"

दस

सौ-सौ कोस की परिधि में, इस मंडी की टक्कर की, खेतिहर जिन्सों की दूसरी कोई मंडी नहीं थी। यों तो सारी ही खेतिहर जिन्सें इस मंडी में बिक्री के लिए आती थीं लेकिन कपास, सन, गेहूँ तथा घी का व्यापार इस मंडी की विशिष्टता थी और इस व्यापार के सहारे इस शहर के लोहट और बजाजा बाजारों में भी कोई कम रौनक नहीं रहती थी। दिसावरों से आने वाले व्यापारी पक्की आढ़तों पर उतरते थे जहाँ आढ़तों की ओर से आगंतुकों की हैसियत के अनुसार उनके रहने-सहने, खाने-पीने की समुचित व्यवस्था की जाती थी और यही पक्के आढ़ती, कच्चे आढ़तियों के माध्यम से, उनकी जरूरत का माल किसानों से खरीदकर उनके निर्देशानुसार बाहर भिजवाने की व्यवस्था करते थे। मंडी के व्यापार पर वर्चस्व तो अग्रवालों का ही था। वैसे भी वैश्यों में, विस्तार की दृष्टि से, सारे भारतवर्ष में फैली हुई सबसे बड़ी बिरादरी अग्रवालों की ही थी और फिर इस शहर के तो वास्तविक स्रष्टा दौलत साह खजांची भी मारवाड़ी अग्रवाल ही थे इसलिए, अग्रवालों को इस शहर का विशिष्ट समुदाय समझा जाता था। इधर कुछ दिनों से ब्रजप्रदेश के बारहसैनी वैश्य भी अपना प्रभाव, इस मंडी में, बड़ी तेजी के साथ बढ़ाते चले जा रहे थे।

शहर में कच्ची-पक्की तमाम आढ़तों की संख्या तो सौ के आस-पास रही होगी लेकिन उनमें से पक्की आढ़तों की संख्या बीस से अधिक नहीं थी और उन में भी भगवानदास भिखारी लाल तथा अब्दुल रहमान खलीलुर्रहमान का नाम सबसे ऊँचा चल रहा था।

भगवानदास भिखारीलाल की फर्म के मालिक मारवाड़ी अग्रवाल थे और बोलचाल की भाषा में इसे भगवान-भिखारी की आढ़त कहा जाता था। मारवाड़ी बिरादरी के सद्भाव और सहयोग के बल पर इस आढ़त का कारोबार विस्तार में दूर-दूर तक फैला हुआ था। अब्दुल रहमान खलीलुर्रहमान की फर्म के मालिक, अवध की अमलदारी में आए हुए, सैयद लोग थे और बोलचाल की भाषा में इसे मौलवी

साहब की आढ़त कहा जाता था। लखनऊ में मौलवी लोगों के, अंग्रेज अधिकारियों से, बहुत अच्छे संबंध थे और उनके परिवार में कुछ ज्ञान अंग्रेजी भाषा का भी था। इन संपर्कों के बल पर इस आढ़त के कारोबार में गहनता कुछ ज्यादा थी।

मौलवी लोग उदार विचारों के आदमी थे। अपने रहने के लिए उन्होंने शहर से बाहर, इटालियन वास्तुकला से संबंधित लखनऊ की कंगूरों और मेहराबों वाली शैली में, एक शानदार कोठी बनवाई थी जिसे लोग मौलवी साहब की कोठी कहा करते थे। इस कोठी के परिसर में उन्होंने, अपने हिंदू और मुसलमान कर्मचारियों की सुविधा के लिए, एक मजिस्द और एक शिवालय अगल-बगल एक साथ ही बनवाए हुए थे। मौलवी साहब की आढ़त की कार्य-शैली भी मंडी की दूसरी आढ़तों की तरह ही थी। उनकी आढ़त का सारा कारोबार उनके हिंदू मुनीम ही सँभालते थे। दशहरे पर वे ही साल भर के कारोबार का चिट्ठा बाँधकर, बही-बस्ते की विधिवत पूजा करके, 'श्री गणेशाय नमः' के साथ नए बही-खाते शुरू करते थे। दीपावली पर वे ही लोग रात को, विधिवत लक्ष्मीपूजा करके, दुकान पर दीपमालिका किया करते थे और मालिक लोग दूर बैठकर तमाशा-सा देखा करते थे।

केसरिया यानी कैसर अली अब बूढ़े हो चले थे। बेटा अहमद अली जवान हुआ तो वे अपनी भट्ठी के ठिये की जिम्मेदारियाँ थोड़ी-थोड़ी करके, उसे सौंपते चले गए और जब वे अच्छी तरह से आश्वस्त हो गए कि वह तपते लोहे पर घन की सही चोट लेने में पूरी तरह से मँज गया है तो वे अपना हुक्का सँभालकर, उसके काम पर दूर से ही नजर रखने लगे। शुरू में बाजार के लोहियों से लेन-देन का काम उन्होंने अपने ही हाथ में रखा लेकिन बाद को वे यह जिम्मेदारी भी अहमद अली को ही सौंप कर खुद पूरी तरह से सुबकदोश हो गए। इसी तरह गनेसा यानी गौहर अली का बेटा मुहम्मद अली भी कारीगरी में किसी से कम नहीं था और उसने भी, अहमद अली की भाँति ही, अपने पिता की भट्ठी के ठिये की सारी जिम्मेदारियाँ सँभाल लीं। ऐसे में जब दोनों बुजुर्ग अपने भगवान यानी खुदा को प्यारे हुये तो वे पूरी तरह से संतुष्ट थे कि वे बुजुर्गों की कारीगरी का उत्तराधिकार सही हाथों में सौंपकर जा रहे थे। समय आने पर अहमद अली के बेटे बशीर अली और मुहम्मद अली के बेटे शब्बीर अली ने भी, इसी तरह, अपने बुजुर्गों की भट्ठियों के उत्तराधिकार सँभाल लिए। सामाजिक जीवन का प्रवाह सामान्य ढंग से बह रहा था इसलिए पीढ़ियों के परिवर्तन की मामूली सी खड़खड़ाहट की ओर किसी का ध्यान भी नहीं गया।

उधर गढ़ी के मंदिर में भी बिहारी लाल, पुजारी की गद्दी, अपने बेटे गिरधारी लाल को सौंपकर स्वर्गवासी हो गए और फिर इसी तरह गिरधारी लाल के बेटे हरद्वारी

लाल ने भी अपने पिता का उत्तराधिकार सँभाल लिया। बूढ़े तो अब हरद्वारी लाल भी हो चले थे और उनकी गद्दी का उत्तराधिकार उनके एकलौते बेटे कन्हई लाल यानी कुन्नी को ही जाना था लेकिन उनका झुकाव बुद्धिबल की अपेक्षा बाहुबल की ओर कुछ अधिक था, उनका मन अपने मंदिर के भगवान राधा-कृष्ण जी महाराज की अपेक्षा अपने अखाड़े के भगवान बजरंगबली जी महाराज में कुछ अधिक रमता था।

कुन्नी का जन्मजात स्वास्थ्य ही बहुत अच्छा था और फिर उन्हें, बचपन से ही, पहलवानी के प्रति लगाव भी बहुत था। घर में खाने-पीने का कोई अभाव नहीं था और माँ-बाप ने भी अपने एकलौते बेटे की रुचि पर कोई अकुंश लगाने की जरूरत महसूस नहीं की। कुन्नी दस वर्ष के हुए तो पंडित हरद्वारी लाल खुद उन्हें अपने साथ लेकर शहर के जाने-माने कुश्ती के उस्ताद रहमान खलीफा के अखाड़े पर पहुँच गए। पंडित जी का अपने अखाड़े पर आना रहमान खलीफा ने अपना बड़ा सौभाग्य समझा और जब उन्हें पता चला कि पंडित जी अपने बेटे को उनकी शागिर्दी में देना चाहते हैं तो उन्हें बड़ी खुशी हुई। उन्होंने कुन्नी को अपनी शागिर्दी में लेना स्वीकार कर लिया तो पंडित हरद्वारी लाल ने हाथ के हाथ एक धड़ी लड्डू मँगवाकर बँटवा दिए और कुन्नी बाकायदा रहमान खलीफा के शागिर्द हो गए। कुन्नी को पहलवानी में प्राकृतिक रुचि थी, माता-पिता से उन्हें हर प्रकार से प्रोत्साहन मिल रहा था और उस्ताद बड़े प्यार के साथ, बदन बनाने के गुर सिखाते हुए, नियमित रूप से उन्हें अखाड़े में जोर करा रहे थे। नतीजा इसका यह निकला कि थोड़े ही दिनों में कुन्नी की गिनती रहमान खलीफा के अखाड़े के चमकते हुए पट्ठों में की जाने लगी और जब उन्होंने दूसरे उस्तादों के, अपने से ड्योढ़े और दूने आकार के, पट्ठों को बड़ी सफाई के साथ अखाड़े में खोल कर रख दिया तो खलीफा का भी सीना सवाया हो गया।

तहसील के बराबर ही, कचहरी वाले बाग में, रहमान खलीफा का अखाड़ा था। उनके शागिर्दों में हिंदू और मुसलमान दोनों ही थे। मंगलवार के दिन, अखाड़े से उत्तर-पश्चिम की ओर बने हुए शिवालय में, उनके पट्ठों की ओर से बजरंगबली को लड्डुओं का भोग लगता था और जुम्मेरात के दिन, अखाड़े से दक्षिण-पूर्व की ओर तहसील की दीवार में बनी हुई, सैयद पीर की ज्यारत पर बताशों की सिन्नी चढ़ाई जाती थी। यहाँ न बजरंगबली काफिर थे और न सैयद पीर म्लेच्छ।

यों तो रहमान खलीफा के बीसियों शागिर्द थे लेकिन उनमें से किसी में उस्ताद का हुनर सीखने की लगन में कुछ कसर थी तो कोई उस्ताद के प्रति अटूट श्रद्धा और सम्मान प्रदर्शित करने में कहीं चूक कर बैठते थे। कुन्नी उस्ताद की दोनों कसौटियों पर खरे उतरते रहे इसलिए वे ही उनके सबसे अधिक विश्वस्त और लाड़ले शागिर्द बन गए। खलीफा बूढ़े तो थे ही और जब उनके बाद अखाड़े

की व्यवस्था का सवाल उठा तो उन्होंने कुन्नी को ही अपना कायम-मुकाम नामजद कर दिया। उन दिनों शागिर्दों के लिए उस्ताद का हुक्म खुदा के हुक्म की हैसियत रखता था इसीलिए, जब रहमान खलीफा जन्नत मुकामी हुए तो 'जय बजरंगबली' और 'या अली' के नारों के साथ खलीफा की पाग कुन्नी के सिर पर बड़ी धूमधाम के साथ बाँध दी गयी और इसके बाद कुन्नी, कुन्नी गुरु कहे जाने लगे।

रहने के लिए अपना पक्का मकान, धनीमानी लोगों की भरपूर यजमानी, पचीस-तीस बीघा खेती की जमीन, कद्दावर बैलों की शानदार जोत, गाड़ी-रब्बा, जंग सियाली भैंस, पछादी गाय और वफादार, मेहनती मजबूत हलवाहा, संपन्नता के सारे उपादान सोमेश्वर तिवारी को, नए नगर में, बहुत शीघ्र ही उपलब्ध हो गए। सारे शहर में उनके व्यक्तित्व और पांडित्य की, कुछ ऐसी धाक जम गयी थी कि उन्हें अपने रहन-सहन की ठेठ कनौजिया शैली में कोई लौट-बदल करने की आवश्यकता नहीं हुई लेकिन जब उनके बेटे रामेश्वरदत्त तिवारी, उनके और मनसुख लाल पारिख के भौतिक और बौद्धिक उत्तराधिकारों को सँभालकर, नगर के पंडित समाज में प्रतिष्ठित हुए तो उन्हें स्थानीय ब्राह्मणों के रहन-सहन की सामान्य शैली अपनाना अनिवार्य हो गया। वैसे तो इधर के गौड़ और पछाहें सनाढ्यों की दृष्टि में कान्यकुब्ज ब्राह्मण एक अजूबा ही थे किंतु भदौरिया सनाढ्यों में षट्कुल के कान्यकुब्जों के साथ विवाह संबंध बनाना एक सम्मान की बात मानी जाती थी। पड़ोस के ही गाँव के एक भदौरिया सनाढ्य परिवार की बेटी के साथ उनका विवाह हो गया तो स्थानीय समाज में उनकी जड़ें फैल गयीं और उनके रहन-सहन की शैली भी पूरी तरह से स्थानीय रंग में रँग गयी। कहने को तो वे बड़े गर्व के साथ कहते थे कि वे, कान्यकुब्ज ब्राह्मणों की हल की मुठिया न पकड़ने और धूम्रपान न करने की, लीक पर अब भी अडिग थे किंतु इतनी संपन्नता में हल की मुठिया पकड़ता ही कौन था और पंडित समाज में, धूम्रपान की अपेक्षा, खैनी खाना यों भी अधिक सम्मानजनक माना जाता था।

वैसे रामेश्वरदत्त तिवारी की अपनी प्राथमिक रुचि तो अपने बप्पा के इतिहास-पुराण तथा कर्मकांड के ज्ञान में ही थी किंतु जीवन की व्यावहारिकता ने उन्हें यह बात भी भली-भाँति समझा दी थी कि ज्योतिष के अभाव में, किसी भी पंडित का, शेष पांडित्य अर्थहीन होता था और चिकित्सा विज्ञान का अतिरिक्त ज्ञान किसी भी पंडित के पांडित्य में चार चाँद लगा सकता था। इसीलिए उन्होंने अपने बप्पा से इतिहास-पुराण और कर्मकांड के ज्ञान की पूरी विद्या प्राप्त करने के साथ ही अपने ताऊ जी पं. मनसुख लाल पारिख से ज्योतिष विद्या भी बड़े मनोयोग के साथ सीखी थी। इसके अतिरिक्त पंडित मनसुख लाल पारिख ने उनको

एक ऐसी सरल चिकित्सा पद्धति में भी प्रशिक्षित कर दिया था कि जिसमें, अनुपान भेद तथा पथ्य परहेज के हेर-फेर के साथ, केवल खूब कला के चूर्ण से ही, सारे रोगों का उपचार किया जा सकता था।

व्यावसायिक पुरोहित कार्य के साथ रामेश्वरदत्त, अपने ताऊ जी की परंपरा को बनाए रखने के लिए, नियमित रूप से दिन में थोड़ी देर उनके चिकित्सालय में बैठकर रोगियों का उपचार अवश्य किया करते थे। लोग कहते थे कि उन्हें खूब कला बूटी सिद्ध थी। बूटी सिद्ध थी या नहीं किंतु विधाता ने उनके हाथ में यश दिया था और उनके अधिकांश रोगी, खूब कला के उपचार से ही, स्वस्थ्य हो जाते थे। चिकित्सा को उन्होंने अपनी आजीविका का साधन कभी नहीं बनाया और खूब कला का चूर्ण भी वे अपने पास से निःशुल्क ही दिया करते थे। यही कारण था कि वे बाहर दरवाजे और शहर के गरीब गुर्बा लोगों की बस्तियों में भी खूब लोकप्रिय हो गए थे और लोग उन्हें स्नेह तथा सम्मान के साथ 'काका जी' कहने लगे थे।

रामेश्वरदत्त के तीन बेटों में सबसे बड़े थे, कामेश्वरदत्त, सीधे-सादे भोलानाथ। पढ़ाई-लिखाई के मामले में बहुत कोशिश करने पर भी, वे बारहखड़ी से आगे नहीं बढ़ सके तो पंडित पिता ने ठेठ कनौजिया शैली में, ''पढ़वइया की अइसी-तइसी ख्वादउ घास चरावहु भइंसी'' कहकर उनकी शिक्षा के दीक्षांत समारोह का समापन कर दिया। अगले दिन से ही कामेश्वरदत्त, पिता वचन का अक्षरशः पालन करते हुए, खेती-बाड़ी और भैंस भवानी की सेवा में जुट गए। 'खेती खसम सेती', कामेश्वर ने खेती की बागडोर खुद सँभाल ली तो धरती सोना उगलने लगी और वे सही अर्थों में परिवार के अन्नदाता बन गए। विवाह तो उनका बचपन में ही हो गया था किंतु पत्नी, गौने से पहले ही स्वर्गवासिनी हो गई। कुछ लोग कहते थे कि इसके बाद उन्होंने दूसरा विवाह नहीं किया तो कुछ लोग यह भी कहते थे कि पंडितों के परिवार में एक कुबड्ढे को अपनी बेटी ब्याहकर, उसे सारे परिवार की नौकरानी बनाने के लिए कोई तैयार ही नहीं हुआ। उनके हमजोली कहते थे–''कामेश्वर, तुम्हारी बुद्धि भी तुम्हारी काया के समान ही मोटी है।'' कामेश्वर पलटकर उत्तर देते–''ससुरो तुम खुद जैसे धान-पान हो तुम्हारी बुद्धि भी वैसी ही धान-पान है।'' अपनी अविद्या को महिमामंडित करते हुए वे, अपना ही रचा हुआ, एक इसलोक भी सुनाते थे–

''जो पढ़तव्यम् सो मरतव्यम्
जो ना पढ़तव्यम् सोउ मरतव्यम्
फिर दाँत कटाकट क्यों करतव्यम्।''

मँझले बेटे विश्वेश्वरदत्त को पंडिताई के पैतृक व्यवसाय में कोई रुचि नहीं थी किंतु बनिज व्यापार में उनकी बुद्धि खूब चलती थी। संस्कृत की आरंभिक शिक्षा प्राप्त करने के बाद वे, गुरु की पाठशाला के हिसाब-किताब और बहीखाते की

विद्या सीखकर, मंडी में मुनीम बनने के लिए कमर कसकर तैयार हो गए।

मौलवी साहब की आढ़त के स्वामी बड़े मौलवी साहब और पंडित रामेश्वरदत्त के बीच ऐसी कोई विशेष घनिष्ठता तो नहीं थी किंतु नगर के दो प्रतिष्ठित व्यक्ति होने के नाते उनके बीच अच्छी-खासी रामा-कृष्णा तो थी ही। बड़े मौलवी साहब के सामने, विश्वेश्वरदत्त को उनकी आढ़त पर मुनीम रखने का सुझाव आया तो उन्होंने इसे अपना सौभाग्य समझकर बड़ी खुशी के साथ तत्काल ही स्वीकार कर लिया।

आरंभ में तो मौलवी साहब की आढ़त पर विश्वेश्वरदत्त को पल्ले लिखने का महत्त्वहीन-सा काम ही दिया गया किंतु अपने परिश्रम लगन, ईमानदारी और हिसाब-किताब तथा बहीखातों पर पक्की पकड़ के साथ अपनी व्यावहारिक व्यवसाय बुद्धि के बल पर उन्होंने थोड़े ही दिनों में बड़े मौलवी साहब का मन जीत लिया और वे निरंतर, उन्हें अधिकाधिक जिम्मेदारियों के काम सौंपते चले गए। पच्चीस वर्ष की छोटी-सी आयु में ही, इतनी बड़ी गद्दी पर, मुख्य मुनीम का पद प्राप्त कर लेना भी कोई छोटी-मोटी उपलब्धि नहीं थी। जिन दिनों एक रुपए का सवा मन गेहूँ और सवा सेर घी मिलता उन दिनों मुनीमी के पारंपरिक हक दस्तूरों के अतिरिक्त, दो हजार रुपए सालाना का वेतन प्राप्त कर लेना भी एक बहुत बड़ी बात थी।

इस बीच मौलवी साहब के परिवार के साथ भी विश्वेश्वरदत्त के व्यक्तिगत संबंध गहरे होते चले गए। मालिक-मालकिन अब उनके लिए 'अब्बू-अम्मी' बन चुके थे और वे स्वयं अब, उनके बेटे-बेटी अमजद और रूही के विशेशर भैया हो गए थे।

उन दिनों हिंदू-मुसलमानों की मिली-जुली बस्तियाँ हुआ करती थीं और पक्के मौलवियों और ठेठ ब्राह्मणों के बीच दोस्तियाँ, कम-से-कम रुहेलखंड में तो, कोई अजूबा नहीं होती थीं। दोनों पक्ष एक-दूसरे की सीमाओं का आदर करते थे इसलिए इनमें स्थायित्व बना रहता था और यह दोस्तियाँ पीढ़ी-दर-पीढ़ी चलती रहती थीं। ईद-बकरीद के मौकों पर मौलवी साहब की कोठी से कच्चे चावल, बूरा, घी और मेवों के थाल विश्वेश्वरदत्त के घर आते थे और अम्मी अमजद, रूही की तरह उन्हें भी ईदी दिया करती थीं। उधर होली-दीवाली के मौकों पर गुझियों और मिठाइयों के टोकरे, विश्वेश्वरदत्त के घर से, मौलवी साहब की कोठी पर पहुँचते थे। विजय दशमी के दिन विश्वेश्वरदत्त ही दुकान के बही-बस्ते पूजने और बदलने का अनुष्ठान संपन्न करते थे और वे ही दीपावली की रात को यजमान पीठ पर बैठकर लक्ष्मी पूजन के साथ दुकान पर दीपमालिका करते थे। रक्षा-बंधन के दिन रूही अपने विशेशर भैया को उनके घर जाकर राखी बाँधती थीं और भैया दोज को, अपनी रूही बहन से टीका कराए बिना, विश्वेश्वरदत्त मुँह भी नहीं झुठलाते थे।

सुरेश्वरदत्त, रामेश्वरदत्त तिवारी के सबसे छोटे बेटे थे। परिवार में सबसे छोटे होने के अतिरिक्त कुशाग्रबुद्धि भी थे इसलिए परिवार में सबके लाड़ले थे। रामेश्वरदत्त

उन्हीं से आशा लगाए बैठे थे कि वे ही पुरोहिताई की कुल परंपरा को आगे बढ़ा कर उनकी गुरु गद्दी को सँभालेंगे। सोलह-सत्रह वर्ष की आयु में ही संस्कृत व्याकरण, साहित्य तथा इतिहास-पुराणों के विषयों पर उनकी असाधारण पकड़ देखकर रामेश्वरदत्त को विश्वास हो गया था कि उनका यही बेटा, पंडित समाज में, तिवारियों के कुल का नाम उजागर करेगा।

पहली ताऊन ने, सारे देश के साथ, इस शहर को भी इतना झिंझोड़कर रख दिया था कि एक बहुत लंबे समय तक लोक मानस उसे काल गणना के एक स्थिर बिंदु के रूप में मानता रहा। बड़ा बुरा समय था, तमाम गली कूचों में मौत की काली परछाइयाँ मँडरा रही थीं और किसी को भी अपनी जान सुरक्षित दिखाई नहीं दे रही थी। एक मरे हुए चूहे की लाश को देखकर बड़े-बड़े सूरमाओं के हौसले पस्त हो जाते थे, बस्तियाँ उजाड़ होती जा रही थीं और मरने वालों की लाशों को ठिकाने लगाने के लिए आदमी नसीब नहीं हो रहे थे। अधजले मुर्दे यों ही नदियों में बहा दिए जाते थे और उनके पानी की सतह पर इंसानी चर्बी तिलमिलाती हुई दिखाई देती थी। जिन लोगों के देहातों में ठिकाने थे वे शहरों और कस्बों को छोड़कर देहातों में रहने के लिए चले गए थे और सुविधासंपन्न लोगों ने अपने रहने के लिए बस्तियों से बाहर झोंपड़ियाँ डाल ली थीं किंतु गरीब गुर्बा लोगों को सब कुछ भाग्य पर छोड़ देने के अलावा दूसरा और कोई रास्ता नहीं था और वे मजबूरी में कुत्ते-बिल्लियों की मौत मर रहे थे। ताऊन का प्रकोप कुछ शांत हुआ तो सामान्य जन-जीवन फिर से बहाल होने लगा लेकिन फिर भी, कई महीनों तक, ताऊन से इक्का-दुक्का मौतें तो बस्ती में होती ही रहीं।

बशीर अली और उनकी बीवी अपनी गृहस्थी में सुखी और संतुष्ट थे। परिवार में वे दोनों मियाँ-बीवी और उनके चार बेटे ही थे। बड़ा बेटा नियाज अली करीब सोलह साल की उम्र का था, घनवाहे का काम ठीक-ठाक करने लगा था। और गाहे-ब-गाहे भट्ठी के ठिये पर भी बैठने लगा था। दूसरा बेटा रमजान अली करीब तेरह साल की उम्र का था और वह हल्का-फुल्का घनवाही का काम सँभालने लगा था। तीसरा बेटा अनवर अली करीब दस साल की उम्र का था और चौथा बेटा नजर अली तो अभी आठ साल का भी पूरा नहीं था, इन दोनों को अभी काम-धंधे से कुछ खास ताल्लुक नहीं था, किसी का मन करता तो थोड़ी-बहुत देर के लिए भट्ठी का पंखा चलाने के लिए बैठ जाता था।

ताऊन के दिनों में, गाड़िया लोहारों में से, कोई भी अपनी बस्ती को छोड़ कर नहीं गया था। काम-धंधे उनके जरूर चौपट हो गए थे और उन्होंने भूखे-अधपेटे रहकर, बड़ी मुश्किलों में, परेशानी के यह दिन काटे थे। स्थिति सामान्य होने लगी

तो लोहट बाजार भी खुल गया और लोहारों की भट्ठियाँ भी फिर से सुलगने लगीं। अभी महीना-पंद्रह दिन ही चैन से गुजरे होंगे कि अचानक ही बशीर अली और उनकी बीवी दिन-रात के अंतर से ही ताऊन के शिकार हो गए।

नियाज अली, माँ-बाप को गोर कफन देकर लौटे और जनाजे का साथ देने वाले भी विदा हो गए तो उन्हें अपना घर भाँय-भाँय सा करता हुआ दिखाई देने लगा। तीनों छोटे भाई सहमे-सिकुड़े से आँगन के एक कोने में बैठे हुए निरीह आँखों से, बड़े भाई की ओर देख रहे थे। भाइयों पर नजर गई तो एक बार को नियाज अली के मन की घुटन और निराशा विकट रूप से घनी हो उठी लेकिन अगले ही क्षण उन्हें, अपने भाइयों की कातर आँखों में, न जाने ऐसा क्या कुछ दिखाई दे गया कि उनका अपना सारा अस्तित्व उन अनाथों का रक्षाकवच बनकर खड़ा हो गया, और शायद उत्तेजना के उन्हीं भावुक क्षणों में, उस अभिनव देवव्रत ने, आजीवन कौमार्य की भीष्म प्रतिज्ञा ले डाली। उनके मन पर से एक भारी बोझ तो उतर गया किंतु गहन उत्तरदायित्व की अनुभूति ने उन्हें, एक ही क्षण में, अनगढ़ किशोर से गरिमाशाली बुजुर्ग में बदल दिया। बड़ी ममता के साथ तीनों भाइयों को अपनी बाँहों में समेटते हुए उन्होंने मुस्कराकर कहा—"अरे पगलो, तुम उदास क्यों होते हो? अब्बा न सही, भाई तो है तुम्हारे सिर पर।"

तीजे के दिन बिरादरी और मोहल्ले-पड़ोस के लोग जमा हुए तो उन्होंने नियाज अली को हर तरह से दिलासा दी। ताऊ हरद्वारी लाल और चचा शब्बीर अली ने खासतौर से उनको हिम्मत दिलाते हुए कहा कि—"हमारे रहते-सहते अपने मन यह ख्याल कभी मत आने देना कि तुम्हारे सिर पर किसी का साया नहीं है।" बशीर अली के सबसे जेठे शागिर्द अल्लादीन ने सब पंचों के सामने वायदा किया कि वे, इस संकट की घड़ी में, अपने उस्तादजादों का साथ किसी भी हालत में नहीं छोड़ेंगे।

चौथे दिन नियाज अली और अल्लादीन ने सुबह-सवेरे भट्ठी सुलगाकर काम जोड़ दिया और तीन-चार दिन मेहनत करके, बाजार से आया हुआ, सारा काम पूरा करके लोहियों की दुकानों पर पहुँचा दिया। लोहियों के मन में धुकपुकी थी कि बशीर अली के मरने के बाद लड़कों से कच्चा माल भी जाने वापस मिलेगा या नहीं? माल, तैयार हालत में, उन्हें सही-सलामत वापस मिल गया तो उनकी जान में जान आई लेकिन अब वे, आगे के लिए, लड़कों के साथ अपना हाथ फँसाने का जोखिम मोल लेने के लिए तैयार नहीं थे। नियाज अली देर रात गए तक नए काम के लिए, लोहियों की खुशामद करते रहे लेकिन न तो किसी ने काम देने से इन्कार किया और न काम दिया।

पुजारी हरद्वारी लाल अपने मंदिर में, सुबह की पूजा आरती के समय बशीर अली की भट्ठी की ठकठक सुनने के अभ्यस्त थे। बशीर अली के तीजे के बाद

नियाज अली ने भट्ठी जोड़ ली तो ठकाठक का सिलसिला फिर शुरू हो गया था लेकिन उस दिन भट्ठी पर से कोई आवाज आती सुनाई नहीं दी तो उन्हें बड़ा अटपटा-सा लगा। भगवान की पूजा आरती में भी उनका मन उचटता ही रहा और जब उनका बेटा कुन्नी, घर से बाहर आया तो उन्होंने बड़ी बेताबी के साथ कहा—"कुन्नी बेटा, जरा देखकर तो आ कि आज नियाज ने अपनी भट्ठी क्यों नहीं डाली, कहीं बीमार-सीमार तो नहीं पड़ गया सुसरा" और फिर अकुलाकर अपने मंदिर के भगवान से कहने लगे—"महाराज गरीब गुर्बों का भी कुछ ख्याल रख लिया करो। बिना माँ-बाप के अनाथ बच्चे हैं, इन्हें तो अपने आऊन-ताऊन से बचाए ही रखियो।"

कुन्नी ने जाकर देखा कि नियाज अली, अपने घनवाहों के साथ, मुँह लटकाए बैठे थे। इस स्थिति को देखकर मन तो कुन्नी का भी उदास हो गया लेकिन फिर भी जरा बुजुर्गाना अंदाज में लाड़ जताते हुए पूछने लगे—"क्यों रे, सवेरे-सवेरे ऐसा मुँह लटकाए हुए क्यों बैठा है? और फिर, आज भट्ठी क्यों नहीं डाली? चाचा तो बड़ी चिंता कर रहे हैं, तुम्हारे ध्यान में सुसरो, आज तो उनकी भगवान की पूजा आरती भी छूटी-सी पड़ी लग रही है।"

"कुन्नी भैया, भट्ठी क्या डालता, लोहिये काम ही नहीं दे रहे हैं।"

"लोहियों ने काम नहीं दिया तो तू यहाँ मुँह लटकाकर बैठ गया, बुज्जा कहीं का। तभी तो सुसरे तेरे लिए मुँह में से गाली निकले है। लोहियों ने काम नहीं दिया तो तू चाचा से आके नहीं कह सकै था? हम तो सालों की जरा-सी देर में नरेनियाँ झाड़ के रख देते। वे सुसरे कहीं के लाटसाहब हैं, जो काम नहीं देंगे? बड़े-बूढ़ों के जमाने से हमें काम मिलता चला आया है तो अब कैसे नहीं देंगे?"

"वह लोग बड़े आदमी हैं, कुन्नी भैया। हम उनका क्या बिगाड़ सकते हैं?"

"तो हमीं किस सुसरे से पतला मूतते हैं? हमारे रहते-सहते तुझे ऐसा दिल छोटा करना पड़ गया तो लानत है ससुरी हमारी खलीफाई की पाग पै। चल उठ, हाथ-मुँह धोके छोटे भैयों को खाने के लिए कुछ कौरा टुकड़ा दे और तू भी कुछ मुँह में डाल के पहुँच मंदिर पै चाचा के पास। तब तक मैं भी शब्बीर चचा को लेकर उधर ही पहुँचता हूँ। और अल्लादीन भैये, शागिर्द का रुतबा बेटे के बरब्बर होवे है। बशीर चचा के बेटों-शागिर्दों में तुम्हीं सबसे जेठे हो, हिम्मत हारने की कतई जरूरत नहीं है, लोहिये तो काम देंगे और बच रहेंगे।"

नियाज अली ने अपना पूरा किस्सा, हरद्वारी लाल को सुनाकर खत्म ही किया था कि शब्बीर अली के साथ कुन्नी भी मंदिर पर आ गए और तड़ककर कहने लगे—"चाचा, इन लोहियों के दिमाग बहुत खराब हो गए हैं। शहर में किसी के दुख-तकलीफ से जैसे उनका कोई मतलब ही नहीं है हमारे नियाजा ने जाने कैसे-न-कैसे तो उन लोगों का काम तैयार कराकर दिया है और वे हैं कि आगे

के काम के नाम पर मुँह में दही जमाकर बैठ गए हैं। तुम कहो तो अभी अपने अखाड़े के चार पट्ठों को भेज के बुलवा दूँ सालों का बमभोला?''

''एकदम से इतना तैश में आने की भी जरूरत नहीं है, कुन्नी। लोहियों की बात भी तो सुननी चाहिए। राजी-रसौते से ही सुलह-सफाई का कोई रास्ता निकल आए तो क्या हर्ज है।'' थोड़ी देर चुप रहकर हरद्वारी लाल ने नियाज अली से पूछा—''तुम्हारे काम में तो लोहियों ने कोई नुक्स नहीं निकाला था, बेटा?''

''नहीं ताऊ, हमारे काम में तो कोई कसर नहीं थी। अब्बा के सामने भी ज्यादा करके तो अल्लादीन भैया ही ठिये पर बैठकर काम निकाला करते थे और इस बार भी वही ठिये पर बैठे थे। लोहियों में से किसी ने भी हमारे काम में कोई नुक्स नहीं निकाला बल्कि एक आध ने तो यहाँ तक कहा कि—बशीर अली के हाथ का निकला हुआ अदद है इसीलिए तो काम में इतनी सफाई है।''

नियाज अली का जवाब सुनकर हरद्वारी लाल के चेहरे पर का तनाव बहुत कुछ ढीला पड़ गया और वे कहने लगे—''मुझे तो लोहियों के मन में भी कोई खोट दिखाई नहीं देती। बच्चों वाली बात समझकर सुसरे, किसी जिम्मेदार आदमी की, अमानत-जमानत की बात सोच रहे होंगे। क्यों, भैया शब्बीर?''

''लगे तो मुझे भी कुछ ऐसा ही है, भैया।''

''तो ठीक है, अभी चलकर कहे दे रहे हैं, लोहियों के चौधरी लाला गौरीशंकर से, कि नियाज अली को दिए गए माल की वापसी के हम जिम्मेदार हैं, एक से लेकर हजार रुपए तक।''

कामेश्वर तिवारी ने किसनई का रास्ता पकड़ा तो उनके सारे रंग-ढंग भी किसानों जैसे ही हो गए। अपना अंगरखा उन्होंने तह करके पिटारे में रख दिया और अब वे उसका उपयोग कभी-कदास, ब्याह-बरातों के मौकों पर ही करते थे। सामान्यतः वे तन पर धोती कुर्ता, सिर पर सफेद साफा और पैरों में नरी के देसी चमरौधे जूते ही पहनते थे। उनके स्वस्थ शरीर, तमतमाते हुए गोरे रंग, बड़ी-बड़ी मूँछों और हाथ में कानों से ऊपर तक की पीतल के चमकते हुए गूलों से मढ़ी हुई लाठी को देखकर, कोई अनजाना देखने वाला, उन्हें कुलीन ब्राह्मण कुमार न समझकर कोई संपन्न अहीर चौधरी ही समझता था।

यों तो वे विचारवान ब्राह्मणों की खान-पान की सामान्य परंपराओं का पूरी तरह से पालन करते ही थे किंतु कुन्नी की दोस्ती में उन्होंने, अब चिलम में दम लगाना अवश्य आरंभ कर दिया था। काका जी के घर में तो चिलम-तमाखू की कोई व्यवस्था हो सकने का सवाल ही पैदा नहीं हो सकता था इसलिए उन्होंने अपने लिए नारियल के एक सुंदर से हुक्के की व्यवस्था, कुन्नी की बैठक पर कर

ली थी और अपने लिए एक ऐसा ही दूसरा हुक्का उन्होंने भोला की मढ़ैया पर भी लाकर रख लिया था।

अपनी खेती-क्यारी के सिलसिले में, कामेश्वर का ज्यादातर उठना-बैठना तो बाहर दरवाजे के खेतिहरों, (मुरावों, बागवानों, लोधों, खागियों) और लोहार-बढ़इयों के बीच ही रहता था। वैसे उनका मन भी अब इन्हीं लोगों के बीच ज्यादा रमने लगा था और उन लोगों को भी वे अब कुछ ऐसे पराए से नहीं लगते थे। कुन्नी उन्हें बड़े भैया कहते थे तो बाहर दरवाजे के दूसरे लोग भी उन्हें बड़े भैया ही कहने लगे थे। हारी-बीमारी में, बाहर दरवाजे के लोगों को, काका जी की खूब कला की पुड़ियों का ही सहारा रहता था इसलिए उनके प्रति, बाहर दरवाजे के लोगों के, श्रद्धा-सम्मान का लुभाव कामेश्वर तिवारी को बिना माँगे ही मिल जाता था।

उन दिनों लोगों का विश्वास था कि बेटी के रजस्वला होने से पहले ही उसका कन्यादान कर देने से बड़ा धर्म लाभ होता है। इसीलिए, सब लोगों का यही प्रयास रहता था कि वे, अपनी बेटियों के रजस्वला होने से पहले ही, उनके कन्यादान कर दें। विवाह के पाँच-सात साल बाद जब बेटियाँ यौवन की देहरी लाँघने लगती थीं तो उनका गौना कर दिया जाता था और वे ससुराल जाकर अपना गृहस्थी धर्म निबाहने लगती थीं। इस बीच यदि दुर्भाग्यवश कहीं दामाद की मृत्यु हो जाती थी तो ऊँची बिरादरियों में बेटी, 'पटे की रांड' बनकर, सारी जिंदगी रो-धोकर काटने के लिए विवश हो जाती थी। नीची और मध्यम जातियों में, ऐसी स्थिति में, बेटी का गौना किसी दूसरे व्यक्ति के साथ कर दिया जाता था और वह अपनी नई ससुराल में सामान्य गृहस्थिनों की भाँति अपना जीवन बिताने लगती थी। वैसे भी, इन बिरादरियों में यदि विवाह के बाद दामाद में कोई खोट-कसर दिखाई दे जाती थी तो भी बेटी का किसी दूसरे व्यक्ति के साथ गौना कर देने का पिता का अधिकार सुरक्षित समझा जाता था।

कामेश्वर के हलवाहे भोला मुराव के माँ-बाप तो उसे बहुत छोटा-सा छोड़कर ही मर गए थे। जमीन-जायदाद उसके पास कुछ भी नहीं तो कुनबे वालों के कौरे टुकड़ों पर, उनकी बेगार करके, जिंदगी काटने वाले उस निपट कंगले को कोई अपनी बेटी ब्याहता ही क्यों? तिवारियों के यहाँ हलवाही का काम मिल गया तो पेट के लिए रोटियों और तन के लिए मोटे-छोटे कपड़ों का लगा बँधा ठिकाना हो गया। और जब, कामेश्वर ने परिवार की खेती की बागडोर सँभाल ली तो भोला के साथ उनकी बड़ी अच्छी जोट बँध गयी। दोनों मिलकर नयी लाभकर फसलों की खेती के प्रयोग अपने खेतों में सफलतापूर्वक करने लगे तो तिवारी परिवार की नजरों में भोला की कीमत भी बढ़ गई। बेहतर खाना कपड़ा मिला तो भोला का रूप रंग भी बदलने लगा और समाज में उसकी गिनती कामेश्वर के परिशिष्ट के रूप में होने लगी। उसकी अपनी बिरादरी में भी उसकी साख पहले से कुछ ऊँची

हो गयी। ब्याह तो खैर अब उसका क्या ही होता लेकिन गौने के लिए एक योग्य पात्र के रूप में उसे अवश्य स्वीकार कर लिया गया था।

भोला, उम्र में तो, कामेश्वर से बड़ा ही था और खेती-क्यारी के मामलों में भी उसे, उनसे कहीं ज्यादा, जानकारी थी लेकिन फिर भी, मालिक मालिक थे और नौकर नौकर। वैसे कामेश्वर भी कोई नकचढ़े बददिमाग मालिक नहीं थे। मालिक और नौकर के बीच की विभाजन रेखा को नकारे बिना भी वे, सामाजिक शिष्टता को निबाहते हुए, भोला को 'भोला भैया' कहते थे। एक हल जोतने के अलावा, खेती के बाकी कामों में, भोला के कंधे-से-कंधा भिड़ाकर काम करते-करते उन दोनों के बीच एक अनोखी-सी एकरूपता बन गई थी। भोला, हर समय, कामेश्वर के साथ परछाईं की भाँति लगा रहता था और कामेश्वर भी भोला के हर दुख-दर्द का पूरा ख्याल रखते थे।

उस दिन एक लड़की वाला, अपनी बेटी का गौना देने का, रिश्ता लेकर आया तो भोला, कामेश्वर के पास आकर, कहने लगा, "बड़े भैया, एक लड़की वाला, अपनी बेटी का गौना देने के लिए कह रहा है।" कामेश्वर ने बिना कुछ सोचे-विचारे, यों ही टरकाऊ ढंग से उत्तर दे दिया—"तो ले लो गौना। होली खेलने के लिए, हमारी कोई भाभी है भी नहीं।" भोला खिसिया गया, तिनककर कहने लगा—"तो तुम पहले जाकर उस सुसरी से होली ही खेल लो। गौना फौना बाद को होता रहेगा।" कामेश्वर को लगा कि जैसे उनसे कोई चूक हो गयी है तो थोड़ा सिटपिटाकर कहने लगे—"भोला भैया, तुम तो जरा से मजाक का बुरा मान गए। अच्छा बताओ, गौना लेने में क्या परेशानी पड़ रही है?"

"परेशानी यह है कि लड़की वाला कह रहा है कि तीन रुपए महीने की तनख्वाह में दो परानियों की गुजर कैसे होगी?"

"यह तो वह ठीक कह रहा है, भोला भैया?"

"यह तो हम भी जानते हैं, तभी तो हम तुम्हारे पास आए हैं।"

"काका जी से कहकर तुम्हारी तनख्वाह में रुपया-अधली की बढ़ोतरी कराई जा सकती है।"

"इससे काम नहीं चलेगा, बड़े भैया।"

"तो फिर?"

"कछियाने की खेती की विद्या तो हम काछी मुरावों को, माँ के दूध के साथ ही; घोलकर पिला दी जाती है, बड़े भैया। अपनी वह ढाई बीघे की बेल वाली टपरिया है न? हमारा मन बहुत दिनों से उसमें तुम्हें कछियाने की खेती करके दिखाने का हो रहा था लेकिन यही सोचकर रह जाते थे कि, अकेले जान, दूसरी खेतियों के साथ कछियाने की भी खेती ढंग से सँभाल नहीं पाएँगे। अब साथ को एक दूसरा परानी और आ जाएगा। तो सब सँभाल लेंगे। हमारी तनख्वाह-वनख्वाह

बढ़ाने की बात मत करो। हमें तो तुम, काका जी से कहकर, ढाई बीघे की बेल वाली टपरिया आध बटाई पर दिला दो। ढाई बीघे की कछियाने की खेती पंद्रह बीघे गेहुओं की खेती की दर देगी। थोड़ा-बहुत सहारा हम भी देंगे तो तुम्हारी भाभी कछियाने का काम खूब सँभाल लेगी, बाकी दूसरे खेतों का काम तो हम जैसे कर रहे हैं वैसे करते ही रहेंगे।''

कामेश्वर ने घर पहुँचकर सारा किस्सा कुछ इस होशियारी के साथ बयान किया कि उसमें वे, भोला को ढाई बीघे की टपरिया आध बटाई पर देने की बात, कतई तौर पर गोल कर गए। घर के दूसरे लोगों की सहानुभूति का पलड़ा भी उन्होंने भोला के पक्ष में ही झुकते देखा तो कहने लगे–''आपकी कोरी हमदर्दी से तो भोला का कोई भला होने वाला नहीं है। लड़की वाला भोला से पूछता है कि ''तीन रुपए महीने में दो परानियों की गुजर कैसे करोगे?'' तो वह बगलें झाँकने लगता है। आप आज, लड़की वाले का मन भर दीजिए कि भोला तीन रुपए महीना में दो परानियों की गुजर कैसे करेगा तो हम कल ही जाकर भोला का गौना कराए लाते हैं।'' सहानुभूति तो काका जी की भी भोला के साथ ही थी। और वे उसके लिए कुछ करना भी चाहते थे लेकिन कामेश्वर के तैश का रस लेने के लिए हँसकर पूछने लगे–''अरे भई, लड़की वाले का मन भरने की जिम्मेदारी हमारे सिर कैसे आ गई?'' कामेश्वर थोड़ा तैश में आकर कहने लगे–''जब तीन रुपए महीना में वह चौबीसों घंटे आपकी गुलामी करता है तो इस जिम्मेदारी को निबाहने के लिए कोई देवता उतरकर आएँगे ऊपर से? और फिर आप लोगों के अलावा उसका और है भी कौन?''

घर की औरतों को भोला की बहू के रूप में एक नई बेगारिन आती हुई दिखाई दी तो उनके स्वर भी कामेश्वर की बात के समर्थन में कुछ ज्यादा ही मुखर हो उठे। वातावरण अपने पक्ष में बनते देखा तो कामेश्वर ने बेलवाली ढाई बीघे की टपरिया भोला को आध बटाई पर देने का सुझाव सामने रख दिया। सौदा कोई घाटे का भी दिखाई नहीं दिया तो काका जी भी उस पर आसानी से सहमत हो गए लेकिन इसके साथ ही उन्होंने कामेश्वर को चेतावनी भी दे दी–''तुम्हारे कहने से हम भोला को टपरिया आध बटाई पर दे तो रहे हैं लेकिन अब यह तुम्हारी जिम्मेदारी रही कि तुम इस बात का ध्यान रखो कि कहीं भोला दूसरी खेतियों की तरफ लापरवाही करके अपना सारा ध्यान आध बटाई वाली टपरिया पर ही केंद्रित न कर ले।''

भोला की गौनिहाई सुंदरिया, देखने-भालने में अच्छी-खासी थी और हाथ-पाँव से मेहनतिन भी थी। बेलवाली टपरिया, गौहानी जमीन थी और उसके एक कोने में, मेंड़ पर, एक बेल का पेड़ था। कुछ सहारा मालिकों ने दिया और कुछ मदद कामेश्वर ने अपने परिवार की नजर से बचाकर दी तो नवदंपति बेल के पेड़ के

नीचे एक कच्ची मढ़ैया बनाकर बस गई और उसके आगे उन्होंने एक कच्ची कुइयाँ भी बना ली। गौहानी जमीन, खदीली तो यों भी थी ही इसलिए भोला और उसकी घरवाली को उस पर कछियाने की खेती शुरू करने के लिए कोई विशेष प्रयास भी नहीं करना पड़ा।

कछियाने की खेती में, हल की जुताई को छोड़कर, बुवाई, निराई, गोड़ाई और सिंचाई से लेकर जिंसों को सजा-सँवारकर बाजार में बेचने तक का काम तो ज्यादातर, सुंदरिया ही सँभालती थी। भोला तो अब भी, पहले की तरह ही, तिवारियों के दूसरे खेतों का काम सँभालता था और जब कभी उसे वहाँ से फुर्सत मिलती थी तो वह थोड़ा-घना काम कछियाने का भी निबटवा देता था। वैसे जब अपने खेतों पर कोई काम नहीं रहता था तो कामेश्वर भी भोला की मढ़ैया पर ही आ जाते थे, कछियाने में तो पूरे साल फसल का कोई न कोई सिलसिला चलता ही रहता था और तब कामेश्वर भी हल्के-फुल्के कामों में भोला-सुंदरिया की सहायता करने लगते थे।

भोला तो यों भी कामेश्वर के अहसान से दबा हुआ था और सुंदरिया भी उनके शालीन और सहायक व्यवहार से सम्मोहित सी थी लेकिन जब भोला ने अपने गौने का सारा किस्सा विस्तार के साथ सुनाया तो वह भी, अपने आपको, कामेश्वर के आभार में बराबर का साझीदार समझने लगी। इस पर भी जब कामेश्वर, उसके बार-बार मना करने पर भी, एक अपनेपन के साथ उसकी कछियाने की कुइयाँ पर खड़े होकर ढेंकुली चलाने लगते थे तो वह उनके आभार से और भी अधिक दब जाती थी। उनके इस व्यवहार पर, भाभियों की सामान्य परंपरा के अनुरूप, सुंदरिया उन पर एक संयमित सा लाड़ दिखाने लगती थी तो कामेश्वर को भी बहुत अच्छा लगता था।

धीरे-धीरे, सुंदरिया और कामेश्वर एक-दूसरे के निकट आने लगे और फिर एक दिन, दूरियों के सारे बंधन, कड़कड़ाकर टूट गए। कामेश्वर अब, अपने ब्राह्मणोचित खानपान की मर्यादा को कायम रखते हुए भी, भोला-सुंदरिया की गृहस्थी में पूरी तरह से घुलमिल गए थे और भोला भी, औपचारिक रूप से, अपने परिवार का मुखिया रहते हुए भी, वास्तविक रूप से, मुखिया के परिशिष्ट की भूमिका पाकर ही संतुष्ट हो गया।

ग्यारह

1857 ई. के महाविद्रोह के बाद, नवोदित अंग्रेजी सत्ता, इस नगर पर कुछ अधिक ही सदय हो उठी थी। वैसे सच तो यह था कि अपने साम्राज्यवादी आर्थिक शोषण

तंत्र के लिए उसे अब यह मंडी एक सही पुर्जे के रूप में दिखाई देने लगी थी। इस मंडी के माध्यम से भारत में अपनी सेनाओं के लिए गेहूँ और घी तथा इंग्लैंड में मैनचेस्टर की कपड़ा मिलों और डंडी के जूट के कारखानों के लिए कपास और सन उपलब्ध करा सकने का मोह, उसकी प्रांतीय सरकार को, इस नगर पर इतनी मेहरबानियाँ लुटाने के लिए विवश कर रहा था।

1863 ई. में पश्चिमोत्तर सीमान्तप्रान्त आगरा व अवध के जिन थोड़े से गिने-चुने नगरों को स्वायत्तशासी म्युनिसिपल बोर्ड प्राप्त करने के लिए योग्य माना गया था उन भाग्यशाली नगरों की सूची में इस नगर को भी स्थान दिया गया था, जबकि प्रांत के जिला स्तर के बीसियों नगरों को इस सूची में कोई स्थान नहीं मिल सका था। प्रान्तीय सरकार ने अपनी ही ओर से नगर के बाजारों की सारी सड़कें पक्की कंकड़ की करवा दीं और अंदर दरवाजे की बस्ती के तमाम गली-कूचों में लखौरी ईंटों के खूबसूरत खरंजे लगवा दिए। इनके अतिरिक्त नगर में म्युनिसिपल बोर्ड के दफ्तर, सिकत्तर साहब की कोठी, टाउन हाल, सराय, वर्नाकुलर मिडिल स्कूल और अंग्रेजी अस्पताल की खूबसूरत इमारतों के निर्माण के साथ ही नगर में थाने, डाकखाने और दो प्राइमरी स्कूलों की व्यवस्था भी कर दी गई। यह दूसरी बात रही कि नगर का कोई प्रतिष्ठित व्यक्ति म्युनिसिपल बोर्ड का झंझट अपने गले में डालने के लिए तैयार नहीं हुआ तो बारह बरस बाद म्युनिसिपल बोर्ड औपचारिक रूप से भंग कर दिया गया।

बाहर दरवाजा तो बाहर दरवाजा ही था उसके रूप-रंग में कोई बुनियादी अंतर नहीं आया था, टूटे-फूटे छप्परों के घरों और कुलीन समाज से बहिष्कृत गरीब-कंगाल रहने वालों की संख्या में बस, थोड़ी-सी बढ़ोतरी हो गई थी। शहर पनाह के खुर्जा दरवाजे का फाटक अलबत्ता, टूट-फूटकर बराबर हो गया था और इसके साथ ही, बाहर दरवाजे और भीतर दरवाजे की बस्तियों के बीच की, लक्ष्मण रेखा थोड़ी धूमिल पड़ गई थी।

गढ़ी के मंदिरों की स्थिति में, वैसे तो, कोई खास अंतर नहीं आया लेकिन शहर पनाह के दरवाजे बंद होने की परंपरा समाप्त हो जाने और भीतर दरवाजे की बस्ती में नए मंदिरों-शिवालों के बन जाने के कारण, नगर के सामाजिक जन-जीवन में, इन मंदिरों की पहले जैसी महत्ता नहीं रह गई थी। बिहारी लाल के पोते हरद्वारी लाल इन दिनों, इन मंदिरों के पुजारी की गद्दी सँभाले हुए थे और उनकी अनुमति से गढ़ी की खाली भूमि पर कहारों और छीपियों ने अपने रहने के लिए फूस के घर बना लिए थे। उधर सड़क के उस पार, खंदक के किनारे-किनारे, साहू दुर्गा प्रसाद ने मंगलवार और शनिवार की पैंठें लगवानी शुरू कर दी थीं।

नगर में म्युनिसिपल बोर्ड का दफ्तर खुला और बस्ती का रूप-रंग बदलने लगा तो लोग कहने लगे कि "अब इस शहर में भाप गाड़ी भी आ जाए तो कोई ताज्जुब नहीं।" साल-दो साल में बात आई-गई हो गई लेकिन जब बस्ती से कोई कोस-डेढ़ कोस के फासले पर जंगल साफ करके अंग्रेज अफसरों और उनके लाव-लश्कर के डेरे-तम्बू तन गए तो पहले तो लोगों की समझ में ही नहीं आया कि आखिर यह हो क्या रहा था। जमीनों की नाप-जोख शुरू हुई तो पता चला कि यह लोग किसी रेलवे कंपनी के अफसर थे और भाप गाड़ी लाने की तैयारी के सिलसिले में यहाँ आए हुए थे। भगवान-भिखारी और मौलवी साहब की आढ़तों पर विलायती कंपनियों के गुमाश्तों ने भी इस बात की संपुष्टि कर दी तो फिर किसी को इस बात पर संदेह करने की गुंजाइश ही नहीं रह गई।

दो-तीन दिनों में ही भाप गाड़ी आने की बात सारे शहर में, जंगल की आग की तरह, फैल गई। मंदिरों-मस्जिदों, सड़कों-चौराहों, गली-मोहल्लों, दुकानों-फड़ों, मकानों-चौपालों और खेतों-खलिहानों में जहाँ कहीं भी लोग मिल जाते थे वहीं भाप गाड़ी की चर्चा शुरू हो जाती थी। जितने मुँह उतनी ही बातें थीं और फिर समाज के प्रत्येक समुदाय की अपनी अलग ही प्रतिक्रिया थी और अभिव्यक्ति का अपना निराला ही ढंग।

भाप गाड़ी के आने को प्रतीक्षा, सबसे अधिक आतुरता के साथ तो नगर का व्यापारी समुदाय कर रहा था। भाप गाड़ी की कल्पना के साथ ही उन लोगों को, अपने व्यवसायों के लिए, नए क्षितिज खुलते हुए दिखाई देने लगते थे। विलायत के बाजारों में कपास और सन की बड़ी अच्छी माँग थी लेकिन यातायात का कोई पक्का बंदोबस्त न होने के कारण इन जिन्सों के निर्यात की मात्रा बहुत सीमित ही रह पाती थी। अब तक अंग्रेजी कंपनियों के साथ, इन जिन्सों का, जो भी कारोबार होता था वह इन कंपनियों के देसी गुमाश्तों की मारफत होता था और वे लोग बीच में मार-तोड़ बहुत करते थे। लाला लोग कहते थे कि—"भाप गाड़ी चलेगी तो कलकत्ता और बंबई के कंपनियों के बड़े साहबों से सीधी 'गुट मानियर' (गुड मार्निंग) हुआ करेगी, यहाँ का माल, खटाखट, सातों विलायतों तक पहुँच जाया करेगा और रेलवे का तारघर खुलने से सारी दुनिया के बाजार भाव, पलक झपकते ही, घर बैठे-बैठे मिल जाया करेंगे।"

उस दिन जामा मस्जिद में, जुम्मे की नमाज के बाद, नमाजियों के बीच भाप गाड़ी का जिक्र छिड़ गया तो एक साहब कहने लगे—"मियाँ, मुझे तो यकीन होता नहीं कि इन ललमुँहों का लोहे का घोड़ा, भाप खाकर, बीस-बीस गाड़ियों को कोसों दूर खींचकर ले जाएगा। अगले वक्तों में अल्लाह ताला, पहुँचे पीरों, पैगम्बरों को तो, इस तरह के मौआज्जिजे दिखाने की तौफीक कभी-कभी जरूर बख्श दिया करते थे लेकिन यह मलऊन तो फिरंगी हैं, न मुसलमान 'न हिंदू'। उनकी बात

खत्म होने से पहले ही एक दूसरे साहब, जो जरा मौलवी किस्म के आदमी दिखाई देते थे, कहने लगे–"नमरूद की औलाद हैं स्साले, नई खुदाई बनाना चाह रहे हैं। देख लेना, इनका भी एक दिन वही हश्र होगा जो कभी नमरूद का हुआ था।"

मंडी से बाहर माल ले जाने के लिए, थोड़ी दूर के फासलों के लिए, बैलगाड़ियों का इस्तेमाल किया जाता था और दूर-दराज के फासलों के लिए ऊँटगाड़ियों का–जिन्हें बोलचाल की भाषा में किराँची कहा जाता था। भाप गाड़ी के आने की खबर से यह बैलगाड़ियों और किराँचियों वाले सबसे ज्यादा परेशान थे। उन्हें अपना भविष्य बहुत अँधेरा दिखाई देता था और उस पर मंडी के लाला लोग तो क्या, उनके मुनीम और तुलैये तक बात-बात पर धौंस देते थे–"आने दो भाप गाड़ी को, तुम लोगों को दिन में तारे न दिखाई दे जाएँ तो हमसे कहना।" ताने बरदाश्त से बाहर हो गए तो किराँचियों वालों के चौधरी मसीत मियाँ ने भी पलटकर जवाब दे ही दिया, "रिजक तुम्हारे हाथ में ना है, लाला। ऊपर वाला हमारा भी है और फिर तुम्हारी भाप गाड़ी की लाइनें सारी खलकत में तो बिछ ना जाएँगी। अटक फिर भी तुम्हारी हमीं से पड़ेगी, उस वक्त हम भी एक की जगह चार माँगेंगे और तुम हँसकर दोगे।"

कुन्नी गुरु, कामेश्वर तिवारी की निरक्षर भट्टाचार्यों की परंपरा के पंडित थे और उन दोनों की आपस में छनती भी खूब गहरी थी। कामेश्वर तो पांडित्य से पिंड छुड़ाकर अपनी खेती और खेतवाली में पूरी तरह से रम गए थे लेकिन कुन्नी गुरु, रहमान खलीफा के उत्तराधिकार के बल पर, शहर के बाहुबलियों के सिरताज बनकर भी, गढ़ी के मंदिर की गद्दी पर अपने अधिकार और समाज में पंडितों के मान-सम्मान में अपनी भागीदारी में सुई की नोक के बराबर भी घटोतरी सहन करने के लिए तैयार नहीं थे। यही कारण था कि कुन्नी गुरु, सर्वज्ञता का मुखौटा ओढ़कर अपने बुद्धिबल की कमी, बाहुबल और कंठबल के सहारे, पूरी करने का प्रयास करने के लिए विवश थे। पंडित समाज में उनके अधिकार को चुनौती देकर, अपने हाथ-पाँव तुड़वाने का, जोखिम उठाने के लिए तो कोई तैयार नहीं था लेकिन पीठ पीछे लोग उन्हें, पंडित समाज का लालबुझक्कड़ अवश्य कहने लगे थे।

पंडित समाज के लालबुझक्कड़ की हैसियत से कुन्नी गुरु के अपरिमित ज्ञान कोष में प्रत्येक जिज्ञासा का समाधान मौजूद था। जैसे ही कोई जिज्ञासु कोई जिज्ञासा प्रस्तुत करता था वैसे ही कुन्नी गुरु पलक झपकते ही, अपने ज्ञान कोष में से उसका समाधान निकालकर जिज्ञासु के मुँह पर दे मारते थे। एक दिन कोई जिज्ञासु जिज्ञासा कर बैठा कि "गुरु यह भाप गाड़ी और लोहे के घोड़े का चक्कर क्या है?" समाधान तो गुरु की मुट्ठी में था कहने लगे–"भैया, यह तो कलजुग है, न इस जुग विरमा, विश्नू और महादेव, संसार की विवस्था भैरों-कालका और भूत-बैतालों को सौंपकर अपने-अपने लोक में बैठ के संसार का तमासा देखे हैं।

भैरों बाबा रहे काशी-बनारस के कोतवाल और उन्हें वहीं के झंझटों से फुरसत नहीं मिलती। बस अकेली कालका माई, कलकत्ते में बैठ के, भूत-बैतालों के सहारे सारे संसार की विवस्था सँभाल रही है।

"इन अंग्रेजों का बड़ा लाट रहवे है कलकत्ते में और तुम जानो, उसका राज फैला है साला, सारे हिंदुस्तान में। कहाँ कलकत्ता, कहाँ लाहौर-पेसावर, कहाँ बंबई और कहाँ सा'ब मदरास। कलकत्ता सँभाले तो लाहौर बिगड़ जाय, लाहौर सँभाले तो बंबई बिगड़ जाय और बंबई सँभाले तो मदरास बिगड़ जाय और फिर सा'ब, एक-एक जगह पहुँचने में लग जाएँ कई-कई हफ्ते। बस, साला इसी चक्कर में चकरघिन्नी हो के रह गया था।

"इस बड़े लाट का वजीर था एक बंगाली बाबू, कलकत्ते वाली काली माई का पक्का भगत। एक दिन क्या हुआ सा'ब कि बड़ा लाट अपने कमरे में मुँह लटकाए हुए बैठा था। इतने में आ गए बंगाली बाबू वजीर, कहने लगे—"हिजूर लाट सा'ब, आप आज इतने गमगीन कैसे बैठे हो?" बड़ा लाट, रुआँसा होकर, कहने लगा—"बैल बंगाली बाबू, तुम तो जानो ही हो कि मैं हिंदुस्तान की हकूमत जाने कैसे न कैसे करके तो चला रहा हूँ, इस पर भी मल्का विक्टोरिया की चिट्ठी पै चिट्ठी आई जा रही है कि—"मुलक का इंतजाम ठीक ढंग से सँभालो नहीं तो बरखास कर दूँगी।"

"बंगाली बाबू बड़े लाट को दिलासा देते हुए बोले—"हिजूर लाट सा'ब, बात तो तुम भी ठीक कह रहे हो पर मल्का विक्टोरिया तुम्हारी परेशानी समझ नहीं सके हैं। उनका बित्ते बराबर का इन्गिस्तान, हिन्दुस्तान के किसी कोने खोतरे में रख कर भूल जाओ तो साला ढूँढ़ने से भी नहीं मिले। फिर भी इतना दिल हलकान करने की जरूरत नहीं है : तरकीब तो मैं बताऊँगा तुम्हें।"

"बंगाली बाबू की बातें सुन के बड़े लाट की जरा जान में जान आई, कहने लगा—"बैल, बंगाली बाबू, तुम हमारी यह परेशानी दूर करा दो तो ता बे जिंदगी तुम्हारा अहसान नहीं भूलूँगा।"

"बंगाली बाबू बड़े लाट के जरा नजीक आ के कहने लगे—"हिजूर लाट सा'ब, काली माई तुम्हारे कलकत्ते में विराजमान और तुम ऐसे हिरास होये जा रहे हो।" बड़ा लाट साला, भौचक्के में आ गया, कहने लगा—"इसमें काली माई क्या करने सकता?" बंगाली बाबू को बड़ा बुरा लगा और उन्होंने जरा मुँह बिगाड़कर जवाब दिया—"अच्छा, हमारी काली माई कुछ करने ही नहीं सकती? काली माई कुछ ना करती तो जीत जाता तुम्हारा सबसे पहला बड़ा लाट, ढाके वाले नवाब से? तुम्हारे बड़े लाट ने कालीघाट पै जाके पाँच भैंसों की बल चढ़ाई और हमारी भोली भाली मैया ने दे दिया आसिरवाद कि जीता रह बेटा।"

"बंगाली बाबू की बातें सुन के बड़े लाट की आँखें फटी की फटी रह गईं,

कहने लगा–"ऐसी बात है बंगाली बाबू तो बताओ मुझे भी कोई तरकीब।" बंगाली बाबू भी जरा ठंडे पड़कर कहने लगे।–"अब जमाना जरा बदल गया है। लाट सा'ब। तुम्हारा पहला बड़ा लाट तो साला, पाँच भैंसों में ही चरका दे गया हमारी मैया को। अब तो हमारी मैया भी कुछ समझदार हो गई है। इसलिए तुम्हें बल चढ़ानी पड़ेगी इक्यावन भैंसों की और हाजरी लगानी पड़ेगी मैया के दरबार में बिना कुछ खाए-पिए। डटे रहे तो मैया, तुम्हारी अरदास जरूर पूरी करेगी और जो कहीं हट गए तो तुम्हारा सत्यानास, लिखा रक्खा है।" एक दफे को तो साला बड़ा लाट भी सकपका गया, कहने लगा–"यह तो तुम बहुत बड़ी बात कह रहे हो, बंगाली बाबू।" बंगाली बाबू ने जरा रमक में आकर कर जवाब दिया–"हमारी मैया के दरबार में तो बड़ी-बड़ी बातें ही होवे हैं, लाट सा'ब। तुम्हारी सौ दफे अटके तो अरदास करो विस के दरबार में नहीं तो हर इच्छा।"

"बड़े लाट ने सोचा कि, "भई यह भी करके देख लो। मलका विक्टोरिया ने दरखास कर दिया तो मरने से बहत्तर हो जाऊँगा।" तो सा'ब, मँगवाये गए इक्यावन भैंसे, बड़े-बड़े जबर हाथी कैसे बच्चे। बैंड बाजों के संग उनका झल्लूस निकला, सारे कलकत्ते में देखा। और फिर, कालीघाट पर पहुँच के भैंसों की तो चढ़ा दी गई बल मैया के सामने और बड़ा लाट पल्थी मार के बैठ गया मैया के दरबार में।

"एक दिन गुजर गया, भूखे-प्यासे बड़े लाट को तो उसकी लाटनी नफसेल हो के कहने लगी–"माई डियर लाट साहब, बंगाली बाबू के कहने से तुमने इक्यावन भैंसे कटवा दिए तो खैर, कोई बात नहीं लेकिन अब उसके कहने से भूखे रह कर जान देने की बात हमारी तो समझ में आती नहीं।" बड़ा लाट इस पर जरा चिढ़ गया, कहने लगा–"उल्लू की पट्ठी तुझे जान की पड़ी है। इतना बड़ा मुलक हिंदुस्तान, उसका इंतजाम मैं, कहाँ-कहाँ टाँगें चीरकर, देखूँ। कहीं गड़बड़ हो गई और मलका विक्टोरिया ने बरखासगी का टिपन्ना थमा दिया तो सारी लाट साहबी उल्टी होके घुस जाएगी।"

"होते करते बीत गए सा'ब, तीन दिन। बड़ा लाट भी मेरा पट्ठा तीन दिन तक, मैया के दरबार में भूखा-प्यासा जमा ही रहा। अब तो मैया का आसन भी डोलने लगा, विन्होने भी सोचा कि–"ये नासपीटा मरमरा गया तो पहुँचेगा तो मेरे ही लोक में और वहाँ भरे दरबार में फजीहत करेगा कि मैया मेरे इक्यावन भैंसे डकार गई, फोकट में।"

"अब मैया हुई परगट और अंग्रेजों की तरियों बोलीं–"बैल लाट सा'ब, तुम क्या माँगता है?" बड़ा लाट साला बकरिया के बच्चे की तरियों मिमियाने लगा–"मैया, इतना बड़ा मुलक हिंदुस्तान इसमें रोजाना कहीं न कहीं गड़बड़ होती ही रहवे है। उसे ठीक करने के लिए मैं कहाँ-कहाँ जाऊँ और जाऊँ तो कैसे जाऊँ।" मैया

ने हँसकर जवाब दिया–"आल रैट लाट सा'ब। तुमने हमारा इतना खिजमत किया है तो तुम्हारा काम जरूर होयगा।" मैया ने ताली बजाई तो अगिया बैताल हाजरी में हाजर। मैया ने हुकम दिया।–"अगिया बैताल, हम तुम्हें, इस लाट सा'ब के हुकम में दे रहे हैं। तुम्हारे बैठने के लिए यह एक लोहे का रथ बनाकर देगा और मुलक भर में लोहे की लाइनें बिछवा देगा जिन पर तुम्हारा रथ दौड़ा करेगा। यह तुमको जहाँ जाने को कहेगा तुम अपने रथ पर बैठकर वहीं चले जाओगे।" अगिया बैताल ने सिर झुकाकर जवाब दिया–"जो हुकम मैया।" मैया ने बड़े लाट के सिर पर हाथ रखकर कहा–"जा, खुश रह बच्चा। इसके रथ के पीछे चाहे जितनी भी गाड़ियाँ बाँध देना, सात विलायतों तक खींचकर दे जाएगा, इसका नाम है अगिया बैताल।" "

लगभग तीन बरसों के अर्से में गंगा पर लोहे का पुल बन गया और मुरादाबाद से चन्दौसी होकर राजघाट नरौरा तक की रेलवे लाइन बिछ गई। चन्दौसी के लोकोशेड में इंजिन के उर्जे-पुर्जे आ गए तो फिटरों ने इंजन बाँधकर खड़ा कर दिया, सवारी गाड़ियों के चार डिब्बे भी तैयार कर दिए गए और सारा तामझाम अपनी-अपनी जगह पर कील काँटे से दुरुस्त हो गया। सवारी गाड़ियों का स्टेशन, माल गाड़ियों का माल गोदाम, लोकोशेड, पी.डब्ल्यू.डी. और आई.ओ.डब्ल्यू की वर्कशापें तथा गोरे स्टेशन मास्टर, पलेटियर, लोको फोरमैन, गार्डों-ड्राइवरों के बंगले और देसी कर्मचारियों के क्वार्टर भी बनकर तैयार हो गए तो अमला भी आकर आबाद हो गया, जंगल में मंगल होने लगा।

सन् 1872 ई. के अक्तूबर महीने की अट्ठाईसवी तारीख, भाप गाड़ी के शुभारंभ के लिये नियत थी। शहर के रहने वालों की उत्सुकता का कोई ओर-छोर नहीं था। सुबह से ही अवध रुहेलखंड रेलवे कंपनी के डायरेक्टर लोग, जनरल मैनेजर साहब और जिले के कलक्टर, जंट, पुलिस कप्तान और तहसीलदार से लेकर हल्के के पटवारी तक का सारा सरकारी अमला स्टेशन पर मौजूद था। रेलवे के सारे स्थानीय कर्मचारी भी अपनी वर्दियों में लकदक लैस अपनी-अपनी ड्यूटियाँ सँभाल रहे थे और शहर तथा आसपास के देहातों के बेशुमार लोगों का हुजूम स्टेशन के इर्द-गिर्द मँडरा रहा था।

नियत समय पर, गेंदे और गुलाब के फूलों से सजा हुआ रेल का इंजन, चार सवारी गाड़ी के डिब्बों के साथ, धुआँ उड़ाता हुआ लोकोशेड से चलकर प्लेटफार्म पर आया। सारा जन समुदाय, साँस रोके हुए, इस अजूबे को देख रहा था। तभी, इंजन की भट्ठी से लपलपाती हुई विकराल लपटों को देखकर कुन्नी गुरु ने हाथ जोड़ लिए और भाव विभोर होकर आवाज निकाली–"धन्य हो मैया" और फिर सीना फुलाकर गरदन को इधर-उधर घुमाते हुए, अपनी आवाज को तार सप्तक कर खींचकर कहने लगे–"कोई माँ का खसम, कुन्नी गुरु की बात मानकर ही

नहीं दे रहा था। उल्लू के पट्ठो, अब अपनी आँखों से देख लो कि यह भाप गाड़ी हमारी मैया का अगिया बैताल चला रहा है या तुम्हारी माँ का कोई यार।''

अगले साल राजघाट नरौरा और अलीगढ़ के बीच रेल यातायात शुरू हो गया तो इस नगर का प्रान्तीय राजधानी इलाहाबाद से सीधा संपर्क स्थापित हो गया और इसके साथ ही, आगरा होकर, देश की व्यावसायिक राजधानी बंबई तक रेलों से माल के आने-जाने का रास्ता भी साफ हो गया। उधर बरेली तक की रेलवे लाइन चालू हो गई तो लखनऊ-बनारस होकर, देश की राजधानी कलकत्ता तक पहुँचने का रास्ता भी खुल गया। देश की रेलों के मानचित्र में अब यह नगर, अवध रुहेलखंड रेलवे की मेन लाइन पर, एक महत्त्वपूर्ण रेलवे जंक्शन के रूप में प्रतिष्ठित हो गया, मुरादाबाद की हैसियत अभी एक ब्रांच लाइन के टर्मिनल स्टेशन की ही बन पाई थी और बड़ी लाइन पर बरेली का महत्त्व भी एक मेन लाइन की वाटरिंग स्टेशन से कुछ अधिक नहीं था।

रेलगाड़ी के प्रचलन के साथ ही नगर के सामान्य वातावरण में भी बड़ा बदलाव आ गया था। पुराने सीमित और संकुचित परिप्रेक्ष्य के स्थान पर, जीवन के प्रत्येक क्षेत्र में, प्रगति के नए-नए क्षितिज खुलते हुए दिखाई देने लगे थे। मंडी का व्यवसाय अपने विस्तार की पुरानी सभी सीमाएँ तोड़ चुका था और व्यवसाय की शैली में भी बहुत कुछ आधुनिकता आ गई थी। नगर की मध्ययुगीन कस्बाई व्यवस्था के स्थान पर, बड़ी तेजी के साथ, आधुनिक नागरिकता विकसित होने लगी थी और दसेक वर्षों में ही, सौ कोस की परिधि में ही सीमित प्रसिद्धि की मंडी, विश्व बाजार में अपना नाम रेखांकित करा चुकी थी। अब इस नगर में कपास की आवक में घटा-बढ़ी से, लंदन के शेयर बाजार में, मैन्चेस्टर की कपड़ा मिलों के शेयरों का सूचकांक, ऊँचा-नीचा होने लगा था। मंडी से कपास के निर्यात की मात्रा इतनी बढ़ गई कि घरों पर हाथ से कपास ओटने वाली चर्खियों की क्षमता जवाब दे गई तो अंग्रेजों की वैस्ट पेटेण्ट कंपनी ने, स्टीम इंजन से चलने वाली, एक बड़ी जिनिंग मिल लगा ली जिसे बोलचाल की भाषा में साहब वाला पेच कहा जाता था। अंग्रेजों की देखा-देखी देसी सेठों ने भी इसी तरह की बड़ी-बड़ी जिनिंग फैक्टरियाँ बनानी शुरू कर दीं और देखते-देखते ही इन जिनिंग मिलों की संख्या बढ़कर दस हो गई।

नगर की अधिकांश आढ़तों पर ब्राह्मण या अग्रवाल मुनीम थे और उनके परिवारों में मुनीमी भी वंशानुगत हो गई थी। रेलगाड़ी चल निकली तो इन परिवारों के लड़के भी अंग्रेजी पढ़कर, टिकिट बाबू, तारबाबू, माल बाबू, टी.टी. या गार्ड बनने के सपने सँजोने लगे थे। बंगाली मोशाय बाबू राधा कान्तो दास के इंग्लिश स्कूल में प्रवेशार्थियों की बाढ़ सी आ गई थी और संस्कृत पाठशालाओं की शैली में ही, उनके विद्यार्थी भी, क्वीन्स रीडर से रट्टा लगाते थे, डब्ल्यू ए एल के वाक–वाक माने चलना, आर यू एन रन–रन माने दौड़ना।

यों तो लोहारों के लिए रेलवे की लोको, पी.डब्ल्यू.आई. और आई.ओ.डब्ल्यू. की वर्कशापों के साथ जिनिंग मिलों में भी काम के अनगिनत अवसर उपलब्ध हो गए थे किंतु पुरानी परिपाटी के लोगों में नई जोखिम उठाने का साहस नहीं था और अपनी दुर्बलता को महिमामंडित करने के लिए उनकी ओर से दलील दी जा रही थी, कि "हम आजाद कारीगर, बँधुआ मजदूरी की पाबंदी क्यों करें।" वैसे यंत्रों के प्रति गाड़िया मूल के लोहारों की अभिरुचि बहुत कुछ परंपरागत सी हो गई थी और रूढ़ियों को तोड़कर नवीनता को अंगीकार करना उनके स्वभाव में शामिल हो गया था। इसीलिए, पुराने लोहार जहाँ लीक से हटकर चलने का साहस नहीं जुटा पा रहे थे वहीं गाड़िया लोहारों के प्रतिभावान लड़के, इन वर्कशापों और मिलों में, फिटर और मिस्त्री के रूप में प्रवेश पाने के लिए रास्ते निकालने में जुट गए थे।

नगर के आर्थिक परिवेश के साथ ही उसकी मानसिकता तथा जीवन-मूल्यों का भी कायाकल्प हो रहा था। जीवन की बहुआयामिता, सामाजिकता तथा पाश्चात्योन्मुख जीवन-शैली का प्रवाह पुरानी परिपाटियों, परंपराओं तथा जीवन-मूल्यों की जड़ें हिलाने लगा था। युवाओं और किशोरों की नई पीढ़ी के मन में नई आशा-आकांक्षाएँ पल्लवित होने लगी थीं और पुरानी पीढ़ी, चकित तथा आतंकित आँखों से यह सब कुछ देख रही थी। सुरेश्वरदत्त भी इस नियम के कोई अपवाद नहीं थे। केवल संस्कृत ज्ञान के आधार पर "बड़ा चोटा बड़ा पोथा—बड़ा पग्गड़ बड़ा पग्गड़" बनने की परिकल्पना से उन्हें वितृष्णा होने लगी थी और उनका किशोर मन भी, अंग्रेजी पढ़कर, साहबी जिंदगी बिताने के सपने सँजोने लगा था।

उस दिन सुरेश्वरदत्त, घर के किसी काम के लिए, छोटे भैया के पास उनकी आढ़त पर गए थे। दुकान पर उस दिन कुछ ठलवार का सा वातावरण था और छोटे मालिक अमजद मियाँ गद्दी पर बैठे हुए गप्पें लड़ा रहे थे। सुरेश्वर को देखा तो उन्हें बुलाकर, अपने पास बैठा लिया। दुनिया जहान की बातों के चलते चलाते, किसी संदर्भ में सुरेश्वर कहने लगे—"अमजद भैया, हमें भी अंग्रेजी पढ़ा दीजिए।" अमजद मियाँ ने हँसकर जवाब दिया—"अंग्रेजी-वंग्रेजी तो तुम कुछ नहीं पढ़ोगे, काका जी के हाथों, अपने साथ मेरी भी टाँगें तुड़वाओगे" फिर विश्वेश्वरदत्त को संबोधित करके कहने लगे—"विशेशर भैया, यह सुरेशर अंग्रेजी पढ़ना चाहते हैं। काका जी से कहकर जरा इनकी ताजपोशी करा दीजिए।" आशा के विपरीत विश्वेश्वर ने गंभीरता के साथ उत्तर दिया—"क्या हर्ज है, पढ़ा दीजिए। अब तो जमाना अंग्रेजी का ही है। अंग्रेजी पढ़ लेगा तो थोड़ा-बहुत हाथ आपका भी बँटाएगा ही।" सोचते तो अमजद मियाँ भी यही थे इसलिए इस बार उन्होंने भी जरा गंभीरता के साथ कहा—"पढ़ा तो दें मगर काका जी को कौन सँभालेगा?" विश्वेश्वरदत्त ने उन्हें आश्वस्त करते हुए उत्तर दिया—"काका जी की आप चिंता न करें, उन्हें मैं सँभाल लूँगा।"

बारह

संपतराय मंडी का सबसे अधिक शातिर और काइयाँ दलाल था। ग्राहकों को फँसाने के लिए उसे उन तमाम हथकंडों को अपनाने में भी कोई झिझक नहीं थी जिन्हें सामान्यतः व्यावसायिक आचार संहिता में, निकृष्ट और निंदनीय माना जाता था। अंग्रेजी कंपनियों के हिंदुस्तानी गुमाश्तों को, सुरा के साथ स्वर्ण और सुंदरियों का मुलायम चारा डालकर, उन्हें अपने मकड़जाल में फाँसने की कला में वह पूरा पारंगत था। इसी कलाकारी के बल पर उसने कुछेक बरसों में ही, बड़ी अच्छी रकम रोल ली थी और उन्हीं गुमाश्तों के सहारे वह, दिसावरों की मंडियों और व्यापारियों से संपर्क साधकर, अपनी स्वतंत्र आढ़त खोलकर बैठ गया था। घुटनों तक की ऊँची धोती पर बगलबंदी पहने, घुटी खोपड़ी पर दुपल्ली टोपी लगाए और गले में खानेदार बनारसी गमछा डाले, नंगे पैरों दुकान-दुकान टक्करें मारने वाला संपतिया दलाल, मखमली किनारी की नीची धोती पर अंगरखा पहन, सिर के पट्टीदार बालों पर पगड़ी बाँध और गले में सफेद दुपट्टा डालकर, चंपतराय-संपतराय फर्म की गद्दी पर सेठ संपतराय बनकर जम गया था।

विलायत की कपड़ा मिलों से, अंग्रेजी कंपनी वाल्कर्ट ब्रादर्स को, कपास की खरीदारी का एक बड़ा लंबा आर्डर मिला था और उसे पूरा करने के लिए, मंडी में अपने आढ़ती नियुक्त करने के इरादे से, कंपनी के एक ऊँचे अधिकारी मिस्टर किंग आए हुए थे। एक सेठ संपतराय को छोड़कर मंडी के सारे पक्के आढ़ती, पूरे दिन, मिस्टर किंग की जी हुजूरी में लगे रहे। ऐसा नहीं था कि सेठ संपतराय को उनके आने की खबर ही नहीं मिली हो बल्कि उन्होंने तो खुद ही सारे ऊँच-नीच का पूरा हिसाब लगाकर, बड़े साहब से पहले, उनके खानसामा अब्दुल्ला को साधना ज्यादा जरूरी समझा था। उन्होंने हर तरह से अब्दुल्ला की खातिर करके उससे पता लगा लिया था कि स्कॉच ह्विस्की और हल्के मसाले के मुर्ग मुसल्लम के साथ साँवली सलोनी हिन्दुस्तानी खूबसूरती, साहब बहादुर की खास कमजोरी थी। उन्होंने अब्दुल्ला से यह भी तय कर लिया था कि वह शाम को सूरज ढलने के समय, किंग साहब से, उनकी एकांत में भेंट करा देगा और रात को उनकी मेहमानदारी कुबूल करने के लिए भी साहब बहादुर को राजी कर लेगा।

स्कॉच ह्विस्की की तो कोई समस्या नहीं थी। ऐसे मौकों के लिए सेठ संपतराय चार-छः बोतलों का इंतजाम रखते ही थे। हल्के मसाले का मुर्ग मुसल्लम भी कोई समस्या नहीं थी। शहर का जाना-माना बावर्ची शौकत खानसामा, सेठ संपतराय की शिकारों के लिए लजीज मुर्गा-मछली के चारे का इंतजाम करता ही रहता था। साँवली-सलोनी हिंदुस्तानी खूबसूरती जरूर एक समस्या थी। अगर कोई मामूली-सा शिकार होता तो उसके लिए साधारण-सी साँवली-सलोनी हिन्दुस्तानी खूबसूरती का

इंतजाम करा देना, सेठ संपतराय के लिए बाएँ हाथ का काम था लेकिन मिस्टर किंग तो कोई मामूली शिकार नहीं थे।

इन दिनों शहर के रूप हाट में ख्वाजाबांदी और जोहराबाई के नाम सबसे ऊपर चल रहे थे। ख्वाजाबांदी, नृत्य और संगीत की मँजी हुई कलाकार थीं और कई रजवाड़ों ने उन्हें अपने वजीफादार गुनवंतों की सूची में स्थान दिया हुआ था। लेकिन शारीरिक सौष्ठव और जवानी की ताजगी के मामले में वे अब जोहराबाई से बहुत कुछ पिछड़ चुकी थीं। शहर के लोगों को अपनी ख्वजिया रंडी की शोहरत पर नाज था और अपने शहर के लोगों के प्रति उनके व्यवहार में भी एक शालीनता थी जिसका सभी लोग सम्मान करते थे। कहते हैं कि एक रात, उनके कोठे पर, मुजरे में एक नए नौजवान शरीफजादे भी आ गए और संगीत की बारीकियों को समझे बिना ही उनके गाने पर बेतहाशा दाद देने लगे। ख्वाजाबांदी को उनका यह व्यवहार बहुत नागवार गुजरा और जब उन्होंने अपने साजिन्दों से मालूम किया तो पता चला कि यह साहबजादे उनके एक नजदीकी मुलाकाती अख्तर मियाँ के भतीजे थे। महफिल बर्खास्त हुई तो उन्होंने एक अशर्फी उन साहबजादे के हाथ में रखते हुए कहा–"आप तो अख्तर मियाँ के भतीजे हैं न? इस नाते हमारी हैसियत आपकी चच्ची की बनती है। आपको आज हम पहली मर्तबा देख रहे हैं और हमारे यहाँ, अपने घर के किसी बच्चे का पहली मर्तबा मुँह देखने पर, उसे मुँह मीठा करने के लिए कुछ देने का रिवाज है।"

जोहराबाई अभी चढ़ती जवानी की मंजिलों से ही गुजर रही थीं। अपने चंपई रंग के सलोनेपन, मादक आँखों के सम्मोहन और साँचे में ढली हुई सी देहयष्टि के आकर्षण के साथ वे हाव-भावों का जादू बिखेरने तथा काम कला के व्यावसायिक रहस्यों का व्यावहारिक प्रयोग करने की कला में भी पूरी तरह से पारंगत थीं।

नृत्य और संगीत की कला से तो मिस्टर किंग का दूर-दूर तक कोई सरोकार नहीं था, और उनकी नजरों में साँवली-सलोनी खूबसूरती केवल उसकी मांसलता में ही सिमटी हुई थी। उनकी दिलबस्तगी के लिए, सेठ संपतराय के सामने, जोहराबाई को चुनने के सिवाय दूसरा कोई विकल्प नहीं था लेकिन समस्या अब इस तरह पर आ रही थी कि जब, ऐसे भागमभाग में, वे गरज-खरीदा बनकर सामने आएँगे तो जोहराबाई की खूसट अम्माँ अकरबेचा बनकर अड़ जाएगी। उन्होंने नफा-नुकसान का सारा अरवा-सत्ता फैलाकर देखा तो इसी नतीजे पर पहुँचे कि इन हालात में वे जोहराबाई को मुँह माँगे मोल पर, मिस्टर किंग की दिलवस्तगी के लिए, हासिल करने पर भी फायदे में ही रहेंगे। इसी समझ के साथ जोहराबाई का सौदा नक्की करके वे इधर से भी निश्चिंत हो गए।

सारे दिन मंडी के आढ़तियों के साथ सर खपाने के बाद मिस्टर किंग, शाम को डाक बंगले पर आकर, आराम कुर्सी पर पसर गए। चार-छः मिनिट में ही अब्दुल्ला

खानसामा ने गरमागरम चाय का प्याला लाकर उनके सामने रख दिया। थकान थोड़ी दूर हुई तो मिस्टर किंग कहने लगे—"अब्दुल्ला, इस शहर का सेठ लोग तो बिल्कुल नो गुड है।" अब्दुल्ला ने ठेठ मुसाहिबाना अंदाज में जवाब दिया—"बजा फरमाते हैं, हुजूर। लेकिन इसी शहर के सेठ संपतराय का जवाब, बड़े-बड़े शहरों में भी मुश्किल से ही मिलेगा, सरकार।" दिमाग पर बहुत जोर देकर सोचने पर भी मिस्टर किंग को याद नहीं आ सका कि इस नाम का कोई व्यक्ति उनसे दिन में मिला हो तो वे अब्दुल्ला से कहने लगे—"इस नाम का तो कोई आदमी दिन को हमसे मुलाकात बनाया नहीं।"

"सेठ संपतराय तो सुबह ही तशरीफ लाए थे, हुजूर। मगर मैंने ही उनसे कह दिया था कि दिन भर तो यह मंडी के चरकटे ही सरकार को चैन नहीं लेने देंगे, आप शाम को आ जाइए तो साहब बहादुर से आपकी खिलवत में मुलाकात करा देंगे।"

"तुम संपतराय को हमसे मिलाना माँगता है?"

"अगर सरकार मुनासिब समझें तो।"

"ठीक है, बुलवा लो।"

संपतराय डाक बंगले में मौजूद तो पहले से ही थे, अब्दुल्ला का इशारा मिला तो वे, मिस्टर किंग के सामने आकर हाजिर हो गए। उन्होंने झुककर, साहब बहादुर को फर्शी सलाम बजाया और हाथ बाँधकर दरबारी अंदाज में कहने लगे—"धन्न भाग हमारे जो सरकार हमारे शैहर में तसरीफ लाए हैं। हमारे हिन्दुओं में तो वैसे भी मेहमान को देवता ही बतावे हैं" फिर हाथ जोड़कर माथे से लगाते हुए कहने लगे—"पर हमारे लेखे तो सारे देवताओं के देवता, साच्छात भगवान हैं सरकार।" संपतराय की चाटुकारिता में रस लेते हुए मिस्टर किंग ने उनसे पूछा—"बैल, सेठ संपतराय तुम हमको क्या बनाना माँगता है?" संपतराय बड़ी नाटकीयता के साथ कानों पर हाथ रखकर कहने लगे—"ऐसा मती ना सोचो सरकार कि संपतराय इस टैम अपने किसी स्वारथ से आपके हिजूर में आया है और फिर ऐसा भी तो अच्छा ना लगता सरकार कि आप तो दिन भर के मारे धाड़े यहाँ आकर जरा चैन से बैठें और मैं फिर वही बनिज व्यापार का बहीखाता खोलकर बैठ जाऊँ आपके सामने।" एक क्षण मौन रहकर संतपराय ने फिर कहा—"एक अरदास है, जान की बखसी पाऊँ तो अरज करूँ, सरकार?" संपतराय की चाटुकारिता का जादू मिस्टर किंग के सर पर चढ़ने लगा तो उन्होंने मुस्कराकर क़हा—"कहिये, कहिये।" संपतराय अपनी चाटुकारिता का रंग जरा और गाढ़ा करते हुए कहने लगे—"गरीब-परवर, खास अंग्रेज साहबों की तरियों का इंतजाम तो हम बनिये बाटू कर ही क्या सके हैं, फिर भी अब्दुल्ला भाई की सलाह से, सरकार की मेहमानदारी का, कुछ उल्टा-सुल्टा इंतजाम करा है। हिजूर उसे कबूल फरमामें तो हम पर आपकी बड़ी मेहरबानगी

होयगी।" मिस्टर किंग ने संक्षिप्त-सा उत्तर दे दिया—"ठीक है।"

संपतराय निहाल हो गए और फिर से हाथ जोड़कर पूरी दीनता बिखेरते हुए कहने लगे—"बड़ी परवस्तगी करी है, सरकार ने हमारी। अब आप आराम फरमामैं और हमें भी इजाजत दें।" मिस्टर किंग कुछ कहें इससे पहले ही संपतराय ने अब्दुल्ला को संबोधित करके कहा—"अब्दुल्ला भाई, अब हमारी इज्जत आबरू आपके ही हाथ में है। साहब बहादुर की खातिर में कोई कोर-कसर नहीं रहनी चाहिए। यह कहने को ना होय कि बनिये ने अपनी तरियों पतली दाल खिला के टरका दिया।" अब्दुल्ला ने उन्हें जरा और भी ज्यादा रंग पर चढ़ाने की नीयत से जवाब दिया—"कैसी बातें करते हैं आप, सेठ जी। सारा शहर जानता है कि मेहमानों की खातिरदारी में आपका इंतजाम पूरी तरह से मुकम्मिल रहता है। अल्लाह ने चाहा तो साहब बहादुर का भी दिल खुश हो जाएगा, आपके इंतजाम से।"

मिस्टर किंग ने तो सोचा भी नहीं था कि एक-एक कौड़ी को दाँतों से पकड़ने वाले व्यापारियों की इस बस्ती में भी रात इतनी रंगीन हो सकती थी। स्कॉच ह्विस्की और मुर्ग मुसल्लम के साथ, जोहराबाई के रूप सिन्धु की कामुक लहरों में डूबते-उतराते उनकी यह रात बड़ी मस्ती में गुजरी। सुबह सोकर उठे तो उनके तन और मन दोनों ही, फूल की तरह, हल्के थे। अब्दुल्ला खानसामा सुबह की छोटी हाजरी ले कर आया तो उन्होंने बहुत प्रसन्न होते हुए उससे कहा—"बैल अब्दुल्ला, तुम्हारा संपतराय बहुत बढ़िया आदमी है। हम देखेगा कि उसका वास्ते क्या किया जाने सकता।"

थोड़ी देर बाद सेठ संपतराय खुद ही, साहब बहादुर की कुशल क्षेम पूछने के लिए आ गए तो मिस्टर किंग ने बड़े तपाक के साथ उनका स्वागत करते हुए उन्हें अपने बराबर की कुर्सी पर बैठने को कहा। संपतराय, नाटकीय दीनता बिखेरते हुए कहने लगे—"नईं हिजूर, ऐसा कैसे हो सके है। बनिये बक्कालों की हैसियत कहीं राजा बास्साओं के बराबर बैठने की होवे हैं।" पिछली रात की खातिरदारी के बोझ से दबे हुए मिस्टर किंग ने बड़े अपनेपन के साथ उनका हाथ पकड़कर उन्हें अपने बराबर की कुर्सी पर बैठाते हुए कहा—"ऐसा नहीं बोलने को सेठ। तुम हमारा फ्रेंड है, बोलो, हम तुम्हारा वास्ते क्या करने सकता।" संपतराय ने चाटुकारिता की एक और तह जमाते हुए जवाब दिया—"करने को तो सरकार क्या नईं कर सके हैं? आपके गुलाम की भी गंटी में एक छोटी-सी आढ़त है, नाम पड़े है उसका चंपतराय-संपतराय। हिजूर की इस पर भी जरा सी मेहरबानगी हो जाए तो हमारा भी दो रोटियों का हिल्ला हो जाएगा, गरीबपरवर।"

"कुछ पैसा खर्च करने सकता?"

"क्यों नहीं, सरकार?"

"दैट्स गुड, तुम्हारा वास्ते कुछ तो बनाने को होगा। आज रात भी हम यहीं

रुकेगा, ठीक है?"

"धन्न भाग हमारे, बस ऐसे ही किरपा दिरस्टी बनी रहे हिजूर की।"

मोटी मछली मनभाता चारा पाकर, हँसी-खुशी खुद ही, सेठ संपतराय के जाल में आकर बैठ गई। मंडी की शतरंज पर अपनी पहली बाजी में ही सेठ संपतराय ने अपने सारे प्रतिद्वन्द्वियों को पैदली मात दे दी। एक सप्ताह बाद खबर आई कि मिस्टर किंग की सिफारिश पर वाल्कर्ट ब्रादर्स ने अपने आर्डर का एक-एक तिहाई हिस्सा, अब्दुल रहमान-खलीलुर्रहमान, भगवानदास-भिखारी लाल और चंपतराय-संपतराय की फर्मों को, बराबर-बराबर दे दिया। सिर्फ एक ही पखवाड़े में चंपतराय-संपतराय फर्म की साख, मंडी में, भुनगे से बढ़कर भैंसे के बराबर हो गई।

यह खबर कि चंपतराय-संपतराय जैसी दो दिन की गद्दी को, वाल्कर्ट ब्रादर्स जैसी बड़ी कम्पनी से, मौलवी साहब और भगवान-भिखारी जैसी जमी हुई गद्दियों के बराबर आर्डर मिल गया है, सारे शहर में जंगल की आग की तरह फैल गई। मंडी के सारे चपरकनाती, सेठ संपतराय को जयराम जी की करने के लिए, आ-आकर उनकी गद्दी पर जमा हो गए और अपने-अपने तरीकों से सेठ की नजरों में चढ़ने की कोशिश करने लगे।

भतीजे की सफलता की खबर सुनकर संपतराय के चचा धनपतराय दलाल भी दौड़े चले आए। वैसे तो अब उनका रिश्ता राजा भोज और गंगुआ तेली का ही रह गया था लेकिन सार्वजनिक रूप से रिश्ते की गरिमा का आदर करते हुए संपतराय ने उठकर उनके पाँव छुए और हाथ पकड़कर बड़े सम्मान के साथ, उन्हें अपने बराबर में गद्दी पर बैठाया। थोड़ी देर इधर-उधर की औपचारिक बातें करने के बाद धनपतराय कहने लगे—"बेटा संपतराय, काम तो तुमने वह करके दिखाया है कि सात पुश्तों का नाम उजागर कर दिया। राम रक्खे सातों विलायतों में तुम्हारी गद्दी की वह सोरठ फैल रही है कि सारे दुश्मन पेट पकड़ के बैठ गए हैं। हमारी मानो तो इत्ती बड़ी गद्दी के लिए मुनीम भी कोई विशेशर तिवारी जैसा ढूँढ़ो।" संपतराय ने हँसकर जवाब दिया—"चाचा की बातें, विशेशर तिवारी जैसा क्या खुद विशेशर तिवारी आ के बैठेगा तुम्हारे भतीजे की गद्दी पै। संतपराय ने तो बस एक ही गुर पै गाँठ लगा ली है—जैसी मच्छी वैसा चारा।"

धनपतराय, विश्वेश्वर तिवारी की प्रकृति को जरा नजदीक से जानते थे इसलिए उन्होंने संपतराय को समझाते हुए कहा—"बेटा, बड़ा गस्सा खा ले पर बड़ी बात ना कहें। विशेशर तिवारी कोई ऐसी वैसी मच्छी ना है।" धनपतराय की चेतावनी से संपतराय के नवधनाढ्य दर्प को जरा ठेस लगी तो तमककर कहने लगे—"चारा

तो हर मच्छी खावै है, चाचा। कौन सी मच्छी को क्या चारा दिया जाए, जिसने यह विद्या सीख ली उसे और सब विद्याएँ तो आप से आप आ जावै हैं। हमने तो, इसी विद्या के बल पै, अंग्रेजी कंपनियों के जाने कित्ते बड़े साहबों को सीसे में उतार के रख दिया है। विशेशर तिवारी तो बेचारा है ही किस खेत की मूली। तुम्हारी किसम चाचा, उसे एक दिन यहीं बैठे, इस गद्दी के बहीखाते सँभालते हुए, ना दिखा दूँ तो जिसमें कुत्ता खाय विसमें खिला देना।'' मंडी के मुनीमों की नाक विश्वेश्वर तिवारी के बारे में इतनी बड़ी गर्वोक्ति सुनकर, सारे सुनने वाले, सन्नाटे में आ गए।

संपतराय कहने को तो इतनी बड़ी बात कह गए लेकिन जब बाद को जरा ठंडे दिमाग से सोचने बैठे तो उन्हें ऐसा लगने लगा कि इस बार उन्होंने अति उत्साह में इतना बड़ा गस्सा मुँह में भर लिया था कि उसे गले से नीचे उतार पाना बड़ा कठिन था। बहुत देर तक वे इस संकट से उबरने का रास्ता खोजते रहे तो उनकी कुटिल बुद्धि ने सलाह दी कि ''विश्वेश्वर तिवारी को फाँसने के लिए उनके पिता पंडित रामेश्वरदत्त तिवारी पर जाल फेंकना ही मुनासिब होगा।''

रामेश्वरदत्त के घर के मुख्य द्वार के आगे इकौड़े छप्पर का एक लंबा-सा ओसारा था जिसके एक सिरे पर उनका तख्त पड़ा हुआ था। तख्त के ऊपर मोटे गद्दे पर सफेद चादर बिछी रहती थी और उस पर, मसनद का सहारा लेकर, रामेश्वरदत्त अवकाश के समय अपना दरबार लगाकर बैठते थे। इसके अतिरिक्त ओसारे में पाँच-सात चारपाइयाँ और पड़ी रहती थीं जिन पर उनके अपने तथा मोहल्ले वालों के आगत अभ्यागत लेटते-बैठते रहते थे। ओसारे के आगे एक बड़ा-सा सार्वजनिक चौक था जिस पर अभी हाल ही में चुंगी बोर्ड ने लखौरी ईंटों का बड़ा खूबसूरत सा फर्श लगवा दिया था और इसके साथ ही चौक के किनारे एक लैंप पोस्ट भी लगवा दिया था। इस लैंप पोस्ट पर रात को मिट्टी के तेल की लालटेन जलाई जाती थी और सारा चौक उसकी हल्की-हल्की पीली-सी रोशनी में नहा जाता था। चौक के पश्चिम की ओर रामेश्वरदत्त की निजी भूमि थी और इसके चौक से लगे हुए एक सिरे पर उनकी पशुशाला थी और दूसरे सिरे पर उनके संबंधी रामबख्श शुक्ल का बनवाया हुआ एक छोटा-सा शिवालय और कुआँ था। अप्रयास ही इस स्थान पर एक बड़ा सुंदर और शालीन सा परिदृश्य अस्तित्व में आ गया था जो धीरे-धीरे मोहल्ले की सारी सामाजिक गतिविधियों का केन्द्र बनता चला जा रहा था।

तीसरे पहर के समय रामेश्वरदत्त अपने तख्त पर आसीन थे और आसपास की चारपाइयों पर मुहल्ले-पड़ोस के दूसरे चार-छः लोग भी बैठे हुए थे। इधर-उधर की बातें चल ही रही थीं कि तभी सामने से सेठ संपतराय को आते देखकर सभी

लोग आश्चर्य में पड़ गए, इससे पहले वे कभी इस मोहल्ले में नहीं आए थे। वे ओसारे में आए तो सभी लोग उठकर खड़े हो गए। संपतराय ने आगे बढ़कर रामेश्वर दत्त के पैर छुये और उन्होंने भी उनको हाथ पकड़कर, सम्मान के साथ, अपने बराबर तख्त पर स्थान दिया। सब लोग अपने-अपने स्थान पर बैठ गए तो रामेश्वरदत्त ने संपतराय से पूछा–"कैसे-कैसे कष्ट किया, सेठ?"

"बस, ऐसे ही मन करा कि गुरु महाराज के दरसन कर लिए जायँ।"

"सेठों को ऐसे खाली दरसन करने की फुरसत कहाँ होती है?"

"ये भी आप ठीक ही कहो हो, गुरु जी। हम ठहरे जनम के पापी, सवेरे से संझा तक झूठ-सच बोल के गाहकों की गाँठ काटें हैं पै हमारी सेठानी बड़ी नेम धरम वाली हैं। आपको तौ गुरुजी, साच्छात भगवान बतावै है। कहवै है कि ऊपर बंसी वाले की और नीचे गुरु महाराज की किरपा बनी रहै तौ दुःख दलिद्दर पास नई फटक सकें हैं।"

रामेश्वरदत्त समझ गए कि सेठ कोई लंबी भूमिका बाँध रहा है इसलिए बात को छोटा करने की दृष्टि से उन्होंने कहा–"अच्छा तो फिर सेठानी का ही क्या हुक्म है?" संपतराय ने कानों पर हाथ रखकर पूरी नाटकीयता के साथ उत्तर दिया–"ऐसी बातें कह कै हमें पापौ में क्यों घसीटो हो, गुरु महाराज। हम तो आपके सामने अरदास ही कर सकै हैं।" रामेश्वरदत्त ने हँसकर कहा–"तो फिर अरदास ही करो।"

"गुरु महाराज, हमारी जब कंपनी वालों से बात चली तौ हमारी सेठानी ने मानता मानी कै सेठ का कारज सुफल हो जाएगा तो गुरु महाराज सै सत्त नरायन की कथा बंचवाउंगी और ठंडे घोल के मालपुओं की ज्यौनार करूँगी। आपकी किरपा से कारज तो हमारा सुफल होय गया, अब आप हमें इस बोझ से भी उरिन कराने की किरपा और करें, गुरु महाराज।"

"ठीक है, तो कब उरिन होने का इरादा है?"

"जब गुरु महाराज हुकम करें।"

"अच्छा, तो इस इतवार को छोड़कर अगले इतवार को व्रत की पूनौ है तो इतवार की कथा रखो और सोमवार को दान-स्नान की पूनौ है तो सोमवार को ज्यौनार ठीक रहेगी।"

"जैसा गुरु महाराज का हुक्म" कहकर संपतराय ने उठकर एक बार फिर रामेश्वरदत्त के पैर छूकर कहा–"तौ फिर इजाजत होय गुरु महाराज" और हाथ जोड़कर वापस चले गए।

संपतराय चले गए तो किसी ने कहा–"काका जी, आज तो बैल बिया गया।" रामेश्वरदत्त ने हँसकर टिप्पणी की–"जानी न जाय, निशाचर माया।"

रामेश्वरदत्त तिवारी को अपने चक्रव्यूह में फाँसने के साथ, सेठ संपतराय, इस कथा के माध्यम से, नगर के दिलवाले रईसों में अपना नाम भी दर्ज कराना चाहते थे इसीलिए, उन्होंने खूब दिल खोलकर कथा की तैयारियाँ कीं। मंडी की सारी कच्ची-पक्की आढ़तों पर मालिकों के साथ मुनीमों, तुलैयों और शागिर्दों तक को, कथा और ज्यौनार का न्यौता भेजा गया था नगर की चुनिंदा हस्तियों को संपतराय स्वयं आमंत्रित करके आए थे। सवा मन आटे का कसार तैयार कराया गया था और प्रसाद में केला और अमरूदों के साथ अंगूर भी रखे गए थे। गुलाब-केबड़े की सुगंधि के साथ पंचामृत बना था और छोटी-छोटी कुलियों के स्थान पर अधपई के कुल्हड़ों की व्यवस्था की गई थी पंचामृत के लिए। ज्यौनार में 'ठंडे घोल के मालपुओं' के लिए आटा, गुड़, घी, सौंफ और इलायचियों के साथ कच्चे कुएँ का पानी मँगवाने का विशेष प्रबंध किया गया था तथा मालपुओं के साथ खीर और कचौड़ी—आलुओं की व्यवस्था तो थी ही।

इतवार की शाम को संपतराय की हवेली खूब सजीबजी, गैस के हंडों की रोशनी में जगमगा रही थी, केले के पत्तों से भगवान का सिंहासन खूब अच्छी तरह से सजाया गया था और मिट्टी के घड़े के स्थान पर पीतल के कलसे में कलश स्थापित किया गया था। ठीक समय पर पंडित रामेश्वरदत्त तिवारी ने, पूरे विधि-विधान के साथ, कथा का अनुष्ठान पूरा किया। कथा की समाप्ति पर खूब घंटे-घड़ियालों के साथ आरती हुई और धूप-कपूर की सुगंधि चारों तरफ फैल गई। सेठ की आँखों में चढ़ने के लिए उनके सारे हाली मवाली, बड़े प्रदर्शन के साथ, एक-दूसरे से बढ़कर चढ़ावा चढ़ाने की होड़ लगाए हुए थे। नगर का सारा संपन्न समाज, सेठ संपतराय की कोठी पर, अतिथि रूप में उपस्थित था और प्रसाद के लालच में विपन्नकर कमीनों का जमघटा, बिना किसी औपचारिक आमंत्रण के ही, जमा हो गया था।

सोमवार को दोपहर में ब्रह्मभोज के साथ ज्यौनार आरंभ हुई। पंडित रामेश्वर दत्त को, एकान्त में सेठानी की पूजा की कोठरी में, भोजन कराने का विशेष आयोजन किया गया था। संपतराय उन पर अपनी संपन्नता का प्रदर्शन करने में कोई कोर कसर बाकी नहीं छोड़ रहे थे। भोजन के बाद, पाँचों कपड़ों तथा पाँच बरतनों के साथ इक्यावन रुपए पंडित रामेश्वरदत्त तिवारी को दक्षिणा में देकर, संपतराय ने उनका तिलक करके उन्हें बड़े आदर के साथ पलँग पर बैठाया और उनके पाँव छूकर बड़े अदब के साथ हाथ जोड़कर कहने लगे—"गुरुजी, बुरा ना मानौ तौ एक बात पूछूँ?" रामेश्वरदत्त ने हँसकर उत्तर दिया—"अभी तक तो अंग्रेजी सरकार ने भी बात पूछने पर कोई कर नहीं लगाया है, आप निश्चिंत होकर कोई भी बात पूछ सकते हैं, सेठ।"

"घर के मँझले लल्ला कू मौलवी क्या देवै हैं?"

"दो हजार रुपए सालाना।"

“बिन्हें हमारी गद्दी पै लगा दो हम ढाई हजार देंगे।”

“सेठ, मौलवी साहब, विश्वेश्वर पर बड़ा विश्वास रखते हैं और अमजद मियाँ तो विशेशर भैया की सलाह के बिना तिनका भी नहीं तोड़ते। सच तो यह है कि मौलवी साहब ने आढ़त का सारा कारोबार विश्वेश्वर के हाथों ही सौंप रखा है। यदि वह वहाँ से हट जाएगा तो उन बेचारों की तो गद्दी ही गड़बड़ा जाएगी। विश्वेश्वर को मौलवी साहब की गद्दी छोड़कर आ सकना संभव नहीं होगा, सेठ।”

“गुरु जी की बातें, रुपया सब संभव कर देवै है। हम तीन हजार देंगे।”

“रुपया ही सब कुछ नहीं होता, संपतराय। विश्वेश्वर के, मौलवी साहब से, बड़े अच्छे पारिवारिक से संबंध बन गए हैं उन्हें तोड़ना न उचित होगा न संभव।”

संपतराय ने देखा कि सीधी अंगुलियों से घी नहीं निकलेगा तो उन्होंने बड़ी कुटिलता और धृष्टता के साथ कहा–“मौलवी की लौंडिया से कोई ऐसी वैसी बात तौ ना है, घर के लल्ला की?” इतना सुनते ही रामेश्वरदत्त के तन बदन में आग लग गई। उन्होंने आँखें तरेरकर उत्तर दिया–“संपतराय, यह तुम कह क्या रहे हो? इस प्रकार की शालीनता से गिरी हुई बातें कहने का तुम्हें कोई अधिकार नहीं है।” संपतराय भी आरपार का खेल खेलने पर उतर आए थे। उन्होंने भी जरा तेवर बदलकर कहा–“पंडित जी, अब जे नहीं चलने की कि खाओ खसम के, सोओ भैया के।”

“इसका क्या मतलब?”

“मतलब साफ है ब्राह्मन देवता, तुम दान दच्छिना तौ हमसै लो हौ और तरफदारी करो हौ उस मुसल्टे की।”

“भलमनसाहत की सीमा में रहकर बात करो, संपतराय।”

“माँ के बुरे में गई भलमनसाहत, मैं तो खरा खेल फरख्खाबादी खेलूँ हूँ, पंडत। कान खोल के सुन लो कि तुम्हारा लौंडा, मौलवी की आढ़त छोड़ के, हमारी गद्दी पै नईं आवैगा, तौ आगे से हमसै कोई दान दच्छिना की उम्मीद मती ना रखयो।”

रामेश्वरदत्त का क्रोध अपनी सारी सीमाएँ तोड़ गया, चेहरा तमतमाने लगा, आँखें आग उगलने लगीं और उन्होंने दहाड़ते हुए कहा–“तू निरा लक्ष्मी वाहन है, संपतराय। सरस्वती पुत्रों से बात करने का शऊर सीख।” संपतराय की दी हुई सारी भेंट-दक्षिणा को ठोकर मारकर उन्होंने कहा–“ले सँभाल अपनी संपदा, इस क्षण के बाद, रामेश्वरदत्त तेरी तो क्या, किसी भी यजमान की दान-दक्षिणा स्वीकार ही नहीं करेगा।”

घटना चक्र कुछ ऐसी तेजी के साथ घूमा कि सारा उपस्थित समुदाय भौचक्का-सा रहा गया। वातावरण में एक सन्नाटा-सा छा गया और रामेश्वरदत्त आग उगलते हुए उठकर चले गए। हाली मवालियों ने पूछा–“सेठ, क्या बात हुई?” संपतराय ने उपेक्षा के साथ उत्तर दिया–“चुकटिया बाम्हन, साल छै महीने में इसकी तो मिट्टी भी आके इसी ड्योढ़ी पै नाक रगड़ेगी।”

सभी जानते थे कि संपतराय के मन में व्यावसायिक नैतिकता के प्रति कोई विशेष आदर भाव तो कभी नहीं रहे और अपने छोटे-मोटे स्वार्थों के साधने के लिए उसे इस नैतिकता के सामान्य नियमों को अनदेखा करने में भी कभी कोई हिचक नहीं रही लेकिन कारबार के मामलों में वह इस तरह की अशोभनीय खुली धौंस पट्टी के तरीकों पर उतर आएगा ऐसा भी किसी ने नहीं सोचा था। थोड़े से चपरकनातियों को छोड़कर, पंडित रामेश्वरदत्त तिवारी के प्रति किए गए, संपतराय के अशिष्ट और अशोभनीय व्यवहार को, मंडी और शहर के सभी लोगों ने नापसंद किया। जिन लोगों ने यह सोचना शुरू भी कर दिया था कि आर्थिक संपन्नता के साथ, संपतराय के व्यवहार में, आप ही आप शालीनता भी आती चली जाएगी, वे भी अब कहने लगे थे कि—''संपतराय तो कुत्ते की पूँछ है जिसे बारह बरस नलकी में रखोगे तब भी टेढ़ी की टेढ़ी ही निकलेगी।''

इस घटना से संपतराय की साख को निश्चित रूप से एक बड़ा झटका लगा था। मंडी में उसके खिलाफ कुछ ऐसी हवा बँध गई थी कि सारे कच्चे आढ़तियों ने उससे, अपने माल की पूरी कीमत, हाथ के हाथ नकद माँगना शुरू कर दिया, ऐसी स्थिति किसी भी पक्के आढ़ती के लिए, सत्यानाशी ही कही जा सकती थी। इसके विपरीत पंडित रामेश्वरदत्त तिवारी की स्वाभिमानी दृढ़ता के प्रदर्शन से, शहर के लोगों की दृष्टि में, उनका कद पहले की अपेक्षा कहीं अधिक ऊँचा उठ गया, विश्वेश्वर तिवारी की कार्यकुशलता के साथ उनकी निष्ठा तथा विश्वसनीयता को भी चार चाँद लग गए और मौलवियों का परिवार अपने आपको तिवारियों के साथ और भी अधिक घनिष्ठता के साथ जुड़ा हुआ महसूस करने लगा।

तिवारी परिवार की नई पीढ़ी में पुरोहिताई के व्यवसाय के प्रति मोह तो किसी को भी नहीं रह गया था। कामेश्वर अपनी खेती-बाड़ी में मगन थे, विश्वेश्वर मंडी में एक प्रतिभाशाली मुनीम-प्रबंधक के रूप में प्रतिष्ठित हो चुके थे और सुरेश्वर भी किसी नए रास्ते की खोज में पूरे मनोयोग के साथ, अमजद भैया से, अंग्रेजी सीखने में जुटे पड़े थे। इसीलिए, पंडित रामेश्वरदत्त का, संपतराय की धृष्टता का मुँह तोड़ जवाब देकर, पुरोहिताई को अपने घर से विदा कर देना किसी को भी नहीं अखरा। कामेश्वर अवश्य संपतराय की धृष्टता पर लाल लाल होते हुए, कहने लगे—''उस दौ कौड़ी के संपतिया की काका जी से जुबान लड़ाने की हिम्मत कैसे हुई? हम और कुन्नी अभी चार पट्ठों को ले जाकर, ससुरे की अच्छी तरह से भद्दरा उतरवाए दे रहे हैं।'' रामेश्वरदत्त ने उन्हें ठंडा करने का प्रयास करते हुए हँसकर उत्तर दिया- ''शहर के भले आदमियों में तो उस बेचारे की भद्रा सी ही उतर गई है, अब तुम उस मरे मुर्दे को मारकर अपने हाथ खराब करके क्या करोगे।''

तेरह

अठारह सौ सत्तावन के महाविद्रोह से पहले, यों तो, लखनऊ की रेजीडेंसी लघु इंग्लैंड ही थी किंतु कुछ अंग्रेज अफसर वाकायदा हिन्दुस्तानी औरतों से शादी करके उन्हें अपने साथ रखे हुए थे और कुछ हिंदुस्तानी रईसजादे, बेपर्दा गोरी खूबसूरती के चक्कर में, तरह-तरह के बहाने बनाकर, रेजीडेंसी में भटकते हुए दिखाई देते थे। इनके अलावा कुछ हिन्दोस्तानी व्यवसायियों ने अंग्रेज अफसरों से जो कारोबारी रिश्ते बनाए थे वे, कहीं-कहीं, पारिवारिक रिश्तों की सीमा में भी प्रवेश कर चुके थे।

मौलवी परिवार का मूल स्थान तो लखनऊ ही था। वहीं उनकी बड़ी कोठी थी और रेजीडेंसी के कमसरियट विभाग के अंग्रेज अफसर राबर्ट पीम के परिवार के साथ मौलवी परिवार के अच्छे पारिवारिक संबंध थे। राबर्ट साहब की पत्नी लखनऊ के एक संपन्न मुस्लिम परिवार की अकेली बेटी थीं और किसी नजदीकी रिश्ते से अमजद मियाँ उन्हें फुफ्फी कहते थे। पीम परिवार का एक मात्र बेटा आर्थर, अमजद मियाँ से तीन साल बड़ा था और बेटी सिल्विया तीन साल छोटी। वैसे तो पीम परिवार में अंग्रेजी और उर्दू दोनों भाषाएँ चलती थीं किंतु आर्थर और सिल्विया न सही अंग्रेजी बोलते थे न सही उर्दू। अमजद मियाँ का पीम परिवार में बहुत आना-जाना था और वे भी काफी हद तक, आर्थर की भाँति, अपरिष्कृत अंग्रेजी बोलने लगे थे। राबर्ट साहब सोचते थे कि एक तो वैसे ही उनके बेटे-बेटी को ऐंग्लो-इंडियन होने के कारण कुलीन अंग्रेज समाज में खपा सकना कठिन होगा उस पर अंग्रेजी भी अपरिष्कृत बोलेंगे तो काम कैसे चलेगा। यही सब कुछ सोच-समझकर उन्होंने आर्थर को परिष्कृत अंग्रेजी यानी क्वीन्स इंग्लिश सिखाने के लिए एक अंग्रेज शिक्षिका की व्यवस्था की थी। बड़े मौलवी साहब ने अनुरोध किया तो पीम दम्पति ने, अमजद मियाँ को भी बड़ी खुशी के साथ आर्थर की अंग्रेजी शिक्षा व्यवस्था में सम्मिलित कर लिया और वे भी क्वीन्स इंग्लिश सीखने के रास्ते पर चल पड़े।

महाविद्रोह के समय, रेजीडेंसी के मोहासिरे के दिनों में, राबर्ट साहब की पत्नी का स्वर्गवास हो गया। मोहासिरा खत्म होने के तुरंत बाद राबर्ट साहब बेटे-बेटी को लेकर, इंग्लैंड चले गए और कुछ बरसों बाद अमजद मियाँ चन्दौसी की कोठी पर आ गए।

रेलवे लाइन पड़ने का सिलसिला शुरू हुआ और मौलवी साहब की कोठी के बगल में ही लोको फोरमैन का बंगला बना तो मौलवी परिवार को खुशी हुई कि अब उनकी कोठी के आसपास की बयावानी किसी हद तक कम हो जाएगी और अगर आने वाला फोरमैन कोई नकचढ़ा गोरा नहीं हुआ तो देर-सवेर, अमजद मियाँ की

अंग्रेजी के बल पर, उससे अच्छे दोस्ताना संबंध बन ही जाएँगे। आने वाला फोरमैन नकचढ़ा गोरा ही साबित हुआ और मौलवी परिवार की उसके साथ कोई भी निकटता नहीं बन सकी।

कुछ दिनों के लिए, कारबार के सिलसिले में अमजद मियाँ को लखनऊ जाना पड़ गया। लौटकर आए तो पता चला कि मिस्टर पीम नाम के कोई नये लोको फोरमैन, उनकी कोठी के बगल वाले बंगले में, आकर आबाद हो गए हैं। फोरमैन का नाम मिस्टर पीम है यह जानकर अमजद मियाँ का माथा तो एक बार को जरा ठनका लेकिन फिर उन्होंने सोच लिया कि इस तरह के खूबसूरत हादसे तो किस्से-कहानियों में ही होते हैं, और बात आई-गई हो गई।

दो-एक दिन बाद अमजद मियाँ पड़ोसी की मिजाजपुर्सी की परंपरा निबाहने की नीयत से, फोरमैन साहब से मुलाकात करने के लिए उनके बंगले पर पहुँच गए। अर्दली ने अंदर जाकर सूचना दी कि पड़ोस के अमजद मियाँ मुलाकात के लिए आए हैं तो फोरमैन साहब ने उन्हें फौरन ही अपने ड्राइंग रूम में बुलवा लिया। आमना-सामना हुआ तो अमजद मियाँ के मुँह से बेसाख्ता निकल पड़ा—"अरे, आर्थर भाई जान, आप?" आर्थर भी चकित होते हुए कुर्सी छोड़कर खड़े हो गए और "अरे, यू अमजद। ह्वाट ए सरप्राइज।" कहते हुए उन्होंने अमजद मियाँ को बाँहों में भर कर सीने से लगा लिया।

सिल्विया और आर्थर की पत्नी ब्यूला भौचक्की-सी खड़ी देखती रहीं तो आर्थर ने उत्तेजित स्वर में कहा—"सिल्विया, डोंट यू रिकगनाइज हिम, भूरी बिल्ली।" सिल्विया की भी पुरानी स्मृतियाँ जाग उठीं और उसने भी उसी प्रकार से उत्तेजित स्वर में उत्तर दिया—"अरे रे, यू अमजद भैया, झबरा कुत्ता।" ब्यूला की समझ में फिर भी कुछ नहीं आया तो पूछने लगीं—"ह्वाट इज दिस भूरी बिल्ली एंड झबरा कुत्ता, आर्थर?"

"दीज टू हैड आलवेज बीन क्वेरलिंग एट अवर रेजीडेंसी हाउस एंड वुड काल ईच अदर भूरी बिल्ली एंड झबरा कुत्ता।"

"ओह आई सी"—कहकर ब्यूला मुस्कराई तो उनकी ओर इशारा करते हुए आर्थर ने अमजद से कहा—"मीट माई वाइफ ब्यूला, अमजद।" अमजद ने अपने ठेठ लखनवी अंदाज में सलाम पेश करते हुए कहा—"आदाब अर्ज करता हूँ, भाभीजान।" और फिर शरारत के साथ सिल्विया को चिढ़ाते हुए कहने लगे—"एंड ए भूरी बिल्ली इज आलवेज ए भूरी बिल्ली।" सिल्विया ने भी उसी अंदाज में हँस कर उत्तर दिया—"एंड सो इज ए झबरा कुत्ता।"

मौलवी और पीम परिवारों के टूटे हुए संपर्क-संबंध फिर से जुड़ गए तो दोनों परिवारों का खुश होना स्वाभाविक ही था। आर्थर और सिल्विया, बड़े मौलवी साहब को मामू जान तो कहते ही थे और जब उन्होंने उनकी मौम को अपनी चचाजाद बहिन बतलाया तो उन्हें उनकी बात पर अविश्वास करने का भी कोई कारण दिखाई

नहीं दिया। मौलवी परिवार को सचेतन रूप से अपना निकटतम रक्त संबंधी मान कर, पीम परिवार, अपने आपको उन लोगों से और भी अधिक निकट समझने लगा। अमजद मियाँ ने इस बीच अपनी क्वीन्स इंग्लिश को और भी अधिक समृद्ध बना लिया था तथा उनके इस भाषा ज्ञान ने भी दोनों परिवारों के संबंधों को कुछ ज्यादा ही प्रगाढ़ बना दिया।

अवध रुहेलखंड रेलवे कंपनी अपेक्षाकृत एक छोटी रेलवे कंपनी थी और उसकी रेलवे लाइन ओ.आर.आर. के नाम से जानी जाती थी। इसकी मैन लाइन बनारस-लखनऊ शाहजहाँपुर-बरेली-चन्दौसी-अलीगढ़ तक ही सीमित थी और इस रेलवे लाइन का एक बड़ा जंक्शन और व्यापारिक महत्त्व का केंद्र चन्दौसी था।

दूसरी रेलवे लाइनों की भाँति ओ.आर.आर. की भी चालक शक्ति तो उसका लोको विभाग ही था। रेलों की संचालन प्रक्रिया का मूल आधार यही विभाग था और इसमें काम करने वाले रेलवे कर्मचारियों की संख्या भी सबसे अधिक थी। इसीलिए, इस विभाग के सबसे बड़े अधिकारी, लोको-फोरमैन आर्थर पीम, एक बड़ी हस्ती माने जाते थे। उनका बंगला भी सबसे बड़ा और सबसे ज्यादा शानदार था और उसके टेनिस कोर्ट के इर्द-गिर्द, गोरे-अधगोरे रेलवे अधिकारियों का एक क्लब-सा बन गया था। अमजद मियाँ शहर में, क्वीन्स इंग्लिश बोलने और समझने वाले, एक मात्र नेटिव और बंगले के अधिकारी के ममेरे भाई थे इसलिए दूसरे गोरे अधिकारी न चाहते हुए भी, अपने अनौपचारिक गोरे क्लब में, उनकी उपस्थिति सहन करने के लिए विवश थे, वैसे अमजद मियाँ भी रूप-रंग में किसी गोरे से उन्नीस नहीं थे।

अमजद मियाँ, लखनऊ की नर्म-नाज़ुक संस्कृति में रचे-बसे व्यक्ति थे। यों तो उनका परिवार कई पीढ़ियों से बनिज व्यापार की दुनिया से जुड़ा हुआ था और लखनऊ के व्यापार जगत् में उनकी कोठी की बहुत अच्छी साख थी लेकिन अमजद मियाँ का मन व्यापार के गोरख धंधे में कभी अच्छी तरह से उलझ नहीं सका। फारसी और उर्दू के अलावा अंग्रेजी साहित्य में भी उनकी गहरी रुचि थी और वे दिन-ब-दिन उनकी गहराइयों में उतरते चले जा रहे थे। उनके वालिद बुजुर्गवार यानी बड़े मौलवी साहब को शुरू में तो बेटे की साहित्यिक सुरुचि पर गर्व भी हुआ और अंग्रेजी पढ़ने के लिए तो उन्होंने खुद ही, अमजद मियाँ को पीम साहब के बेटे-बेटी से मेल-जोल बढ़ाने के लिए प्रोत्साहित करके उनकी कुलीन अंग्रेजी की शिक्षा की व्यवस्था की थी। लेकिन, जब उन्होंने देखा कि साहबजादे साहित्य-संस्कृति के सागर में गहरी डुबकी लगाकर व्यापार की दुनिया से बिल्कुल ही किनारा किए जा रहे हैं तो उन्हें लगने लगा कि बेटे की तरबियत में उनसे कहीं न कहीं कोई

चूक जरूर हो गई है।

अमजद मियाँ, बड़े मौलवी साहब के अकेले बेटे थे और जब वालिद साहब को दिखाई देने लगा कि बेटा अपने अलबेले रास्ते पर इतना आगे बढ़ चुका है कि उसे राहे रास्त पर लाकर बनिज व्यापार की गाड़ी में फिर से जोत देना कोई आसान काम नहीं रह गया है तो उन्होंने अपनी गलती को सुधारने की एक और कोशिश करने की नीयत से अमजद मियाँ की शादी, एक भरे-पूरे व्यापारी परिवार की बेइन्तिहा खूबसूरत बेटी नजमा के साथ कर दी।

बड़े मौलवी साहब एक बार फिर गच्चा खा गए। नजमा बी अपने अलबेले मियाँ के हिस्से लताफत (सौंदर्य बोध) और अदबी-जौक (साहित्यिक सुरुचि) पर रीझ गईं और अमजद मियाँ भी अपने चौदहवीं के चाँद की जुल्फों में उलझकर रह गए। उन्हें दुनिया के सारे शायरों के महबूब, अपनी नजमा के गुदाज बदन, चाँद से चेहरे, हिरनी जैसी आँखों और बलखाती हुई नागिन जैसी जुल्फों में दिखाई देने लगे। एक बरस बीतते-बीतते नजमा बी के पाँव भारी हो गए तो बड़े मौलवी साहब को उम्मीद की एक किरन उभरती हुई दिखाई देने लगी। उन्होंने सोच लिया कि बेटा राहे रास्त से भटक गया तो क्या हुआ, पोते की सही ढंग से तरबियत करके पहली गलती का कुफ्फारा कर लेंगे।

सब कुछ ठीकठाक चलता रहा और मौलवी परिवार आने वाले मेहमान को लेकर, एक से एक बढ़कर खूबसूरत सपने बुनता रहा। खुदा-खुदा करके नए मेहमान के आने का वक्त आया तो सारा गुड़ गोबर हो गया। नजमा बी की जचगी बिगड़ गई, जच्चा-बच्चा दोनों में से किसी को भी नहीं बचाया जा सका और इसके साथ ही मौलवी परिवार के सारे खूबसूरत सपने बिखर गए।

घर के एक-एक कण के साथ नजमा बी की हजार-हजार यादें जुड़ी हुई थीं और अब उनके न होने के अहसास के साथ यही यादें अमजद मियाँ को पागल बनाए दे रही थीं। इस स्थिति को लेकर परेशान तो बड़े मौलवी साहब उनकी बेगम साहिबा और बेटी रूही भी कुछ कम नहीं थे लेकिन कोई भी किसी से कुछ कह सकने का साहस नहीं जुटा पा रहा था। बड़े मौलवी साहब ने पहले तो यही सोचा था कि जैसे-जैसे समय बीतता चला जाएगा वैसे-वैसे नजमा की छवि भी, अमजद मियाँ की स्मृति में, धुँधलाती चली जाएगी और जब कोई दूसरा चाँद का टुकड़ा उनकी जिंदगी में शामिल कर दिया जाएगा तो सब कुछ सामान्य हो जाएगा। दिन बीतते गए लेकिन अमजद मियाँ की उदासी घटने की जगह और भी अधिक गहराती चली गई तो बड़े मियाँ ने समझ लिया कि लखनऊ के दुखद वातावरण को ही छोड़ चलने के अलावा इस विकट स्थिति से उबरने का, दूसरा और कोई रास्ता बाकी नहीं रह गया है।

वैसे भी महाविद्रोह के बाद, लखनऊ का शहर, अपने अतीत की प्रेत छाया

बनकर रह गया था। अवध का स्वतंत्र अस्तित्व मिटा दिया गया तो उसकी राजधानी की हैसियत भी अंग्रेजी राजनीति की शतरंज के एक पिटे हुए मोहरे से अधिक और कुछ नहीं रह गई थी। शाही खानदान अंग्रेजों का वसीकेदार बन गया था, रईस-ताल्लुकेदार मल्का विक्टोरिया की कृपादृष्टि के भिखारी हो गए थे, अधिकांश गुनवंत-कलाकार शहर से पलायन कर गए थे, जानेमाने कुशल कारीगर मेहनत-मजदूरी के मामूली काम करके अपना पेट पालने के लिए विवश हो गए थे और बनिज व्यापार के मामलों में इस शहर की कोई हैसियत ही नहीं रह गई थी। मुगल साम्राज्य के आगरा अवध और कड़ा के सूबों को मिलाकर ब्रिटिश भारत का एक प्रांत, संयुक्त प्रांत आगरा व अवध बना दिया गया और इलाहाबाद उसकी राजधानी हो गया, उधर सारा खनिज व्यापार कानपुर समेट कर बैठ गया था।

ऐसी स्थिति में यों तो वैसे भी, बड़े मौलवी साहब की व्यवसायी बुद्धि चन्दौसी की कपास और सन की उभरती हुई मंडी के अपने कारोबार को ही प्रमुखता देने की सलाह दे रही थी लेकिन उनका लखनवी मन 'वाँ जाएँ कि न जाएँ, न जाएँ कि जाएँ हम' के असमंजस से उबर नहीं पा रहा था। नजमा बी की मृत्यु से उत्पन्न पारिवारिक परिस्थितियों ने भी उनकी व्यवसायी बुद्धि के मत को ही सहारा दिया तो उन्होंने अपने व्यवसाय को चन्दौसी केंद्रित करने का निर्णय ले ही लिया।

शहर की बस्ती से बाहर, संभल जाने वाली सड़क पर लगभग एक मील के फासले पर, कोई पचासेक बीघे के विशाल परिसर में आम के बागों और फूलों के बगीचों के बीच बनी हुई थी मौलवी साहब की कोठी, जिसका रूप-रंग पूरी तरह से समकालीन लखनऊ के रईसों-ताल्लुकदारों की कोठियों के समान ही था।

अमजद मियाँ के दादा हुजूर ने इस कोठी के निर्माण और रखरखाव की सारी व्यवस्था, लखनऊ से बाहर रहते हुए भी लखनऊ में रहने का अहसास जिंदा रखने की नीयत से ही की थी। आम के बागों में लखनऊ के सफेदे का बोलवाला था। फूलों के बगीचे सब लखनवी ढंग के थे और सारे नौकर-चाकर लखनऊ के आस-पास के देहातों के रहने वाले अवधी बोलने वाले लोग थे।

पहले मालिकों में से कोई आता था तब तो कोठी पूरी तरह से लखनवी संस्कृति में सराबोर हो जाती थी और उनके चले जाने पर कोठी के वातावरण में पछैयाँ रंग उभड़ने लगते थे। अब जब मालिक लोग स्थायी रूप से इसी कोठी में रहने-बसने के इरादे से, आ गए थे तो कोठी में लखनवी रहन-सहन, चाल-ढाल, खान-पान, बोल-चाल, रीति-रिवाज और अदब-कायदे नए सिरे से पूरी तरह पर बहाल हो गए थे और मौलवी परिवार को यह कोठी कमोबेश, अपनी लखनऊ की कोठी सी ही लग रही थी।

मंडी में, फड़यायी बाजार के तिराहे पर, मौलवी साहब की आढ़त में भी इन दिनों एक नई रौनक आ गई थी। बड़े मौलवी साहब ने खुद आढ़त की गद्दी सँभाल

कर, सारे कारोबार की रासें अपने हाथ में ले ली थीं और उनकी शिष्ट शालीनता ने मंडी में उनका एक विशिष्ट स्थान सुनिश्चित कर दिया था। अमजद मियाँ को भी इस नए वातावरण में हर तरफ नजमा की यादें बिखरी हुई दिखायी नहीं देती थीं और अब वे आढ़त के कारोबार में भी थोड़ी रुचि लेने लगे थे। यों तो अब मंडी के व्यावसायिक हल्कों में लोग उन्हें छोटे मियाँ के नाम से जानने लगे थे लेकिन वास्तविक अर्थों में आढ़त की गद्दी के छोटे मियाँ विश्वेश्वर तिवारी ही थे। अमजद मियाँ उन्हें, बड़े भाई जैसा सम्मान देकर, आदरपूर्वक विशेशर भैया कहते थे तो कोठी और आढ़त पर दूसरे सभी लोग भी, उनकी देखादेखी उन्हें विशेशर भैया ही कहने लगे थे।

रूही तो बेटी जात थीं और देर-सवेर उन्हें बाबुल के घर से विदा होना ही था। अब्बा हुजूर और अम्मीजान, अमजद मियाँ की दूसरी शादी का जिक्र छेड़ते थे तो वे पहले रूही की शादी से निबटने का बहाना लेकर बात को बातों में उड़ा देते थे। कायदे के घर और बर मिल गए तो रूही की शादी कर दी गई और वे अपनी ससुराल चली गईं।

रूही चली गईं तो कोठी के इतने बड़े जनानखाने में अम्मीजान अकेली रह गईं और लाख समझाने पर भी अमजद मियाँ दूसरी शादी करने के लिए राजी नहीं हुए। खैरियत बस इतनी ही थी कि अम्मीजान की दिलजोई के लिए सिल्विया और ब्यूला पड़ोस में ही थीं। सिल्विया का ज्यादातर वक्त अब अम्मीजान की सोहबत में ही गुजरता था और कोठी के सारे अमले ने 'सिल्विया बाजी' को, किसी हद तक, रूही के विकल्प के रूप में स्वीकार कर लिया था।

चौदह

सिल्विया के संकर-सौन्दर्य में एक असाधारणता तो थी ही। गोरे-गुलाबी रंग में हल्की-सी चंपई झलक के साथ उसके काकेशियाई नैन-नक्श और थोड़ा भूरापन लिये हुए खूबसूरत घने काले बाल, देखनेवालों की आँखों में अटककर रह जाते थे।

इंग्लैंड के अपने कुलीन परिजनों के समाज में राबर्ट पीम साहब, अपनी संकर संतानों को लेकर, एक हीन भावना से त्रस्त रहते थे। उनकी शारीरिक संकरता को जस का तस स्वीकार करना तो अपनी नियति ही समझकर, उनकी इस कमी की भरपाई करने की दृष्टि से, उनकी भाषा और संस्कृति को विशुद्ध कुलीन-अंग्रेजी साँचे में ढालने का प्रयास करने में उन्होंने कोई कसर भी बाकी नहीं रखी थी।

भाषा और सांस्कृतिक सुरुचि की दृष्टि से आर्थर और सिल्विया किसी सुसंस्कृत

कुलीन अंग्रेज से उन्नीस नहीं थे और सिल्विया की संकर रूप राशि के इर्द-गिर्द मँडराने वाले कामुक कुलीन अंग्रेज भौंरों का भी कोई अभाव नहीं था किंतु अधिकांश कुलीन अंग्रेजों की भाँति उनके अपने पितृकाल के निकट संबंधी भी उन्हें एक नीची दृष्टि से देखते थे और पीठ पीछे उन्हें 'ब्लैक बास्टाईस' ही कहते थे।

यों तो वैसे भी, इग्लैंड का विपरीत वातावरण, आर्थर और सिल्विया को रास नहीं आ रहा था, इस पर राबर्ट साहब का साया भी उनके सिरों पर से उठ गया तो वह देश उन्हें बिल्कुल ही पराया लगने लगा। लगभग ऐसी ही समानांतर परिस्थितियों में रहने के लिए अभिशप्त एक अन्य ऐंग्लो-इंडियन लड़की ब्यूला जोन्स से आर्थर का परिचय हुआ तो वे निकट से निकटतर आते चले गए और फिर एक दिन निकटतम आकर विवाह बंधन में बँध गए। आर्थर, ब्यूला और सिल्विया तीनों एक ही नाव पर सवार थे। बाप-दादों की धरती उन्हें बिल्कुल ही रास नहीं आ रही थी और उनके प्राण अपने जनम की माटी से मिलने के लिए अकुला रहे थे।

आर्थर पीम, रेल के इंजिनों के, बड़े कुशल यांत्रिक इंजीनियर थे और जब उनके सामने, हिंदुस्तान की अवध रुहेलखंड रेलवे के लोकोफोरमैन का पदभार सँभालने का प्रस्ताव आया तो उन्हें मानों मुँहमाँगी मुराद मिल गई। घर आकर, उन्होंने इस प्रस्ताव की चर्चा सिल्विया और ब्यूला से की तो उनकी भी बाछें खिल गईं और उन्होंने इतने उत्साह के साथ इस प्रस्ताव को स्वीकार करने का आग्रह किया कि आर्थर को ऐसा लगा कि जैसे अभी तक वे इसी प्रस्ताव के आने की प्रतीक्षा में बैठी हुई थीं।

छः महीने के जहाजी सफर के दौरान पीम परिवार महाविद्रोह से पहले के, लखनऊ के सपने सँजोता रहा लेकिन लखनऊ पहुँचकर उनके सारे सपने हवा में उड़ गए। उनके जाने-पहचाने लखनऊ का तो कहीं अस्तित्व भी शेष नहीं रह गया था। रेजीडेंसी पहुँचे तो वहाँ सब कुछ वीरान पड़ा दिखाई दिया । उसकी शानदार पुरानी इमारतों में से कुछेक के खँडहर ही बाकी रह गए थे, कुछेक की यादगार के रूप में खाली जमीनों पर उनके नाम-पट लगा दिए गए थे और बाकी तमाम इमारतों का तो नाम-निशान भी बाकी नहीं था—जिनमें वह मकान भी शामिल था कि जिसमें कभी पीम परिवार रहा करता था। ननिहाल के मोहल्ले में पहुँचे तो वहाँ भी कोई उन्हें पहचानने वाला नहीं मिला, नाना-नानी वाली हवेली के खँडहर पर धोबियों ने कब्जा जमा लिया था और उसकी ड्योढ़ी में उनके गधे बँधे हुए थे।

जन्म देने वाले देश की धरती पर भी कोई पुरसाने हाल न मिला तो पीम परिवार का मन बुझ गया। वह तो खैर हो गई कि चन्दौसी पहुँचते ही अमजद मियाँ से मुलाकात हो गई और मौलवी परिवार ने उन्हें अपनेपन की बाँहों में समेट लिया।

यों तो आर्थर एक मैकेनिक ही थे, ललित कलाओं की दुनिया से कोसों दूर, लेकिन अंग्रेजी वे परिष्कृत तथा कुलीन ढंग की ही लिखते-बोलते थे। उनके लोकोशेड के शुद्ध अंग्रेजी नस्ल के अल्प शिक्षित ड्राइवरों और क्लीनरों को यह भाषा जरा कम ही पल्ले पड़ती थी लेकिन वे लोग भी उन्हें, पीठ पीछे, 'फकिंग बास्टार्ड' ही कहते थे। अपने नेटिव कर्मचारियों के साथ वे जरा ढंग की ठीक-ठाक उर्दू, अपने पुराने लखनवी अंदाज में, बोलने की कोशिश करते थे। भाषा के माध्यम से अफसर और मातहतों के बीच एक निकटता बन गई थी। और उनके नेटिव मातहत उन्हें अपनेपन के साथ 'नवाब आर्थर' कहते थे।

ब्यूला और सिल्विया के बाद आर्थर को अगर किसी से विशेष लगाव था तो अपने लोकोशेड के इंजिनों से। हर इंजिन के एक-एक पुर्जे की उन्हें राईरत्ती खबर रहती थी। किसी इंजिन की चिमनी से निकलते हुए धुएँ, चलने की आवाज या स्टीम के डिस्चार्ज से ही उन्हें पता चल जाता था कि कहाँ क्या गड़बड़ है। हर फिटर के बाँधे हुए इंजिन के साइड रौड बुशेज, पिस्टन रिंग, सी. डब्ल्यू. और पी. डब्ल्यू. क्लास के बालरिंगों के साथ एक-एक नट-बोल्ट, टेपर पिन तथा स्प्लिट पिन तक पर उनकी गहरी नजर रहती थी। अपने लोकोशेड से वे, किसी भी इंजिन को लाइन पर इस तरह से भेजते कि जैसे कोई बाप अपनी ससुराल जाती हुई बेटी को विदा कर रहा हो। उनके नेटिव मातहत आपस में चुहल करते हुए कहते थे, ''हमारे नवाब आर्थर साहब का बस चले तो वे तो रात को भी, अपनी मेम सा'ब की जगह किसी इंजिन को ही लेकर सोया करें।''

ब्यूला, हिन्दुस्तानी औरतों की शैली में ही, पक्की गृहस्थिन थीं। जिस तरह उनकी लखनऊ की पासिन माँ ने, अपनी सारी दुनिया, अपने अंग्रेज-सार्जेण्ट प्रेमी-पति के इर्द-गिर्द ही समेट ली थी उसी तरह ब्यूला के लिए भी आर्थर ही सारी दुनिया थे। आर्थर और सिल्विया के लिए हर संभव सुख और सुविधा उपलब्ध कराने में ही वे अपने अस्तित्व की सार्थकता समझती थीं और बड़े धड़ल्ले के साथ लखनऊ की उपनगरीय अवधी बोल लेती थीं। आर्थर, ब्यूला और सिल्विया बड़े मौलवी साहब को तो मामूजान कहते थे लेकिन उनकी बेगम साहिबा को अमजद और रूही के अंदाज में अम्मीजान ही कहते थे। अम्मीजान की नजरों में ब्यूला एक आदर्श पत्नी थीं और जब कभी उन्हें ब्यूला पर जरा ज्यादा ही लाड़ आ जाता था तो कहती थीं–''आपन अमजद के बदे तो हम, तोहार लाग, कउनउ देसी मेहरिया लाये का चाही, दुलहिन'' ब्यूला हँसकर जवाब देतीं–''हमार लाग गँवारिन के संग तौ अमजद भैया की दुइयौ घड़ी नाहीं निभ सकति, अम्मीजान। उन कर बदे तौ कउनउ खूब पढ़ी-लिखी आलिम-फाजिल दुल्हनियाँ ढूँढ़ें का चाही।''

भैया-भाभी की लाड़ली सिल्विया तो शुरू से ही पढ़ने-लिखने की शौकीन थीं। अंग्रेजी साहित्य में तो उनकी गहरी पैठ थी ही, माँ की उर्दू जुबान से भी उन्होंने

अपना रिश्ता बनाए रखा। उन्हीं के तुफैल में आर्थर और ब्यूला की उर्दू भी ठीक-ठाक हो गई थी वरना आर्थर भी दूसरे ऐंग्लो-इंडियनों की तरह दुंगरेजी बोलते होते और ब्यूला भी बहुत करतीं तो अपनी अम्मा की ठेठ अवधी बोलने लगतीं। सिल्विया, लंदन से अपने साथ दो बक्से भरकर किताबें लेकर चली थीं। आर्थर ने मौज में आकर उन्हें चिढ़ाने के लिए कहा—"ह्वाट फॉर दिस जंक, सिली गर्ल?" सिल्विया ने भी उसी अंदाज में जवाब दिया—"दैट्स प्योर गोल्ड, यू स्टूपिड मैकेनिक।"

सिल्विया से नए परिचय की भेंट के समय ही अमजद मियाँ को उनकी परिष्कृत सुरुचि का आभास हो गया था। उसी दिन उन्होंने उनकी कोठी पर जाकर अब्बा हुजूर, अम्मीजान और रूही से सही और सलीस उर्दू में बातचीत की तो अमजद मियाँ को थोड़ा आश्चर्य भी हुआ। जैसे-जैसे दोनों परिवारों की घनिष्ठता गहराती गई वैसे-वैसे सिल्विया की साहित्यिक सुरुचि के जौहर अमजद मियाँ पर खुलते चले गए। उन्हें पता चल गया कि सिल्विया अपने साथ दो बक्से भरकर किताबें लंदन से लाई थीं, लंदन की प्रतिष्ठित साहित्यिक पत्रिका 'पंच' की वे नियमित ग्राहक थीं और कवि शैली की कविताओं की वे जबरदस्त प्रशंसक थीं। सबसे अधिक आश्चर्य तो अमजद मियाँ को उस समय हुआ जब एक दिन सिल्विया उनसे कहने लगीं—"अमजद भैया, हमने थोड़ा-थोड़ा उर्दू पढ़ना तो खुदरौ तरीके से सीख लिया है।"

"उर्दू?"

"जी हाँ, उर्दू। आखिर हमारी मादरी जुबान तो यही है हमारी मॉम हमें इसी जुबान में प्यार करती थीं तो हम इस जुबान से किनाराकशी करके उनके प्यार की फरामोशी कैसे कर सकते हैं?"

"तो फिर अब आप, इस सिलिसिले में, हमसे क्या तवक्को रखती हैं?"

"यही कि अब आप हमें आगे का रास्ता सुझाएँगे, हमें उर्दू की किताबें पढ़ने के लिए देंगे और उर्दू अदब की बारीकियाँ समझाने में हमारी मदद करेंगे।"

अंग्रेजी और उर्दू साहित्य के माध्यम से अमजद और सिल्विया के बीच घनिष्ठता बढ़ती चली गई। अम्मीजान खुश थीं कि उनके अमजद मियाँ अब उदासी के माहौल से बाहर निकलते हुए दिखाई देने लगे थे। अब्बा हुजूर को उनका अदब की दुनिया में, फिर से इतनी शिद्दत के साथ, वापस लौट पड़ना कुछ ज्यादा पसंद तो नहीं आ रहा था लेकिन वे आश्वस्त थे कि विश्वेश्वर तिवारी की योग्यता, ईमानदारी और विश्वसनीयता उनकी कोठी के कारबार में कोई ढील नहीं आने देगी, भले ही अमजद मियाँ कोठी के कारबार की तरफ से थोड़े और भी ज्यादा लापरवाह हो जाएँ। मंडी में विश्वेश्वर तिवारी की विश्वसनीयता को और भी अधिक विश्वस्त बनाने की नीयत से उन्होंने उन्हें अपनी आढ़त के कारबार में दुअन्नी का भागीदार बनाने का मन बना लिया था, अम्मीजान दुअन्नी को चवन्नी कर देना चाहती थीं

और अमजद मियाँ को इसे अठन्नी कर देने में भी कोई आपत्ति नहीं थी।

रेलवे कालोनी के गोरों-अधगोरों में, सिल्विया के बौद्धिक स्तर का तो कोई नहीं था। अपनी इसी हीन भावना के बोध से वे स्वयं ही सिल्विया के सामने पड़ने से झिझकते थे लेकिन उनका नस्ली दंभ किसी नेटिव लड़के के साथ एक अधगोरी लड़की की भी घनिष्ठता सहन नहीं कर पा रहा था। एक आध ने आर्थर से शिकायत भी की कि "एक गोरी लड़की की किसी काले लड़के से घनिष्ठता बड़ी अशोभनीय है।" इंग्लैंड में, शुद्ध गोरों द्वारा अपने प्रति किया गया अशोभनीय व्यवहार, आर्थर की स्मृति में कौंध गया तो उन्होंने बेरुखी के साथ उत्तर दे दिया—"बट वी आर जस्ट ब्लैक बास्टार्ड्स, मैन।" खिसियाये हुए गोरों ने रेलवे कंपनी के बोर्ड आफ डायरेक्टर्स को आर्थर की धृष्टता की शिकायत कर दी। अवध रुहेलखंड रेलवे कंपनी, किसी परोपकारी भावना से प्रेरित होकर तो काम कर नहीं रही थी, मुनाफा ही उसका एकमात्र प्रेरक सूत्र था। आर्थर कुशल मैकेनिक थे और वे, अपने सौम्य व्यवहार से, स्टाफ से काम निकलवाने की कला में भी खूब दक्ष थे इसीलिए, शिकायत फायलों में दबी रह गई और बात आई-गई हो गई।

यों तो हर साल, रमजान के दिनों में, मौलवी साहब की कोठी के परिसर में रहने वाले रोजेदारों की सहरी और इफतारी का इंतजाम कोठी की तरफ से ही होता था और कोठी और आढ़त के सारे अमले के ईद के नए कपड़े भी कोठी की ओर से सिलवाये जाते थे लेकिन इस बार बेटी-दामाद, यानी रूही और उनके मियाँ, शादी के बाद पहली मर्तबा ईद मनाने के लिए कोठी पर आ रहे थे, इसलिए ईद का जश्न मनाने की तैयारियाँ कुछ ज्यादा ही धूमधाम के साथ चल रही थीं।

सारी कोठी को नए सिरे से रंग रोगन से नवाजा गया था और उसके चमन में मौसमी फूलों की बहार लहलहाने लगी थी। हर तरफ इतने काम फैले हुए थे कि अम्मीजान को दम मारने की फुरसत नहीं हो पा रही थी। दर्जिनों का काम निबटने में ही नहीं आ रहा था। पंद्रह दिन से रूही के लिए ईद के नए जोड़े का काम चल रहा था। सच्चे गोरे और सलमा सितारे का काम, कमबख्त शैतान की आँत हो गया था। बी रंगरेजिन अलग जान खाये जा रही थीं। बावर्ची खाने में तो यों भी रमजान के पूरे महीने भर दावत का ही माहौल बना रहता था लेकिन इस बार बिटिया-दामाद की सहरी इफतारी और ईद की दावत के लिए नए-नए लाजमात की फहरिश्त बनाने और उनके लिए बेहतरीन सामान मुहैया कराने का काम ही इतना फैल गया था कि कुछ पूछो मत। ढेरों ढेर मेवा मसाले सुखाकर साफ कराए जा रहे थे। चिड़ीमारों से संभल के भूड़ पर से बटेरों और काले तीतरों का मुनासिब इंतजाम करने को कह दिया गया था और शिकारी मियाँ कबाबों के

लिए हिरन का गोश्त लाने का वायदा कर गए थे। इस गहमा-गहमी में मीठी ईद की दावत के लिए रूमाली सिवैयों का इंतजाम करने की ओर किसी का ध्यान ही नहीं गया। अम्मीजान को पता लगा तो करीमन बुआ पर बरस पड़ीं।

"बुआ, तुम्हें इतना तो ख्याल रखना ही चाहिए था। अब या दूल्हा मियाँ के लखनवी दस्तरख्वान पर इस इलाके की सुई मोटी-मोटी, सूँड़ियों सी बिलबिलाती हुई सिवइयें पेश करोगी?" आनन-फानन में एक खादिम को रूमाली सिवइयें लाने के लिए खासतौर पर लखनऊ भेजना पड़ गया।

पहले का वक्त होता तो बिटिया को मायके की ईद करवाने के लिए रमजान शुरू होने से पहले ही बुलवाने का इंतजाम करना पड़ता। इतने लंबे सफर के साथ भला रोजेदारी कहाँ निभ पाती। रेलगाड़ी से सुबह के वक्त लखनऊ से सवार हुए और रात तक चन्दौसी आ गए, सिर्फ एक रोजे की कजा हुई। अम्मीजान ने अपनी बी मुल्लानी से मालूम किया तो उन्होंने बतलाया कि "यों तो वैसे भी सफर में रोजे की मुआफी होती है फिर भी बाद को दो कजा रखकर, इसका कुफ्फारा अदा किया जा सकता है।"

ईद से करीब एक हफ्ता पहले रूही और अरशद मियाँ लखनऊ से आ गए और उनके आते ही कोठी के माहौल में एक बड़ी हलचल-सी पैदा हो गई। सारा का सारा अमला दूल्हा मियाँ की नाजबरदारी में जुट गया और हर शख्स उनके सामने अपना वजूद साबित करने की कोशिश करने लगा। कोठी के ठीक सामने, संभल वाले दगड़े के उस पार, मशहूर तवायफ ख्वाजाबांदी (आम बोलचाल की जुबान में खुजिया रंडी) का बाग था और उसमें अपने खास चहीतों की दिलबस्तगी के लिए उसने एक सैरगाह सी बनवाई हुई थी। उसे पता चला तो वह भी दूल्हा मियाँ को आदाब पेश करने के लिए दौड़ी चली आई। एक अशरफी की भेंट के साथ दूल्हा मियाँ को सलाम बजाकर अम्मीजान से कहने लगी—"बेगम साहिबा, रमजानों के बाद हमें भी अपना मुजरा पेश करने का एक मौका दीजिए। दूल्हा भाई को भी तो पता चले कि उनके लखनऊ से बाहर भी कोई गुनवान कलावंत रहते हैं।"

मौलवी साहब की कोठी के पिछवाड़े के सहन में, रिहायशी इमारत से लगे हुए चमन के आखिरी सिरे पर, शिवालय की बगल में बना हुआ था छोटा ईदगाह। शहर के बड़े ईदगाह की नमाज खत्म होने के थोड़ी देर बाद इस छोटे ईदगाह में ईद की नमाज हुआ करती थी। शहर के रईस और ऊँचे रुतबे के लोग जो बड़े ईदगाह की नमाज में धुने-जुलाहों की भेड़िया धसान में शामिल होना पसंद नहीं करते थे और वे लोग जो किसी वजह से बड़े ईदगाह की नमाज में शामिल नहीं हो पाते थे वे इस छोटे ईदगाह की ईद की नमाज में शामिल हुआ करते थे। मौलवी खानदान, बड़े लोगों की इस जहनियत से, अलग नहीं था और इसी नजरिये से उसने इस छोटे ईदगाह की तामीर भी करवाई थी।

ईद का दिन आया तो कोठी के मर्दों ने छोटे ईदगाह पर जाकर ईद की नमाज अदा की और अम्मीजान की बी मुल्लानी की इमामत में औरतों ने, कोठी के चमन में, अलहदा से अपनी नमाज पढ़ी। इसके बाद ईद मिलन का जश्न शुरू हो गया और ईद की मुबारकबादियाँ पेश करने वालों के आने-जाने का सिलसिला बँध गया।

सिल्विया और ब्यूला भी ईद की मुबारकबादियाँ पेश करने के लिए कोठी आईं तो रूही उनका रास्ता रोककर खड़ी हो गईं, कहने लगीं—"सिल्विया बाजी, आज तो हम आपको भी हिन्दुस्तानी लिबास पहनाकर ईद के जश्न में शामिल करेंगे।" सिल्विया ने ना नुकर की तो रूही बच्चों की तरह मचलने लगीं। "हम तो इतने मन से लखनऊ से, आपके लिए खासतौर पर, फीरोजी रंग का जोड़ा तैयार करा कर लाए थे। न पहनिये तो लीजिए, हम भी अम्मीजान का बनवाया हुआ ईद का जोड़ा उतारकर रोजमर्रा के इस्तेमाल के कपड़े पहने लेते हैं।" सिल्विया को रूही पर प्यार आने लगा और जब ब्यूला ने भी कहा—"अब मान भी लीजिए इनकी बात। यह बेचारी कौन सी रोज-रोज लखनऊ से आकर, आपसे जिद करने के लिए बैठेंगी" तो सिल्विया ने भी मुस्कराकर हथियार डालते हुए कह दिया—"अच्छा तो निकाल लीजिए आप भी अपने मन की। अब तो खुश?"

फीरोजी रंग के कुर्ते-गरारे में सिल्विया की गुलाबी-चंपई खूबसूरती को चार चाँद लग गए। रूही ने उन्हें गले में फीरोजों का जड़ाऊ सोने का गुलूबंद, माथे पर उसी धज का झूमर, हाथों में अँगुलियों भर अँगूठियाँ और आरसी, कलाइयों में सोने के कड़ों और पहुँचियों के साथ हाथ भर-भर कर रेशमी काली चूड़ियाँ पहनाकर ऊपर से झीना-झीना सा फीरोजी रंग का दुपट्टा उढ़ा दिया तो ब्यूला उनके रूप को देख कह उठीं—

"माई गॉड, सच ए किलिंग ब्यूटी।"

"हमारी बाजी को नजर न लगाइए, भाभी जान।"

"चश्मे बद दूर। आज तो इनकी खूबसूरती है ही कुछ ऐसे निखार पर कि अगर नजर लग रही हो तो लग जाय। अम्मीजान से कहकर आज इनकी नजर जरूर उतरवा दीजिए।"

"यू सिली ओल्ड गर्ल"—सिल्विया ने थोड़ा लजाते हुए, लाड़ के साथ, ब्यूला को झिड़क दिया।

अम्मीजान ने सिल्विया को इस रूप में देखा तो वे सकते में आकर कहने लगीं—"हाय अल्लाह, यह आप हैं? खुदा कसम, हमें तो आप इसी लिबास में अच्छी लगती हैं, सिल्विया बिटिया।" और फिर ब्यूला की तरफ देखकर कहने लगीं—"और रूही, आपने हमारी दुलहिन को सलीके के कपड़े क्यों नहीं पहनाये?"

"बहिन, बहिन होती है, अम्मी जान, भाभी, भाभी"—ब्यूला ने बात को बातों में उड़ाते हुए जवाब दे दिया।

रूही, सिल्विया और ब्यूला को साथ लेकर जिस वक्त अमजद मियाँ को ईद की मुबारकबादी देने के लिए पहुँचीं उस वक्त वे अरशद मियाँ के साथ अपने कुतुबखाने में बैठे हुए थे। नए रूप में सजी-सँवरी सिल्विया पर उनकी नजर पड़ी तो उनके मुँह से बेसाख्ता निकल गया—

"सुब्हान अल्लाह।" सिल्विया की नजरें उनकी नजरों से मिलीं तो उन्हें अमजद मियाँ की नजरों में आज कुछ ऐसा दिखाई दिया कि उनकी नजरें लजाकर नीचे की ओर को झुक गईं और उनके गाल, कानों की लवों तक, लाल हो गए।

पंद्रह

बंगाली मोशाय बाबू राधा कान्तो दास के इंग्लिश स्कूल में सबसे अधिक ध्यान विद्यार्थियों के अंग्रेजी सुलेखन पर दिया जाता था और इसके साथ ही उन्हें अधिक से अधिक अंग्रेजी संज्ञापद, उनके मायनों और हिज्जों सहित, रटा देने की व्यवस्था की जाती थी। बाद को, इन संज्ञापदों को गिने-चुने क्रिया-पदों के साथ जोड़कर, वाक्य विन्यास का कामचलाऊ तरीका सिखाकर उनकी अंग्रेजी शिक्षा का समापन कर दिया जाता था। सरकारी दफ्तरों के छोटे बाबुओं और रेलवे के टिकिट बाबू, माल बाबू, पारसल बाबू, टिकिट चैकर, टिकिट कलेक्टर और गार्ड के पद सँभालने के लिए इतनी अंग्रेजी का ज्ञान काफी समझा जाता था। तार बाबू और छोटे स्टेशन मास्टर के पदों के लिए इस अंग्रेजी के अतिरिक्त टेलीग्राफी की गट्ट-गिर-गिर-गट्ट के अभ्यास की भी जरूरत पड़ती थी। बाबू फिरंगी लाल गार्ड को पचास रुपए मासिक वेतन मिलता था। बाद को रेलवे कम्पनी ने गार्डों के लिए नए वेतनमान तय किए तो पचास रुपए तक वेतन पाने वाले सभी गार्डों का वेतन पचास रुपए मासिक कर दिया गया। बाबू फिरंगी लाल को रेलवे कम्पनी का यह व्यवहार बड़ा अन्यायपूर्ण लगा। एक दिन डी.टी.एस. (डिवीजनल ट्रैफिक सुपरिंटेंडेंट) साहब से सामना हो गया तो उन्होंने अपनी इसी अंग्रेजी में उनके सामने अपना प्रतिवाद दर्ज करा दिया, "सर, फौट्टी का फिफटी, फौट्टी-फाइव का फिफटी एंड पुअर फिरंगी लाल, फिफटी का फिफटी। इट इज अनजस्ट, सर।" सुसंस्कृत अंग्रेज इस काली-अंग्रेजी को हिकारत के साथ 'बाबू इंग्लिश' कहते थे। वैसे, लंदन की सुसंस्कृत क्वीन्स इंग्लिश तो, हिंदुस्तान आने वाले, अधिकांश गोरे अंग्रेज भी न बोल पाते थे और न अच्छी तरह समझ सकते थे सुसंस्कृत अंग्रेजी के जानकर उनकी बोलचाल की गँवारू गोरी-अंग्रेजी को भी टामी इंग्लिश ही कहते थे। फिर भी गोरी अंग्रेजी गोरी थी और काली, काली।

अमजद मियाँ, सुरेश्वरदत्त तिवारी को जो अंग्रेजी सिखा रहे थे वह, निश्चित रूप से, बाबू राधा कान्तो दास के इंग्लिश स्कूल वाली शैली की अंग्रेजी नहीं थी। पाणिनि की पंचाध्यायी में पारंगत सुरेश्वरदत्त को अंग्रेजी भाषा के व्याकरण को समझना भी कोई असाध्य साधना नहीं थी। अपने निजी उपयोग के लिए उन्होंने पाणिनि के सिद्धान्त सूत्रों के ढंग पर, अंग्रेजी व्याकरण के भी कुछ सिद्धांत सूत्र गढ़ लिए थे और उनके आधार पर किसी भी संस्कृतज्ञ को अंग्रेजी भाषा सीखना बहुत सरल हो सकता था किन्तु 'न वदेत यावनी भाषाम् प्राण कंठागतैरपि' की परंपरा में पले हुए संस्कृतज्ञों के लिए यह सब कुछ अर्थहीन था।

सुरेश्वरदत्त, अजनबी तो पीम परिवार के लिए भी नहीं थे। खान-पान में कहर कनौजिया-विशुद्धतावादी अलगाव रखते हुए भी, मौलवी परिवार में, विश्वेश्वरदत्त और सुरेश्वरदत्त की हैसियत अमजद मियाँ के बड़े और छोटे भाइयों जैसी थी और पीम परिवार को भी उन्हें इसी रूप में स्वीकार करने में कोई असुविधा नहीं थी। विश्वेश्वरदत्त तो आढ़त के कारबार में ही व्यस्त रहने वाले व्यक्ति थे और कोठी पर उनका आना, कभी कदास ही होता था। लेकिन सुरेश्वरदत्त, अंग्रेजी सीखने के चक्कर में, हर समय अमजद मियाँ के इर्द-गिर्द ही मँडराते रहते थे। उनके इसी लगाव को देखकर एक दिन सिल्विया ने, हँसी-हँसी में, सुरेश्वरदत्त को 'सैंकोपांजा' कह दिया तो अमजद मियाँ भी उनकी बात में रस लेते हुए कहने लगे—''मतलब यह कि आपकी निगाह में हम 'डॉन क्विक्जोट' यानी हिन्दोस्तानी दुनिया के 'शेखचिल्ली' हैं। इस जर्रानवाजी के लिए गुलाम का शुक्रिया कुबूल फरमाइए। खुदा के करम से आपको 'सर्वान्तीज' के दो किरदार 'डॉन क्विक्जोट' और 'सैंकोपांजा' तो इतनी आसानी से यहीं हँसते-खेलते दिखाई दे गए। हमारा ख्याल है कि 'डॉन क्विक्जोट' की 'मुसीबत जदा हसीना' भी यहीं कहीं आसपास ही होनी चाहिए, लगे हाथों उसे भी खोज ही निकालिए।''

अमजद मियाँ और पीम परिवार के सहयोग से, शिष्ट अंग्रेजी बोलने और लिखने में, सुरेश्वरदत्त की बहुत अच्छी गति हो चली। उन्हें अमजद मियाँ के अंग्रेजी पत्र व्यवहार की प्रतिलिपि बनाने और औपचारिक पत्रोत्तरों के मसौदे तैयार करने के साथ, गोरे ड्राइवरों-क्लीनरों की अपेक्षा कहीं अधिक सुसंस्कृत अंग्रेजी बोलता देखकर ब्यूला, आर्थर से कहने लगीं—''हमारे सुरेश्वर को तुम अपने दफ्तर में बड़ाबाबू क्यों नहीं लगवा लेते, आर्थर। हर तीसरे महीने या तो तुम अपने बड़े बाबू को काम से हटा देते हो या वह खुद काम छोड़कर भाग जाता है। कोई एक ऐफीशैण्ट होता है तो आनैस्ट नहीं होता और दूसरा कोई आनैस्ट होता है तो ऐफीशैण्ट नहीं होता। हमारा सुरेश्वर आनैस्ट तो है ही, ऐफीशैण्ट भी होना ही चाहिए। डोंट यू सी, उसने कितनी जल्दी इंग्लिश बोलना और लिखना सीख लिया है। गॉड ब्लैस हिम, ही विल बी एन असैट टु एनी इस्टैब्लिशमेंट।''

"गुड गॉड, यू आर रियली ग्रेट, ब्यूला।
वी हैड जस्ट द मैन एट हैण्ड एण्ड आई कुडण्ट सी हिम।"

"आपके सुरेश्वर को हम अपनी रेलवे की सर्विस में ले लें तो आपको कोई एतराज होगा?"

"हम एतराज करें या न करें लेकिन विशेशर भैया उन्हें, किसी भी कीमत पर, शहर से बाहर जाने की इजाजत देने के लिए तैयार नहीं हैं।"

"और अगर हम उन्हें यहीं रेलवे की सर्विस में लगा लें तो?"

"आपकी मातहती में तो यहाँ सिर्फ क्लीनर और खलासी ही भर्ती किए जाते हैं और इनमें से किसी भी जगह पर आप सुरेश्वर का तकर्रूर करने का जिक्र भी छेड़ेंगे तो अव्वल तो ब्यूला भाभी ही आपका दानापानी बंद कर देंगी।"

"अरे भई, आपकी ब्यूला भाभी के हुक्म की तामील में ही तो हम सुरेश्वर को अपनी रेलवे की सर्विस में लेना चाहते हैं।"

"अगर ऐसी कोई बात है तो उनकी ही राय में हमारी राय भी शामिल समझ लीजिए। वैसे, आपका यह मुअम्मा हमारी समझ में बिल्कुल भी नहीं आ रहा है।"

"मुअम्मा हम समझाए दे रहे हैं आपको। आप तो जानते ही हैं कि हमारे दफ्तर में कोई बाबू महीने दो महीने से ज्यादा टिक नहीं पाता। किसी को हम डिसआनैस्ट साबित करके भगा देते हैं तो कोई हमें टू हार्ड ए टास्क मास्टर करार दे कर खुद भाग खड़ा होता है। आपकी ब्यूला भाभी ने ही हमें सुझाया था कि सुरेश्वर आनैस्ट होने के साथ-साथ ऐफीशैण्ट भी हैं। वे हमारे दफ्तर का सारा काम बड़ी खुशी के साथ सँभाल सकते हैं। आगे चलकर वे अपनी मैरिट के बल पर, रेलवे सर्विस में अच्छा राइज भी ले सकते हैं।"

"हूँ।"

"तकदीर की बात समझ लीजिए कि अपने दफ्तर के नए बाबू को भी हमने हेराफेरी करते हुए रंगे हाथों पकड़ लिया। हैड क्वार्टर पर हमने सी.एम.ई. (चीफ मैकेनिकल इंजीनियर) साहब से उसकी शिकायत की तो वे झल्लाकर कहने लगे कि "आपके दफ्तर के लिए स्ट्रिक्टली आनैस्ट और प्रिसाइजली ऐफीशैण्ट बाबू प्रोवाइड करना हमारे बस का तो है नहीं। अगर ऐसा कोई परफैक्ट बाबू आपकी नजरों में है तो आप उसे अप्वाइंटमेंट दे दीजिए बाद को फार्मल अप्रूवल हम भेज देंगे।"

"अच्छा, तो तनख्वाह क्या देंगे आप, हमारे सुरेश्वर को?"

"शुरू तो पच्चीस रुपए माहवार से ही करेंगे।"

"यानी तीन सौ रुपए सालाना। अपनी मंडी में तो हम नए मुनीम को सौ रुपए सालाना से ही शुरू करते हैं लेकिन आढ़त के दानों में से हिस्सा और दूसरे

हक दस्तूरों से उसे कुछ और भी मिल जाता है।"

"कुछ और तो हमारे यहाँ भी मिल जाता है।"

"कैसे?"

"देखिए, हमारे लोकोशेड से मुताल्लिक, काले-गोरे सब मिलाकर, करीब चालीस ड्राइवर हैं। और हर ड्राइवर को महीने के महीने अपने सफर के माइलेज और कोयले के सर्फे का नक्शा भरकर पेश करना होता है। हमारे ड्रावरों में ज्यादातर तो अँगूठा टेक ही हैं और जो नहीं भी हैं वे नक्शा भरने के सरदर्द से बचना चाहते हैं। इसीलिए, हर ड्राइवर हमारे दफ्तर के बाबू को एक रुपया महीना भेंट चढ़ाकर इस बबाल से जान छुड़ा लेता है। हमारा बाबू अपने ऐक्स्ट्रा टाइम में ड्राइवरों के नक्शे भर कर, करीब चालीस रुपए महीना की ऐक्स्ट्रा इन्कम कर लेता है।"

"इसके मानी हुए पच्चीस और चालीस, पैंसठ रुपए महीना। यानी, सात सौ अस्सी रुपए सालाना। इतनी तनख्वाह पर पहुँचने में तो हमारे विशेशर भैया को भी कई साल लगे होंगे। चलिए ठीक है, हमें मंजूर है।"

"आपकी मंजूरी से काम नहीं चलेगा, साहबजादे। हमें सुरेश्वर की मंजूरी चाहिए, आप उनकी मंजूरी हासिल कर लेते हैं तो उनकी सर्विस पक्की समझिये हमारे आफिस में।"

"इंशा अल्लाह।"

अमजद भैया की राय में विशेशर भैया की भी सहमति शामिल हो गई तो सुरेश्वर का उससे असहमत होने का कोई सवाल ही बाकी नहीं रह गया। ब्यूला तो उन्हें फौरन ही दफ्तर के बड़े बाबू की कुर्सी पर बैठा देने के पक्ष में थी लेकिन आर्थर का कहना था कि इस पद पर औपचारिक नियुक्ति देने से पहले सुरेश्वर को अनौपचारिक रूप से दफ्तर के काम की रुटीन की जानकारी करा देना भी बहुत जरूरी था। वे जानते थे कि उनके स्टाफ के खिसियाये हुए गोरे, सुरेश्वर के काम में मीन-मेख निकालकर, खुद उन्हें ही नीचा दिखाने की कोशिश में कोई कोर कसर बाकी नहीं रखेंगे।

अमजद मियाँ की छत्रछाया में, सुरेश्वर का अंग्रेजी ड्राफ्टिंग तो पहले से ही खूब अच्छी तरह मँज चुका था और अब उन्होंने, आर्थर साहब की निगरानी में, उनके दफ्तर की कार्य प्रणाली खूब ध्यान के साथ देखी तो उसका रुटीन भी उनकी समझ में खूब अच्छी तरह से आ गया। आर्थर साहब जब अपनी जगह पर संतुष्ट हो गए कि अब सुरेश्वर, उनके दफ्तर का रुटीन काम, खूब कुशलता के साथ खींच कर ले जाएँगे तो उन्होंने, उन्हें औपचारिक रूप से, अपने दफ्तर का बड़ा बाबू नियुक्त कर दिया। हैड क्वार्टर से इस नियुक्ति की संपुष्टि होना तो पहले से ही तय था और जब यह संपुष्टि भी औपचारिक रूप से आ ही गई तो सुरेश्वर तिवारी नियमित रूप से लोको फोरमैन के दफ्तर में बड़े बाबू बन गए।

सोलह

वसंत पंचमी से ही हल्का-हल्का होली का रंग उभरना शुरू हो गया था। मोहल्ले के चौक पर होली रख दी गई थी, लड़के-लवारे दरवाजे-दरवाजे जाकर–"होली के पंचकंडे–जियें तुम्हारे अंडे" की सदा के साथ हर घर से पाँच-पाँच कंडे जमा करने लगे थे, गढ़ी के मंदिर पर रात को फाग गाने वालों की चौकी बैठने लगी थी और मोहल्ले की कोयलें कुहकने लगी थीं–"पीया छये परदेस, बांबी पै बोलै नगिनिया।" आसपास के गाँव-देहात का भी यही हाल था। चाँदनी रात के जादुई सन्नाटे में बौराई हुई आम की अमराइयों से आती हुई भीनी-भीनी मधुगंध और दूर से आते हुए फगुआ गीतों के धीमे-धीमे अस्पष्ट बोलों के साथ ढोलकों, मजीरों, खड़तालों, झाँझों और चमोलियों के मिले-जुले स्वर वातावरण में एक मादकता सी बिखेरने लगे थे। ऐसे में बाजार का कच्चा चौकीदार, पुरबिया राम हरख, कभी-कभी, अपना कनसुरा सा राग भी अलापने लगता था–"मुखिया के मारे बिरहा बिसरिगा, भूलि गए कजरी कबीर-गोरिया का ऊजर जोबना देखि, उठैन करेजवा माँ पीर।" लेकिन, इससे भी वातावरण की मादकता ही थोड़ी और गहरा जाती थी।

रंग एकादशी का दिन आया तो होली का हुड़दंग खुलकर सड़कों पर आ गया। सारा शहर, तमाम दिन, शाम होने की बाट देखता रहा। दिन भर की तैयारियों के बाद तीसरे पहर के समय, रंग एकादशी की नगर-शोभा यात्रा के लिए, सुनारों के खेल गोपाल जी महाराज के मंदिर में, होरि हारे गोपाल जी का, सिंहासन सजकर तैयार हुआ। गोपाल लाल और राधा लली के स्वरूप सजकर सिंहासन में विराजमान हो गए तो सुनारों के चौधरियों ने घंटे घड़ियालों के साथ युगल स्वरूप की आरती उतारी। गोपाल जी के स्वरूप ने अपने हाथों में चाँदी की पिचकारी उठाकर, पीतल के चमचमाते गोल्टे में से, टेसू के फूलों का रंग भरा और पहले, प्रतीक रूप में, राधारानी के स्वरूप पर थोड़ा-सा रंग डालकर बाकी रंग दर्शकों पर छोड़ दिया तो सैकड़ों कंठों का, "खेल गोपाल जी महाराज की जय" का, जयकारा दिग-दिगंत में गूँज उठा। ढोल-नगाड़ों और ताशों-शहनाइयों के तुमुलनाद के साथ रंगोत्सव आरंभ हो गया। पुरुष होरिहरि बड़े उत्साह और ओज के साथ द्रुत लय में गाने लगे–"ब्रिन्दावन लाल हि लाल रंग खेलन कौ आय गये ब्रिजवासी" और पीछे महिला मंडली के मृदु स्वर गूँज उठे–"बरसाने में बोले हैं मोर, ए री मैं अब न जिऔं।"

नियाज अली तो जवानी की चौखट पर ढंग से पाँव रखने से पहले ही, बुजुर्गी ओढ़कर, छोटे भाइयों के माता और पिता की दोहरी भूमिकाएँ निबाहने लगे थे। शुरू में तो अल्लादीन ने खुद ही भट्ठी का ठिया सँभाला था लेकिन धीरे-धीरे वे नियाज अली को ठिया सँभालना सिखाते गए। और फिर, एक दिन वे नियाज

अली को बाकायदा उस्ताद के ठिये पर बैठा कर खुद घनवाही करने लगे तो नियाज अली उदास होकर कहने लगे–"भैया, हमें तो खुद ठिये पर बैठकर आपसे घनवाही कराने में बड़ी शर्म लगती है।" अल्लादीन ने बड़े लाड़ के साथ मुस्कराकर जवाब दिया–"और जब लोग यह कहना शुरू कर देते कि नमक-हराम अल्लादीन, उस्ताद का ठिया हड़पकर, उस्तादजादों से घनवाही करवा रहा है तो हमारी तो बड़ी नामवरी होती ?"

"लेकिन हम तो आपको अब्बा का जेठा बेटा ही समझते हैं।"

"तभी तो हम भी इस ठिये से, बिना किसी रस्सी पगहिया के, बँधे पड़े हैं।"

असगर अली अब जवान हो चले थे और अल्लादीन भाई के साथ भट्ठी पर घनवाही करने लगे थे लेकिन बड़ी भट्ठी पर पारंपरिक मोटे अदद बनाने की अपेक्षा उनकी रुचि कल-पुर्जों के बारीक कामों में अधिक थी। महाविद्रोह के बाद तमंचों-पिस्तौलों का काम तो पूरी तरह से बंद ही हो गया था लेकिन नई मशीनों और उनके कल-पुर्जों के कई नए काम पैदा भी हो गए थे। रेलवे की लोको और आई.ओ.डब्ल्यू. की वर्कशापों में जाकर वे नई मशीनों को बड़ी बारीकी के साथ देखते समझते थे, वहाँ के मिस्त्रियों से उनकी बारीकियों पर चर्चा किया करते थे और दोपहर को अपनी छोटी भट्ठी पर दोनों छोटे भाइयों के साथ कुछ न कुछ खटर-पटर करते ही रहते थे।

अनवर अली और नजर अली तो अभी अल्हड़ बछेड़े थे, किसी काम की कोई खास जिम्मेदारी उनकी नहीं थी। कभी मन करता तो भट्ठी का पंखा चला लेते या असगर भैया के साथ उनकी छोटी भट्ठी की खटर-पटर में कुछ हाथ बँटा लेते थे। वे इन दिनों होली के रंग में पूरी तरह से सराबोर हो रहे थे। सारे दिन मोहल्ले के लड़कों के साथ होली के पंचकंडे जमा करते हुए घूमते थे और होली के रंगों में चिते-पुसे दोपहर को, वक्त-बेवक्त, रोटी खाने के लिए घर पहुँचते थे। नियाज अली लाड़ से हँसकर कहते–"अरे बनमानुसो, रोटी खाने के लिए तो वक्त से घर आ जाया करो।" वे इठलाकर जवाब देते–"भाई जान, रोटी तो रोज ही वक्त से खाते हैं लेकिन होली तो साल में एक ही बार आती है।"

खास होली के दिन अनवर अली-नजर अली, होली के चौधरियों के साथ लगे हुए लड़कों के हुजूम में शामिल होकर, सारी दोपहर बाजार की दुकानों से होली का चंदा जमा कराते रहे। बाजार के दुकानदारों ने अपनी-अपनी हैसियत के हिसाब से, पैसा-दो पैसा, इकन्नी-दुअन्नी चन्दा दिया। कुछ साहू साहिबान से एक-एक रुपया भी मिल गया तो पच्चीस रुपए की रकम होली के चंदे में जमा हो गई।

अल्लाहबख्श मनिहार, मुहल्ले के दामाद थे। उनकी टाल पर जलावन की लकड़ियाँ एक रुपए की ढाई मन मिलती थीं और जड़ों की गाँठें, जो आम तौर

पर मुर्दों को जलाने के काम में आती थीं, एक रुपए में पौने तीन मन भी मिल जाती थीं। लड़कों ने उन्हें 'फुफ्फा' कहकर मनुहार की तो उन्हें बहुत अच्छा लगा और वे, अपने रिश्ते के तुफैल में, उनकी माँओं के अनदेखे अंगों का बखान करते हुए एक रुपए की तीन मन गाँठें देने के लिए इस शर्त पर तैयार हो गए कि रात को कोई 'हरामी' उनकी टाल की लकड़ियों को हाथ नहीं लगाएगा। पंद्रह रुपए की पैंतालीस मन लकड़ियाँ आ गईं, पाँच रुपए के झम्बे सुरकण्डे आ गए तो होलिका दहन का बन्दोबस्त पूरा हो गया। पाँच रुपयों में से सवा रुपए तो खेड़ापति को होली बंगालने की दक्षिणा में ही दिया जाना था और बाकी पौने चार रुपए भी खेड़ापति को ही गंगा स्नान के खर्चे के लिए दिए जाने के लिए अलग उठाकर रख दिए गए।

रात को होली बंगाल गई और गन्ने भूनने का सिलसिला समाप्त हो गया तो मुहल्ले के लड़के होली बढ़ाने के काम में जुट गए। जहाँ कहीं जो भी काठ-कबाड़ लावारिस सा दिखाई दिया उसे लाकर होली की भेंट चढ़ा दिया गया। वैसे होली की रात में मुहल्ले के लड़कों को, अनौपचारिक रूप से, बिना कोई झगड़ा-टंटा खड़ा किए कहीं से भी कोई काठ-कबाड़ चुरा लाने की भी खुली छूट मिली हुई थी। थाने से मुहल्ले की पुलिस चौकी के हैड कानिस्टिबल सैयद अमीर अली को होली की निगरानी पर तैनात किया गया था लेकिन जब लड़के कोई भारी अदद उठाकर लाते हुए दिखाई देते थे तो मीर साहब को लामोहाला पेशाब की हाजत लगने लगती थी और जब तक वे अपनी हाजत रफा करके वापस आते थे तब तक होली की लपटें उस अदद को पूरी तरह से अपनी गिरफ्त में ले लेती थीं। मीर साहब थोड़ी देर तक डंडा फटकारकर लड़कों को गालियाँ देने की औपचारिकता निबाहते थे और फिर बात आई-गई हो जाती थी। अनवर अली-नजर अली भी होली बढ़ाने वालों की जमात में शामिल होकर हुड़दंग में बराबर की साझेदारी निबाह रहे थे और 'होलिका मैया की जय' के नारे बुलन्द करने में भी किसी से पीछे नहीं थे।

होलिका दहन से अगला दिन तो यों भी धुलहड़ी ही कहा जाता था और इस दिन सवेरे के समय ही होलिकोत्सव का उन्माद अपनी चरम सीमा पर पहुँच गया था। होरिहारों ने रंग और गुलाल के अलावा धूल, मिट्टी, राख-कीचड़, कालिख और गोबर को भी होली खेलने का माध्यम बनाने के लिए अपने आपको पूरी तरह से स्वतंत्र समझ लिया था। कुछ पढ़े-लिखे नकचढ़े शरीफ लोग इस तरह से होली खेलने को बुरा भी कहते थे लेकिन उनकी बात कोई सुनता नहीं था। यही नहीं, अगर कहीं कोई ऐसा नकचढ़ा होरिहारों के हाथों चढ़ जाता था तो उसकी जरा ज्यादा ही सँभालकर गत बना दी जाती थी। इस पर जब वह खिसियाकर प्रलाप करने लगता था तो उसका प्रलाप भी चारों तरफ से 'होली है' के शोर में गुम होकर

रह जाता था। जिन लोगों को पीने में आपत्ति नहीं थी उन लोगों ने आज छक कर पी थी और उन लोगों के झुंड के झुंड, नशे में गिरते-पड़ते, एक से एक हास्यास्पद वेश बनाए तरह-तरह की ऊल-जलूल हरकतें करते हुए सड़कों पर घूम रहे थे। तहसील वाली मस्जिद के इमाम साहब फजर की नमाज पढ़ाकर अपने घर वापस जाने लगे तो वे भी होली के हुड़दंगियों के हत्थे चढ़ गए। बेचारों ने खुशामद तो बहुतेरी की लेकिन किसी ने उनकी कोई बात सुन कर नहीं दी। होरिहारों ने उनके इर्द-गिर्द घेरा बनाकर 'मुल्लाजी मुल्लानी दो' की लय पर उछलते-कूदते हुए उनकी भी धूल पुटलिया कर ही दी।

काका जी के चौक में कामेश्वर तिवारी और कुन्नी गुरु, दूधिया बूटी छनवाने की व्यवस्था करने में, व्यस्त थे। पिछली रात को ही भाँग की पत्तियों, बादाम की गिरियों, दक्खिनी मिर्चों, सफेद इलायचियों और मुनक्कों को साफ करके पानी में भिगो दिया गया था, चैतू कुम्हार ने एक-एक पाव के मिट्टी के कुल्हड़ पहुँचा दिए थे और लाला जानकी दास की दुकान से एक धड़ी सफेद कंद आ गया था। कुन्नी गुरु के अखाड़े के चार पट्ठे सुबह से ही बूटी बादाम की घुटाई में जुटे हुए थे, गुरु का हुक्म था कि बूटी के नशे को जरा ज्यादा गहरा बनाने के लिए ताँबे का एक पूरा का पूरा पैसा बूटी में घोट कर बराबर कर दिया जाए।

दस बजते-बजते होली के हुड़दंग का उन्माद उतरना शुरू हो गया और मोहल्ले के लोग काका जी के चौक में आकर जमा होने लगे। जिन लोगों ने बरदाश्त से बाहर दारू पी ली थी वे या तो सड़कों पर इधर-उधर लुढ़के पड़े थे या उनके शुभचिन्तक उन्हें उठाकर उनके घरों पर पहुँचा आए थे। चौक में आने वाले लोगों में से अधिकांश का व्यवहार तो यों भी संतुलित तथा संयमित ही था और जो लोग थोड़ी बहुत पिये हुए भी थे वे भी अपने आपको शालीनता की सीमा में ही बनाए रखने का भरसक प्रयास कर रहे थे। होली खेलने की औपचारिकता अब गुलाल तक ही सीमित रह गई थी, लड़के वाले बड़े-बूढ़ों के पाँव छू रहे थे और बड़े-बूढ़े उन्हें गले लगाकर आशीषें दे रहे थे।

शहरों और कस्बों में तो सुबह की धूल-पुटलिया के बाद होली के हुड़दंग का पूरी तरह से समापन हो जाता है। दोपहर में लोग नहाने-धोने खाने-पीने से निबटने के बाद नए-नए कपड़े पहनकर मंदिरों में भगवान के होली के शृंगार के दर्शन करने और अपने से बड़े लोगों से होली मिलने के लिए निकल पड़ते हैं। गाँवों-देहातों में धूल-पुटलिया के बाद भी होली का हुड़दंग थोड़ा सीमित और संयमित ही हो पाता है। दोपहर को नहाने-धोने खाने-पीने से निबटने के बाद मर्द लोग यथा संभव साफ कपड़े पहनकर, भांग और घरेलू भट्ठियों पर चुआई गई शीरे और जौ की शराब

के हल्के-हल्के सुरूर में झूमते हुए, गवाँदेवत के थान पर इकट्ठे हो जाते हैं। गाँव के एक दो नचकैया लड़के लहँगा-चूनर पहन, नारी वेश में सज-सँवरकर थिरकने लगते हैं और चार-छः लपाड़िया किस्म के लोग, ऊल-जलूल कपड़ों में मनसुखा बनकर, तरह-तरह की अश्लील मुद्राएँ प्रदर्शित करते हुए उनके इर्द-गिर्द मटकने लगते हैं। गवाँदेवत पर थोड़ी देर तक नाच-गाकर मस्ताते हुए यह लोग फाग जगाते हैं और फिर महादेव बाबा की भूत-बैतालों की बरात के अंदाज में चौपई सजा कर गाँव में वापस लौट आते हैं। परंपरागत रूप से यह चौपई पहले गाँव के उन परिवारों में जाती है कि जिनके घरों में गए साल में कोई गमी हो गई होती है। ऐसे हर परिवार के दरवाजे पर पहुँचकर चौपई थोड़ी देर तक नाच-गाकर "सोग उठाती है" और फिर उस परिवार के मर्दों को अपने साथ लेकर आगे बढ़ चलती है।

सोग उठाने का सिलसिला खत्म हो जाता है तो चौपई अपने गाँव के जमींदारों, महाजनों और दूसरे बड़े आदमियों के दरवाजों पर फाग जगाने के लिए पहुँचती है। चौपई वाले अपनी सारी आर्थिक, सामाजिक और यौन कुंठाओं और वर्जनाओं को अनदेखा करके ऐसे-ऐसे निहंग नंगे फाग गाते हैं और इतनी-इतनी तीखी नकलों के स्वाँग भरते हैं कि राम बचाए।

म्युनिसिपैल्टी की सीमा में ले लिया गया तो बाहर दरवाजा, औपचारिक रूप से, शहर का एक अंग बन गया लेकिन उसकी जिंदगी का सारा ढंग ढर्रा अब भी गाँवों के सांस्कृतिक और पारंपरिक रंगों में ही रँगा हुआ था। होली के मौके पर, बाहर दरवाजे की बस्ती वालों ने भी, पारंपरिक रूप में अपनी चौपई सजाई। मुराव टोले का नचकैया गोपलिया अपनी चोली में दो सकोरे दबाये, लहँगा, चूनर पहन पूरे नारी शृंगार में सज-सँवरकर, किसी रंडी पतुरिया की तरह, चौपई के बीच में ठुमक रहा था और बस्ती के चार-छः, मुरहा किस्म के लड़के, ऊल-जलूल कपड़े पहन मनसुखा बने, उसके इर्द-गिर्द मटक रहे थे।

पहला दिन तो बस्ती में गमी वाले घरों का सोग उठाने में ही निकल गया। अगले दिन चौपई, भीतर दरवाजे की बस्ती में, अपने जमींदारों-महाजनों और दूसरे बड़े लोगों के दरवाजों पर फाग जगाकर, रात गए अपनी बस्ती में वापस आई तो लड़के नियाज अली के दरवाजे पर आकर ठिठक गए। नियाज अली के घर न तो इस साल कोई गमी हुई थी जो चौपई को उसके दरवाजे पर सोग उठाने के लिए जाना जरूरी होता और न वह ऐसा कोई बड़ा आदमी ही था कि उसके दरवाजे पर फाग जगाया जाता इसलिए, बस्ती के बुजुर्ग लोग चौपई का साथ छोड़कर अपने-अपने घरों को वापस चले गए।

बुजुर्ग लोग चले गए तो लड़के लोग जरा और भी ज्यादा बेतकल्लुफी में आकर मस्ताने लगे। "तुम चलौ हमारे संग हुआँ झुमकइयन बरसैं बादरा" के साथ नाचने गाने का रंग जमना शुरू हुआ तो चरम सीमा पर "फिरंगी नल मत लगवाबै,

नल को पानी भौत बुरौ मेरी तबियत घबराबै'', में जाकर तिरोहित हो गया। नियाज अली ने चिलम तमाखू से चौपई का स्वागत सत्कार करके गुड़ की एक भेली और सवा रुपया नकद भेंट कर दिया तो लोग, चौपई विसर्जित करने का, मन बनाने लगे। लोग नियाज अली के दरवाजे पर से हटकर चलना शुरू करते इससे पहले ही मनसुखा बने हुए शंकरिया ने तान छेड़ दी ''मुहल्ला रंडुवन कौ न्यारौ, देख पराई नार मूड पलका से दै मारौ।'' गोपलिया भी ठुमकने लगा तो दूसरे लोग भी फिर से रंग में आ गए और वह सब के सब, नियाज अली और गोपलिया को दायरे में लेकर, मटकने लगे। असगर अली, अनवर अली और नजर अली को उनके हमजोलियों ने अलग से दायरे में लेकर ''मुहल्ला रंडुवन कौ न्यारौ'' की ताल पर थिरकना शुरू कर दिया तो वे तीनों खिसियाकर रह गए।

नियाज अली के दरवाजे पर थोड़ी देर और ऊधम काटकर चौपई विसर्जित हो गई तो नियाज अली बावर्ची खाने में जाकर रात के खाने की व्यवस्था करने लगे। पिछले दिन गढ़ी वाली भाभी, यानी कुन्नी की बहू ने गुझियों, अँदरसों, शकरपारों और नमकपारों के साथ इतनी ढेर-सी पूड़ियाँ भेज दी थीं कि दोनों वक्त भरपेट खाने के बाद भी इतनी बाकी बच रही थीं कि एक वक्त का गुजारा और कर सकती थीं। नजर अली कहीं सुन आया था कि गरमागरम कोरमे के साथ बासी पूड़ियों का जायका बहुत अच्छा बनता है इसलिए उसने सुबह को ही, रात के सालन में कोरमा पकवाने की फरमाइश, भाईजान के सामने पेश कर दी थी और भाईजान तो अपने छोटे भाइयों की सारी फरमाइशें, कोशिश भर, पूरी करने की कसम ही खाए बैठे थे।

बाहर आँगन के एक कोने में असगर अली, अनवर अली और नजर अली पिटे से खड़े थे। चौपई वालों ने आज सरेआम उनका जो मखौल उड़ाया था उस पर वे बहुत खिसिआये हुए थे और उन्होंने आपस में मिसकौट करके यह तय कर लिया था कि जब तक भाईजान आने वाली गर्मियों में ही अपनी शादी करके घर का रंडापा मिटाने का, अल्लाह-रसूल के वास्ते से, पक्का वायदा नहीं कर लेंगे तब तक वे लोग खाना नहीं खाएँगे, अम्मा न सही, घर में भाभी तो होनी ही चाहिए।

नियाज अली कोरमे की हाँडी को फिर से गरम करके उसे पूड़ियों की टोकरी के साथ उठाकर आँगन में ले आए और चारों रकाबियों में कोरमा डालकर कहने लगे—''अरे नजर, चल भई, तेरी फरमाइश का कोरमा भी तैयार है। गरमागरम कोरमे के साथ भाभी की भेजी हुई पूड़ियों को खाकर दुआ माँग कि अल्ला ताला, अगली होली से पहले, उन्हें चाँद सा बेटा दें।'' नजर अली ने तीनों भाइयों की ओर से जवाब दिया—''हमें नहीं खाना आपका खाना।''

''क्यों ?''

''आज सारी बस्ती के सामने आपने हमारी कितनी भद्द पिटवाई है।''

"अरे भई, होली वालों की बात का भी कोई बुरा माना जाता है।"

"हम कुछ नहीं जानते, जब तक आप हमसे, अल्लाह पाक की कसम खाकर, पक्का वायदा नहीं करेंगे कि आने वाली गर्मियों में अपनी शादी करके आप हमें भाभी लाकर देंगे तब तक हम खाना ही नहीं खाएँगे।"

"अरे बेवकूफो, अगर मैंने शादी कर ली और आ गई कोई काले मूड़ की तो भाईजान की शक्ल देखने को भी तरस जाओगे।"

"अजी हाँ, भाभियाँ कहीं ऐसा कर सकती हैं ? हमारी गढ़ीवाली भाभी कितनी अच्छी हैं, हम तो उनके मजहब में भी नहीं हैं फिर भी वे हम लोगों का कितना ख्याल रखती हैं।"

"भई हम तो अल्ला पाक से पहले ही वायदा कर चुके हैं कि अपनी शादी नहीं करेंगे। रही बात तुम्हें आने वाली गर्मियों में भाभी लाकर देने की इसका हमारा वायदा पक्का रहा; छोटी-छोटी बातों में अल्लाह पाक को बीच में डालने की कोई जरूरत नहीं है।"

"हमें बहकाइए मत भाईजान, आप शादी ही नहीं करेंगे तो हमारे लिए भाभी कहीं आसमान से टपक पड़ेंगी ?"

"असगर भी तो अब शादी लायक हो गया है। कुन्नी भैया और शब्बीर चचा से कहकर हम कल ही गहलोतों में के रहीम बख्श की बेटी नजमा के लिए असगर का पैगाम भिजवाए देते हैं चलो, अब तो बैठकर खाना खाओ, कोरमा ठंडा हुआ जा रहा है।" इस पर असगर कहने लगा—"ऐसा नहीं हो सकता भाईजान। शादी तो पहले आपकी होगी।" नियाज अली ने बड़े लाड़ के साथ असगर अली को डाँटकर कहा—"क्यों रे, तू हमारा बुजुर्ग कब से हो गया जो यह तय करेगा कि घर में किसकी शादी पहले होगी। बहुत हो गई चकल्लस, अब चुपचाप बैठकर खाना खाओ।"

सत्रह

यों तो काका जी को एक लंबी उम्र मिली थी लेकिन अब वे पके पान हो चुके थे और उनके देर सवेर इस संसार से विदा हो सकने की संभावना में अस्वाभाविक कुछ भी नहीं लगता था। तीन दिन के बुखार में किसी से कोई खास सेवा टहल कराए बिना ही, वे गोलोकवासी हो गए तो आश्चर्य तो किसी को नहीं हुआ किंतु उनकी मृत्यु का शोक मनाने वालों का दायरा बहुत बड़ा था। पहले तो उनके अपने मंत्रधारी शिष्यों, पूर्व यजमानों, प्रशंसकों और उपचारित रोगियों की संख्या ही कोई

कम नहीं थी और फिर उनके एक बेटे मंडी में मौलवी साहब की आढ़त जैसी बड़ी गद्दी के कर्ताधर्ता थे और दूसरे बेटे लोको फोरमैन के दफ्तर के बड़े बाबू सो उनके भी हाली मवालियों की एक लंबी सूची थी। बड़ी शान के साथ उनका विमान सजाया गया और बड़ी धूम के साथ उनकी शवयात्रा शहर की सड़कों पर निकली। रंग-बिरंगे कपड़ों, झंडियों, पन्नियों, फूलों फलों और मेवाओं से विमान को सजाया गया था और विश्वेश्वर का आठ वर्ष का बेटा घनेश्वर, तोता कहार के कंधे पर बैठा हुआ, अपने बाबा की अर्थी पर चँवर ढोर रहा था। शंखों, घंटों, घड़ियालों और "राम नाम सत्य है" के गगन भेदी कोलाहल से शहर की सड़कों को गुँजाता हुआ सैकड़ों लोगों का हुजूम उनकी शवयात्रा में शामिल होकर रेलवे स्टेशन तक उनको विदा करने के लिए पहुँचा।

जेठा बेटा होने के नाते, काका जी को मुखाग्नि देने का दायित्व तो कामेश्वर का ही बनता था और इस दायित्व को निबाहते हुए उन्होंने काका जी को मुखाग्नि देकर उनके सारे प्रेत-कर्म पूरे विधि-विधान के साथ संपन्न किए। इसी आधार पर, तेरहवीं के दिन, मृतक भोज तथा गरुड़ पुराण की कथा के समापन के बाद, काका जी के तख्त पर, परिवार के कर्ता की पाग भी उन्हीं के सिर पर बाँध दी गई।

अगले दिन, काका जी की पोथियाँ पूरे मान-सम्मान के साथ पिटारे में सहेज कर टाँड़ पर रख दी गईं। कामेश्वर तो पहले ही पोथी पत्रों से अपना पल्ला झाड़ चुके थे, विश्वेश्वर की सारी ज्ञान पिपासा बहीखातों के पन्नों में सिमटकर रह गई थी और सुरेश्वर शासकों की अंग्रेजी भाषा के प्रबल पक्षधर बन चुके थे। तिवारी परिवार ने ब्राह्मणों की शास्त्रोपजीवी परंपरा को अंतिम रूप से तिलांजलि दे दी और काका जी की अन्त्येष्टि के समापन के साथ ही तिवारी परिवार के इतिहास के एक युग का भी समापन हो गया।

अपने नीची जात वाले आसामियों की पत्नियों के साथ तो मालिकों के दैहिक संबंध अक्सर अनते-बनते ही रहते थे, बेटियों के संबंध में जरूर थोड़ी सावधानी बरती जाती थी। इन संबंधों का स्थायित्व, स्त्री के रूप-रंग और मालिक के सौंदर्य बोध पर, निर्भर करता था। ऐसी स्त्रियों के पति, आमतौर पर, इन संबंधों के कड़वे घूँटों को पीने के लिए, अपने आपको विवश पाते थे और जो लोग इन कड़वे घूँटों को पी नहीं पाते थे उनको अपनी ठिठाई के भयंकर दुष्परिणाम भोगने पड़ते थे। ऐसे पतियों में एक छोटा-सा प्रतिशत उन लोगों का भी था जो इन संबंधों के सहारे मालिकों से छोटी-मोटी सुविधाएँ पाने में ही अपना अहोभाग्य समझते थे।

सुंदरिया तो भोला को कामेश्वर की कृपा से ही मिली थी इसीलिए, उसमें

से उसे जो कुछ भी मिल पा रहा था, भोला का उस पर ही संतुष्ट रहना भी स्वाभाविक ही था लेकिन सुंदरिया खुद भी तो, भोला और कामेश्वर के बीच, पांचाली की भूमिका इस खूबसूरती के साथ निबाह रही थी कि तीनों पक्ष, अपनी-अपनी जगहों पर, पूरी तरह से सुखी और संतुष्ट थे।

कामेश्वर और सुंदरिया के संबंध जग जाहिर थे और तिवारी परिवार को उसमें कुछ भी असामान्य दिखाई नहीं देता था; दुनिया की यही रीति जो थी। यही नहीं, इन संबंधों को अनौपचारिक रूप से ही थोड़ी मान्यता दे देने में भी परिवार को लाभ ही था। सुंदरिया को विश्वेश्वर-सुरेश्वर 'भौजी', उनकी बहुएँ 'जेठानी' और धनेश्वर 'खेतवाली ताई' कहते थे तो सुंदरिया भावनात्मक रूप से अपने आप को किसी सीमा तक, तिवारी परिवार से जुड़ा हुआ समझने का भ्रम पालने लगती थी और परिवार को नियमित रूप से ताजा सब्जी तरकारियाँ पहुँचाने और घर की छानने-फटकने की सौ बेगारें करना अपना कर्तव्य समझने लगती थी। होली-दिवाली के अवसरों पर विश्वेश्वर की बहू कहती--"जेठानी जी, कल होली/दिवाली है, हमसे तुम्हारे घर का सारा काम अकेले नहीं सिमट पाएगा। सवेरे जरा जल्दी आकर तुम्हीं को सारा इंतजाम देखना है।" सुंदरिया सुनकर निहाल हो जाती थी और अगले दिन सुबह-सवेरे ही आकर घर आँगन की झाड़ू-बुहारी और रसोई में पिट्ठी पीसने, सब्जियाँ काटने, आटा गूँधने और छोटे-मोटे बर्तन साफ करने का काम बिना कहे ही सँभालने लगती थी।

सुंदरिया का बेटा अब पाँच साल का हो चला था। उसके जैविक पिता कामेश्वर थे या भोला, इसका निश्चित ज्ञान तो सुंदरिया को भी नहीं था लेकिन संभावनाओं का पलड़ा, कामेश्वर की ओर को, जरा ज्यादा ही झुका हुआ था। हीरा, भोला को बापू और कामेश्वर को कक्का कहता था। यों भी हमारे स्मृतिकार तो दो हजार साल पहले ही, इस संदर्भ में 'बीज' और 'खेत' का विवाद तय करते हुए, व्यवस्था दे चुके हैं कि 'बीज' किसी का भी हो 'फल' 'खेत' के स्वामी का ही माना जाएगा और इस खेत का विधिसम्मत स्वामी तो भोला ही था।

एक दिन, हीरा और कामेश्वर की किसी आदत में समानता देखकर, सुंदरिया मुस्कराकर कहने लगी--"आखिर को बीज तो तुम्हारा ही है, पंडित।" कामेश्वर का मन जरा भारी हो गया और उन्होंने थोड़े बुझे हुए से स्वर में उत्तर दिया--"लेकिन तेरी कोख से जन्म लेने वाले मेरे बीज को, मेरा बेटा कौन मानेगा ?"

"सो तो है, बेटा तो भोला का ही बाजैगा। बिसेसर-सुरेसर के बेटों के बराबर उसे कोई नहीं बैठने देगा।" एक क्षण कुछ सोच कर कामेश्वर ने बड़े आश्वस्त भाव से उत्तर दिया--"इसकी तू फिकर मत कर। बेटा किसी का बाजता रहे लेकिन बैठेगा वह, विश्वेश्वर-सुरेश्वर के बेटों के ही बराबर।"

"सो कैसे ?"

"आजकल तो बंगाली बाबू के इस्कूल में अंग्रेजी पढ़कर सातों जात रेलवे के बाबुओं में भरती हो रही है। वह, कहारों में के अपने शिब्बू का बेटा, चेतराम है, न ? अंग्रेजी पढ़कर राजघाट में स्टेशन मास्टर लग गया है। ठाट से कोट पतलून पहनकर, सुरेश्वर के बराबर कुर्सी पर बैठता है। और तो कुछ नहीं, बस जरा शादी-ब्याह की बात कह लो।"

"चेतराम के घर में तो कोई बनैनी बतावै हैं। वैसे हमारे मुरावों में भी एक से एक कबूलसूरत पड़ी हैं और फिर सुंदरिया का बेटा किसी नीची जात से तो पैदा है ना।"

"ठीक है तो हम नहीं पड़ते उसकी शादी के चक्कर में, क्या पता, वह कोई बाम्हनी ही फँसा ले।" सुंदरिया को हँसी आ गई, कहने लगी, "तुम तो सेखचिल्ली, ऐसे कह रहे हो कि जैसे तुम्हारे बाबू हीरा लाल इस्टेशन मास्टर बने, कोट पतलून पहनकर, किसी लाटफारम पर रेलगाड़ी को झंडी दिखा रहे हैं और पचीसों लुगाइयाँ उनके गले में हार डालने को तुतयायी फिर रही हैं। बाप से कोई बाम्हनी फँसी ना, अब बेटाराम फाँसेंगे बाम्हनी।"

"तो क्या हुआ ? माँ ने तो एक खटकुल का कनौजिया ब्राह्मण फाँस ही रखा है।"

बाहर दरवाजे और भीतर दरवाजे के सिमाने पर फर्रुखाबादियों की दुकानों के ऊपर बालाखाते में था लोअर प्राइमरी स्कूल, पंडित नरायन दास का। अलिफ, बे, अव्वल और दोयम के चारों दर्जों को वे अकेले ही उर्दू और हिंदी दोनों जुबानें पढ़ाते थे लेकिन स्कूल के चारों दर्जों के विद्यार्थियों की कुल संख्या भी पचीस-तीस के आस-पास ही रहती थी। स्कूल को चुंगी से चार रुपए महीने की सहायता मिलती थी इसलिए उसके दरवाजे हर जाति और धर्म के लोगों के लिए खुले हुए थे लेकिन पंडित जी ने अपने स्तर पर भंगियों और चमारों को अपवाद बना रखा था; वैसे ब्राह्मणों, बनियों, ठाकुरों और कायस्थों के अलावा इक्का-दुक्का मुसलमान विद्यार्थी भी इस स्कूल में पढ़ने के लिए आते थे। दोनों पाखों की अष्टमी और पड़वा के दिन स्कूल की छुट्टी रहती थी और महीने की दोनों दूजों को हर विद्यार्थी सूखे आटे, दाल, नमक, मिर्च और थोड़े से घी के सीधे के साथ एक पैसा पंडितजी को भेंट करता था। मुसलमान विद्यार्थी सीधे के स्थान पर एक टका नकद दिया करते थे। सीधे का आकार विद्यार्थी के माता-पिता की आर्थिक स्थिति और मन के हौसले के अनुसार छोटा-बड़ा होता था लेकिन पंडित जी उसे समान भाव से स्वीकार करते थे और वे अपने विद्यार्थियों को पढ़ाने और दंड देने में भी कभी कोई दुभाँत नहीं बरतते थे।

पंडित नरायन दास अपने विद्यार्थियों को पढ़ाते-पढ़ाते, हुक्का भी पीते ही रहते थे और अपने किसी भी विद्यार्थी को हुक्म देकर उससे चिलम भरवा लिया करते थे। भीतर दरवाजे के साहू सीताराम के बेटे जगदीश सरन भी उनके विद्यार्थी थे और पंडित जी ने दो-चार बार उनसे भी चिलम भरवाई थी। अपने विद्यार्थियों को प्रताड़ित करने के मामले में वे, "हड्डियाँ माँ-बाप की–बोटियाँ उस्ताद की" के, उसूल के पाबंद थे। हड्डियाँ वे तोड़ते नहीं थे और बोटियाँ उधेड़ने की कोई शिकायत नहीं करता था। जगदीश सरन भी इस नियम के कोई अपवाद नहीं थे और पंडित जी चार-छः बार उनकी भी बोटियाँ उधेड़ चुके थे। साहू सीताराम के किसी मुसाहिब को इन बातों का पता चला तो उसने साहू साहब के कान भरे, सुनकर साहू साहब को भी नागवार तो गुजरा ही।

अगले दिन दोपहर के समय अचानक ही साहू साहब, पंडित नरायन दास के स्कूल में पहुँच गए। जाड़ों के दिन थे, पंडित जी बालाखाने के सहन में धूप में खाट पर बैठे बच्चों को पढ़ा रहे थे। साहू साहब को आया देखकर पंडित जी खाट पर से उठकर खड़े हो गए। शिष्टाचारिक रामा-कृष्णा के बाद पंडित जी ने पूछा–"कैसे-कैसे तकलीफ की साहू साहब ?" साहू साहब को कुछ कहते न बना तो कहने लगे–"यों ही आपका स्कूल देखने चला आया।" पंडित जी ताड़ गए कि किसी ने साहू साहब से उनकी शिकायत की है। साहू साहब को अपने बराबर खाट पर बैठाते हुए पंडित जी ने हुक्म दिया–"जगदीश, जा चिलम तो भरकर ला।" साहू साहब, पंडित नरायन दास के आत्मविश्वास का, कुछ ऐसा रोब खा गए कि कुछ बोल न सके। थोड़ी देर बाद साहू साहब उठकर जाने लगे तो पंडित जी बड़े अदब के साथ कहने लगे–"आपकी बड़ी नवाजिश है साहू साहब जो आप हमारे स्कूल में तशरीफ लाए लेकिन कल से जगदीश को स्कूल न भेजिए।" साहू साहब भौचक्के से होकर पूछने लगे–"क्यों ?"

"इसलिए कि हमारे स्कूल में दाखिला लेने के बाद हमारी नजर में राजा और रंक दोनों के बेटे बराबर हो जाते हैं। आपसे किसी ने शिकायत की कि पंडित जी आपके बेटे से चिलम भरवाते हैं, आपको नागवार गुजरा तो आप खुद देखने के लिए चले आए। जब माँ-बाप का उस्ताद की दयानतदारी पर से ही यकीन हट जाए तो बच्चे को उसके पास पढ़ने के लिए भेजना नामुनासिब है।"

उस दिन सुबह की प्रार्थना बुलवाने के बाद पंडित जी ने स्कूल की पढ़ाई का सिलसिला शुरू ही किया था कि भोला, हीरा को अपने साथ लेकर, उनके सामने आकर खड़ा हो गया। स्कूल खत्म होने के समय तो मुराव टोला के लोग, अपनी चिट्ठियाँ पढ़वाने-लिखवाने के लिए, उनके पास आते ही रहते थे और वे उनकी यह बेगार करने में कोई आपत्ति भी नहीं करते थे। स्कूल के अव्वल वक्त में ही भोला को अपने सामने खड़ा देखकर उन्होंने यही अनुमान लगाया कि वह उनके

पास ऐसे ही किसी काम के लिए आया होगा और आज उसकी यह बेवक्त की दखलंदाजी उन्हें अखर गई। उन्होंने जरा टेढ़ी-सी प्रश्नवाचक निगाहों से भोला की ओर देखा तो वह सहमकर कहने लगा कि–"मुझे बड़े भैया ने आपके पास भेजा है।" पंडित जी ने जरा और भी सख्त होकर कहा–"और उन्होंने यह भी कह दिया होगा कि तू स्कूल खुलते ही स्कूल में पहुँचकर पंडित जी के सिर पर सवार हो जाना, निकाल चिट्ठी, लिखवाना है या पढ़वाना ?"

"न मुझे चिट्ठी पढ़वानी है न लिखवानी। बड़े भैया ने कहा था कि स्कूल खुलते ही इस लड़के को लेकर पंडित जी के पास पहुँच जाना। मेरा नाम ले देना तो वे इसका नाम लिख लेंगे और फिर इसे पढ़ा-लिखाकर आदमी बना देंगे।"

"इसे तो हल जोतना है, खुरपा चलाना है पढ़ने-लिखने में इसका वक्त खराब करवाने में तुझे क्या भलाई दिखाई दे रही है ?"

"बड़े भैया कह रहे थे कि अब तो सातों जात पढ़-लिखकर रेलवई के बाबुओं में भरती होने लगी हैं।"

भोला का उत्तर सुनकर पंडित जी भौचक्के रह गए। वे यह तो जानते ही थे कि भोला, कामेश्वर तिवारी का बटाईदार था और बाहर दरवाजे के दूसरे लोगों की तरह उन्हें भी भोला-सुन्दरिया-कामेश्वर त्रिकोण की जानकारी के साथ ही हीरा की विवादास्पद पैतृकता का भी ज्ञान था। उनके ब्राह्मण मन को यह जानकर बड़ी ग्लानि हुई कि पंडित सोमेश्वर शास्त्री जैसे प्रकांड पंडित की तीसरी ही पीढ़ी के लोग ब्राह्मण वृत्ति को तिलांजलि देकर गोरे क्रिस्टानों के धर्म में न सही, उनकी संस्कृति के रंग में, इतने गहरे रंग गए हैं। एक भैया मुसलमानों की नौकरी बजा रहा है, दूसरा कोट-पतलून पहनकर गोरे क्रिस्टानों में घुसा पड़ा है। छोटे मियाँ सो छोटे मियाँ, बड़े मियाँ सो सुभान अल्ला, सबसे बड़े, मुरावन् को लेकर बैठ गए हैं और अपनी जारज वर्णसंकर संतान को पढ़ा-लिखाकर कहीं दूर परदेश में ब्राह्मणों की बिरादरी में भिड़ाने की जुगत जोड़ रहे हैं।

पंडित नरायन दास ने बड़े मरे मन से हीरा का नाम, पिता का नाम, आयु तथा पता अपने स्कूल के रजिस्टर में लिख लिए और भोला को, अगले दिन लड़के को ठीक वक्त पर तख्ती-बुदक्के के साथ स्कूल पहुँचाने की चेतावनी देकर, विदा कर दिया।

भोला चला गया तो पंडित जी ने स्कूल की दीवार पर टँगी हुई मल्का विक्टोरिया की तस्वीर के हाथ जोड़कर कहा–"धन्य हो महारानी आपके राज में और सब कुछ तो ठीक है, कलकत्ते से लेकर पेशावर तक कोई भी रुपया उछालते हुए बेधड़क सफर कर सकता है लेकिन यह नीची जातों को सिर पर चढ़ाने की बात हमारी समझ में नहीं आई। मुरावों तक तो चलो ठीक है लेकिन अगर कल को कलुआ

भंगी भी अपने लड़के का नाम लिखाने को आ जाएगा तो हमसे नहीं चलेगा आपका स्कूल।''

अठारह

ईद वाले दिन के उस आकस्मिक संयोग ने, अमजद और सिल्विया की साधारण पारिवारिक घनिष्ठता की सपाट-सी पृष्ठभूमि को, शिष्ट और शालीन मांसलता के रंग दे दिए तो उनकी आँखों के सामने जिंदगी की एक नई तस्वीर उभरकर आने लगी और उनके बीच की दूरियाँ आप से आप सिकुड़ती चली गईं। धीरे-धीरे सिल्विया ने अमजद के दैनिक जीवन की सामान्य व्यवस्था को अपनी ममता की बाँहों में सहेज लिया तो अमजद मियाँ को भी अपने जीवन का शून्य, किसी अबूझे से अपनेपन के अहसास से, भरता हुआ सा लगने लगा।

अमजद मियाँ की जिंदगी पर छाई हुई उदासी के बादल छँटते हुए दिखाई दिए तो उनकी अम्मीजान को अपने भविष्य पर छाया हुआ अँधेरा भी कटता हुआ सा दिखाई देने लगा। सिल्विया के सुहाने रूप-रंग के साथ ही उसके मिजाज का व्यावहारिक भोलापन भी उन्हें बहुत पसंद था। अमजद के लिए सिल्विया का खिंचाव अब किसी के लिए कोई रहस्य नहीं रह गया था, अम्मीजान ने, अपने इत्मीनान के लिए, चार-छः बार ताक झाँक करके भी देखा तो नितान्त एकांत में भी उन्होंने उसे शालीनता के रास्ते से बहकते हुए कभी नहीं पाया। सिल्विया अगर कोई हिंदुस्तानी मुसलमान लड़की होती तो उन्होंने, उसे अपने अमजद की दुलहिन की शक्ल में हासिल करने के लिए जी जान की बाजी लगा दी होती लेकिन वह तो बेपर्दा अधगोरी ईसाइन थी और बस, यहीं पर आकर उनका दिल कसककर रह जाता था। सिल्विया की शोहबत में उन्हें अपने अमजद की खोई हुई खुशियाँ लौटकर वापस आती हुई दिखाई दे रही थीं और उनके रास्ते में रोड़ा बनकर खड़ा होने के लिए उनकी माँ की ममता कहीं से कहीं तक तैयार नहीं थी। उनकी जान बड़ी साँसत में फँसी हुई थी, कुछ समझ में ही नहीं आ रहा था कि क्या करें और क्या न करें।

अमजद मियाँ के बदलते हुए रंग-ढंग देखकर उनके अब्बा हुजूर भी खुश थे लेकिन सिल्विया को लेकर उनके मन में कोई दुविधा नहीं थी। उनकी नजरों में मर्द बच्चे का खूबसूरत औरतों से खेलने का शगल कोई गुनाह नहीं था। शरीअन भी हर मुसलमान को चार बीवियाँ तक रखने का हक तो हासिल ही था और फिर दिल्ली-लखनऊ के रईसजादों में ऐसा कौन परहेजगार था जो अपनी निकाही बीवियों के अलावा रंडी रखैलें नहीं रखे हुए था।

अम्मीजान को कोई रास्ता सुझाई नहीं दिया तो उन्होंने एक दिन अपने मियाँ से इस मसले पर तजकिरा किया लेकिन वे कहने लगे—''बेगम साहिबा, जवान बेटों के इश्क मोहब्बत के मामलों में माँ-बाप का दखल देना मुनासिब नहीं होता।''

''अजी हाँ, औलाद की बहबूदी की बात माँ-बाप नहीं सोचेंगे तो क्या आसमान से उतरकर कोई फरिश्ते सोचेंगे?''

''जानेमन, अगर हमारे सोचने से ही काम चलता होता तो नजमा बी की वफात के बाद से अब तक हमने अपने अमजद मियाँ के चार निकाह पढ़वा दिए होते।''

''पिछली बातों को छोड़िये, अब तो सूरते हाल बहुत कुछ बदली हुई सी दिखाई दे रही है।''

''तो फिर ले लीजिए सिल्विया को अपने अमजद के निकाह में।''

''लेकिन वह तो ईसाइन है और अगर वह इस्लाम कुबूल करने के लिए तैयार नहीं हुई तो ?''

''इससे क्या फर्क पड़ता है। अरे भई, ईसाई भी अहले किताब तो हैं ही और एक मुसलमान मर्द का किसी अहले किताब लड़की को अपने निकाह में ले लेना शरीअन कतई तौर से सही है।''

''आपकी शरीअत अपनी जगह पर बिल्कुल दुरुस्त है लेकिन बेपर्दा ईसाइन बहू को लेकर हम किस मुँह से नाते-रिश्ते के लोगों के सामने आएँगे। वैसे और सब तरह से सिल्विया है तो हमें भी बहुत पसंद, अगर वह पर्दे में आकर इस्लाम कुबूल कर ले और अमजद मियाँ उसे अपने निकाह में ले लें तो उनकी क्या, हमारी भी तकदीर खुल जाएगी।''

''यह पर्दे का मसला जरा मुश्किल नजर आता है। अव्वल तो इंग्लिस्तान की आजाद फिजाओं में परवरिश पाई हुई लड़की पर्दे में आना कुबूल ही नहीं करेगी और अगर आपके अमजद मियाँ के इश्क की दीवानगी में वह पर्दे में आना कुबूल भी कर लेगी तो बुर्के में घुटकर चन्द महीनों में ही तपेदिक में मुब्तिला होकर अल्लाह को प्यारी हो जाएगी।''

''अमजद के अब्बू आपने भी अच्छी-खासी हँसी-खुशी की बातों में यह बदसगुनी का कनसुरा राग कहाँ अलापना शुरू कर दिया। हमें तो ऊपर वाले की मुश्किल कुशाई पर पूरा भरोसा है और वही हमारी मुश्किल को हल करने का कोई रास्ता भी सुझाएगा। हम तो बस उससे यही दुआ माँग सकते हैं कि हमारी अमजद-सिल्विया की जुगल जोड़ी ता कयामत इसी तरह हँसती-खेलती रहे।''

''आमीन।''

इस बार रूही लखनऊ से आईं तो उन्हें अमजद मियाँ और सिल्विया के बीच बढ़ती हुई नजदीकियों को देखकर बड़ी खुशी हुई और जब यह खुशी उनसे अकेले सँभाले न सँभल सकी तो वे अपनी अम्मीजान के पास आकर पूछने लगीं—"सिल्विया बाजी आपको कैसी लगती है, अम्मी ?"

"बहुत अच्छी।"

"हमें तो वे पहले से ही बहुत अच्छी लगती थीं लेकिन लगता है कि अब तो वे, अमजद भैया को भी, कुछ ज्यादा ही अच्छी लगने लगी हैं।"

"लगता तो हमें भी कुछ ऐसा ही है और सिल्विया ने भी तो उनकी रोजमर्रा की जिंदगी का इंतजाम कुछ इस तरह पर सँभाल लिया है कि जैसे वह उनकी मनकूहा बीवी ही हो लेकिन...।"

"लेकिन वेकिन कुछ नहीं। बस आप तो फटाफट, सिल्विया बाजी के लिए, अमजद भैया का पैगाम भिजवाने का इंतजाम कीजिए। हम तो अब मँगनी की रस्म पूरी कराकर ही लखनऊ वापस जाएँगे।"

"आप तो इस तरह से बात कर रही हैं, रूही बेटी कि जैसे यह हमारे बेटे की शादी का मसला न होकर, बच्चों के गुड्डे-गुड़ियों के ब्याह का खेल हो। चाहते तो हम भी हैं लेकिन कुछ मुश्किलात हैं जो हमारे आड़े आ रही हैं।"

"जरा हम भी तो सुनें कि मुई वह कौन सी मुश्किलात हैं जो हमारी अम्मीजान के रास्ते में आड़े आ रही हैं।"

"सबसे बड़ी मुश्किल तो उन लोगों की ईसाइयत है। हम चाहते हैं कि आप की सिल्विया बाजी इस्लाम कुबूल करके पर्दे में आ जाएँ और तब अमजद मियाँ उनको अपने निकाह में लें। लेकिन, यही मरहला हमारे लिए जू-ए-शीर हो गया है।"

"अब्बा हुजूर से आपने इस मसले का तजकिरा किया ?"

"आपके अब्बा हुजूर के सामने हमने जिक्र छेड़ा तो वे कहने लगे कि एक मुसलमान मर्द का किसी अहले किताब औरत को अपने निकाह में लेना शरीअन सही है। चलिए, इस मसले पर हमने उनका यह फतवा भी मान लिया लेकिन सिल्विया को पर्दे में ला सकना तो उनको भी मुमकिन नजर नहीं आ रहा है। और फिर, वे लोग हैं, ईसाई और आज दिन दौर चल रहा है ईसाइयों की हुकूमत का, इस्लामी शरीयत के फतवे को वे लोग भी तस्लीम कर ही लेंगे इसी बात का क्या भरोसा।"

"उन लोगों से, आप लोगों की जानिब से, अभी तक कोई इस किस्म की पेशकश की गई है ?"

"भई, हमें तो डर लगता है कि कहीं उन्होंने हमारी पेशकश को ठुकरा दिया तो हमारी तो जमाने भर में हिजो हो जाएगी।"

''अम्मीजान, आप भी पानी में उतरे बगैर तैरना सीखना चाहती हैं। पेशकश तो आपकी जानिब से ही होनी है, आर्थर भाईजान तो आपसे यह कहने के लिए आएँगे नहीं कि लीजिए, हमने अपनी बहिन को कलमा-ए-शहादत कुबूल कराकर बापर्दा कर दिया है। अब आप इसे अपने बेटे के निकाह में ले लीजिए।''

''हमारी तो कुछ समझ में नहीं आ रहा बेटी, कि गुत्थी को कहाँ से सुलझाना शुरू किया जाए।''

''अच्छा तो फिर आज हम ही अपनी जानिब से, आर्थर भाईजान और ब्यूला भाभी से, इस मसले पर छेड़छाड़ शुरू करते हैं।''

''लेकिन, जरा इस बात की एहतियात बरतिएगा कि कहीं उन लोगों को यह अहसास न हो कि हम लोगों ने ही इरादतन, आपको उन लोगों के पास भेजा है।''

''इसकी आप फिक्र न कीजिए हम तो यों भी ब्यूला भाभी से अंड-बंड बकते ही रहते हैं और हमारी लनतरानियों का वे कभी बुरा भी नहीं मानतीं।''

रूही जिस वक्त आर्थर साहब की कोठी पर पहुँची उस वक्त सिल्विया कहीं गई हुई थीं। आर्थर और ब्यूला दोनों ही कोठी पर मौजूद थे और उन्होंने बड़े तपाक के साथ उनका स्वागत सत्कार किया। पहले तो थोड़ी देर तक यों ही इधर-उधर की बातें होती रहीं और फिर रूही उन्हें घुमा-फिराकर असल मुद्दे पर ले आईं। अमजद और सिल्विया की जोड़ी तो सभी को पसंद थी और सभी लोग इस बात पर भी एकमत थे कि रूप-रंग, बौद्धिक समरसता और एक-दूसरे के प्रति समर्पण की दृष्टि से, ऐसा मणिकांचन संयोग, लाखों में एक बन पाता है लेकिन इस संबंध को स्थायित्व देने के लिए कौन-सा रास्ता लिया जाए इस पर कोई सहमति नहीं बन पा रही थी।

इस बीच आर्थर तो लगभग खामोश से ही बैठे रहे और बोलने का काम अधिकांशतः ब्यूला ही करती रहीं जो, अम्मीजान के प्रबल प्रतिपक्षी के रूप में, अमजद मियाँ को बप्तिस्मा दिलाकर सिल्विया के साथ उनकी चर्च मैरिज कराने की बात पर जिद पकड़े हुए थीं।

ब्यूला और अम्मीजान दोनों के ही पक्ष सामने आ गए तो रूही ने ब्यूला से पूछा—''भाभीजान, आपने इस मुताल्लिक, सिल्विया बाजी से भी तो कुछ दरियाफ्त किया होगा ?'' ब्यूला ने उत्तर दिया—''इसमें उनसे दरियाफ्त करने के लिए क्या है ? हम जानते हैं कि वे एक अकीदतमंद ईसाई हैं। महज अमजद मियाँ से शादी करने के लिए अपना मज़हब तब्दील करने के बाद वे अपने खुदा के सामने क्या मुँह लेकर जाएँगी?''

''अकीदा तो अमजद भैया का भी इस्लाम में किसी से कम नहीं है, भाभी जान। अमजद भैया और सिल्विया बाजी, दोनों ही, आला तालीमयाफ्ता दानिशवर

और गहरी सूझ-बूझ के लोग हैं। उन्होंने खुद भी तो अपने बारे में कुछ सोचा ही होगा? हमें तो ऐसा लगता है कि अहले मामला से मालूमात हासिल किए बिना ही आप और अम्मीजान एक-दूसरे पर तलवारें तानकर खड़ी हो गई हैं।''

आर्थर को रूही की बात का सहारा मिला तो वे हँसकर कहने लगे—''रूही बहिन, हमारी बेगम साहिबा सोचने का काम दिमाग की बजाय दिल से लिया करती हैं। हमने तो खैर, अपना खते गुलामी लिखकर इनके हवाले कर दिया है। लेकिन परेशानी उस वक्त सामने आ जाती कि जब यह दूसरे लोगों के सामने भी गुलामों के आका की हैसियत से पेश आने लगती हैं और उस वक्त यह इस बात को बिल्कुल भूल जाती हैं कि अब तहजीबयाफ्ता दुनिया, गुलामी की लानत से निजात हासिल कर चुकी है।'' ब्यूला को आर्थर की यह दखलंदाजी कुछ अच्छी नहीं लगी तो तिनककर कहने लगीं—''जी हाँ, आप तो बड़े हमारे गुलाम हैं। सारी दुनिया में ढिंढोरा पीटते फिरते हैं कि हम गुलाम हैं लेकिन घर में हर काम होता आपकी ही मर्जी से है, हमें पूछता ही कौन है ? इसके ऊपर से तुर्रा यह कि हम सारा काम गुड़ गोबर कर देते हैं। दोनों भाई-बहिन यही समझते हैं कि दुनिया भर की अक्ल का ठेका उन्हीं के पास है, हम तो बस, जाहिल गँवार हैं। लीजिए, हम कुछ नहीं कहते, अब आप ही सुलझाइए इस मुअम्मे को।'' ब्यूला की बात का उनको सीधा उत्तर दिए बिना आर्थर कहने लगे—''रूही बहिन, मुअम्मा तो कुछ भी नहीं है। इस मसले पर अमजद और सिल्विया से हमारी कोई खुल कर गुफ्तगू तो नहीं हुई है लेकिन जहाँ तक हम उन दोनों को समझ सके हैं तो सूरते हाल यह है कि अपने-अपने मजहबी अकायद पर कायम रहते हुए भी वे दोनों एक-दूसरे से बेइन्तिहा मुहब्बत करने लगे हैं। खूबसूरती यह है कि दोनों ही अपने अकायद को छोड़ना या दूसरे से उसके अकायद को छुड़वाना सख्त नापसंद करते हैं।'' इस पर ब्यूला जरा और भी गुफरकर कहने लगीं, ''यह मुअम्मा नहीं तो और क्या है ? अब आप ही निकालिए इसका हल।''

''बेगम साहिबा, आप लोगों ने चाय के प्याले में जो तूफान बरपा कर रखा है उसे जरा साकित हो लेने दीजिए फिर सुकून के साथ इस मुअम्मे का भी कोई हल निकाल ही लिया जाएगा। यकीन मानिए, हिन्दोस्तानी कहानियों के अंजाम की तरह, वह दिन जरूर आएगा कि वे राजा हुए वे रानी, जैसी उनकी हुई वैसी हर किसी की हो।''

''आज रूही हमारी कोठी पर आई थीं।''

''मालूम है।''

''कहती थीं कि अम्मीजान चाहती हैं कि हम इस्लाम कुबूल करके पर्दे में

आ जाएँ और आप हमें अपने निकाह में ले लें।"

"और ब्यूला भाभी कहती है कि हम बप्तिस्मा लेकर ईसाई हो जाएँ और आपके साथ हमारी चर्च मैरिज करा दी जाए, है न ?"

"कभी-कभी तो मन करता है कि इस झंझट को खत्म करने के लिए हम इस्लाम कुबूल कर ही लें।"

"अगर आप इस्लामी अकायद से मुतमइन हो जाएँ तो जरूर इस्लाम कुबूल कर लीजिए।"

"मुतमइन तो हम अपने मसीही अकायद से ही हैं।"

"तो फिर हम आपको इस्लाम कुबूल करने की सलाह हर्गिज नहीं देंगे।"

"आर्थर भाई जान भी ऐसा ही कुछ कहते हैं।"

"और हमारे अब्बा हुजूर भी हमारे निकाह में आने के लिए आपका तर्के ईसाइयत गैर-जरूरी मानते हैं।"

"लेकिन नक्कारखाने में इन तूतियों की आवाज सुनता ही कौन है ?"

"न सुने कोई लेकिन हक की आवाज तो यही है कि मर्द और औरत की दिली मोहब्बत के मामले में मजहबी अकायद को आड़े नहीं आना चाहिए।"

"चाहने को तो हम बहुत कुछ चाह सकते हैं लेकिन सवाल यह है कि हम पा क्या सकते हैं ?"

"शायद कुछ नहीं। फिलहाल तो हमें ऐसा कोई तरीका नजर नहीं आ रहा है कि अपने-अपने मजहबी अकायद पर कायम रहते हुए भी हम, डंके की चोट पर, एक-दूसरे के होकर रह सकें।"

"आर्थर भाई जान ने हमसे साफ-साफ तो कुछ नहीं कहा लेकिन उनकी बातों से हमें कुछ ऐसा लगा कि अगले महीने वे अपनी ट्रेड यूनियन की मीटिंग में बरेली जाएँगे तो अपने यूनियन प्रेसीडेंट मिस्टर क्लटरबक साहब से इस मसले पर कुछ मशविरा करेंगे।"

"क्या हिन्दुस्तान में भी ट्रेड यूनियनें बनने लगी हैं?"

"रेलवे इम्प्लाईज की एक यूनियन बन तो गई है लेकिन उसके दरवाजे सिर्फ यूरेशियन लोगों के लिए ही खुले हुए हैं।"

"हाँ भई, इंग्लिस्तान का तो मजदूर भी अपने आपको शाही नस्ल का फर्द ही समझता है। और समझे भी क्यों नहीं ? उसकी सारी बहबूदी का महल, हिन्दुस्तान से होने वाली कमाई की बुनियाद पर ही तो खड़ा है। पुराने हिन्दुस्तान में ऊँची जात की औरत और नीची जात के मर्द की औलाद को शहरों की सरहद में घुसने की मुमानियत थी। कहीं आपका भी ऐसा ही कुछ ख्याल तो नहीं है ?"

"हिश्ट, ऐसी फजूल की बकवास नहीं किया करते और फिर इंग्लिस्तान में तो हमें भी ब्लैक बास्टर्ड्स ही कहा जाता है।"

"ठीक है, मान लिया। लेकिन हमारी समझ में यह बात नहीं आ रही है कि आर्थर भाईजान की ट्रेड यूनियन हमारे इश्क मुहब्बत के मामले में कर क्या सकती है।"

"क्लटरबक साहब यूनियन प्रेसीडेंट होने के अलावा एक जाने-माने बैरिस्टर और फरागदिल इंसान भी तो हैं। चलिए, उनके मशविरे का भी इंतजार किए लेते हैं। वैसे, प्लैटोनिक लव का भी अपना ही एक लुत्फ होता है।"

"जरूर होता है लेकिन वह जिस्मानी जरूरियात का बदल तो नहीं होता।"

"यू मेल ब्रूट। लेकिन हमारे प्लैटोनिक महबूब को अभी प्लैटोनिक लव तक ही महदूद रहना होगा।"

"मेरे कहने का यह तो मतलब नहीं था। चलिए, छोड़िए, हम प्लैटोनिक लव में भी खुश हैं लेकिन प्लैटोनिक लव के साथ हमें अपने-अपने खुदाओं से यह तो दुआ माँगनी ही चाहिए कि वे हमारे इन नेकदिल बुजुर्गों को थोड़ी फराग दिली का अतिया तो बख्श ही दें।"

आर्थर साहब की कोठी से वापस आते समय रूही के चेहरे पर वह चमक नहीं थी जो वहाँ जाते समय थी। अब उनकी समझ में अच्छी तरह से आ गया था कि जिस मसले को वे कोई मसला ही नहीं समझ रही थीं उसे उनकी अम्मीजान जू-ए-शीर क्यों कह रही थीं। उनका उतरा हुआ चेहरा देखकर ही अम्मीजान को अंदाजा हो गया था कि वे अपने महासरे में नाकाम होकर लौटी थीं।

रूही चाहती थीं, कि दोनों परिवारों के पुराने मधुर संबंधों में वर्तमान स्थिति में भी कम से कम कड़वाहट पैदा हो इसलिए, उन्होंने ब्यूला की बातों को उनकी तेजी की धार को बहुत कुछ कुंद करके और आर्थर की सहायक भूमिका को बड़ी सराहना के साथ अपनी अम्मीजान के सामने रखा था लेकिन फिर भी उनकी विस्फोटक प्रतिक्रिया बहुत कुछ असंयत हो गई।

अम्मीजान की नजरों में ब्यूला की छवि, इस सारे घटनाक्रम की खलनायिका के रूप में, उभरकर सामने आ गई और वे, अपने क्रोध के ज्वालामुखी का सारा लावा उनकी ईसाइयत और उनकी माँ की नीची जाति पर फोड़ते हुए, कहने लगीं— "इस पासिन की लौंडिया का दिमाग जरा ज्यादा ही ऊँची परवाज होने लगा है। हमें सब मालूम है कि उसकी ईसाइयत की जड़ें कितनी गहरी हैं। आज दिन ऐसी अकीदे वाली ईसाइन बनी फिर रही है कि जैसे उस दिन, बेली गारद के उस दो कौड़ी के गोरे सिपाही के साथ अपना मुँह काला करने से पहले, उसकी अम्मा ने पूरी इंजील ही घोलकर पी ली थी।"

इसके विपरीत आर्थर और सिल्विया के प्रति अपनी सदाशयता के सारे बाँधों

को तोड़ते हुए वे बखान करने लगीं–"हमारे आर्थर और सिल्विया आला खानदान वाल्दैन की औलाद हैं। उनकी वालिदा तो खानदानी रिश्ते से आपकी फुफ्फी ही होती थीं। उनके वालिद पीम साहब भी बड़े ऊँचे खानदानी अंग्रेज थे। कहते हैं कि किसी दूर के रिश्ते से मल्का विक्टोरिया उनकी खलेरी बहिन बनती थीं।

"आपकी फुफ्फी का असिल नाम तो सायरा बानो ही था लेकिन जब पीम साहब ने उन्हें बप्तिस्मा दिलाकर ईसाई बना लिया तो उन्होंने उनके नाम में भी जरा-सी तब्दीली करके सायरा को सारा बना दिया। हमारी सायरा बानो बला की खूबसूरत थीं। एक दिन शाहमीना साहब के रोजे पर जाते वक्त, किसी तरह, पीम साहब की नजर उन पर पड़ गई और बस, वे उन पर लट्टू हो गए। पीम साहब बेली गारद में कमसरियट के बड़े अफसर थे और सायरा बानो के वालिद साहब का गल्ले का अच्छा भला कारोबार था। पीम साहब ने उन्हें बेली गारद को गल्ला फराहम कराने का पूरा ठेका दिलवा दिया तो उन्हें हजारों की आमदनी होने लगी। ऐसे में पीम साहब ने उनसे सायरा बानो का रिश्ता माँग लिया तो उनसे इन्कार करते न बन सका।

"वालिद साहब ने रिश्ता मंजूर कर लिया तो सायरा बानो, पीम साहब के हुक्म पर बिला कुछ चूँ चरा किए बप्तिस्मा लेकर ईसाइन बन गई। शरीफजादियों की तरह वाल्दैन ने उन्हें जिस खूँटे से बाँध दिया बस, उसी खूँटे पर अपनी इज्जत आबरू को लिए ताजिन्दगी बँधी रहीं, वैसे पीम साहब गोरे रंग के अलावा ऐसे कोई खास खूबसूरत भी नहीं थे और हमारी सायरा बानो को देखते उनकी उम्र भी कुछ ज्यादा ही थी।"

रूही को लगा कि अम्मीजान, उनके मिशन की असफलता को सहजता के साथ स्वीकार न कर पाने के कारण, कुछ बहकी-बहकी सी बातें करने लगी हैं तो उन्होंने उन्हें सामान्य करने का प्रयास करते हुए कहा–"आप फिक्र न करें, अम्मीजान। आर्थर भाईजान खुद इस उलझन को सुलझाने का रास्ता निकालने के लिए बहुत फिक्रमंद हैं।"

"यह तो हमें भी मालूम है रूही बिटिया कि कौओं के कोसने से ढोर नहीं मरते। इस पासिन की लौंडिया के चाहने न चाहने से कुछ भी नहीं होने वाला है। अल्लाह-रसूल हमारे बाली हैं। देख लेना एक दिन वे सिल्विया की ऐसी मत फेर देंगे कि वह अज खुद, उम्मते रसूल में शरीक होने के लिए तड़प उठेंगी। आर्थर खुद डोली को कांधा देकर, निकाही जोड़े में सजी-बजी सिल्विया को, हमारी कोठी तक पहुँचाने आएँगे और वह पासिन कुतिया, एक कोने में खड़ी-खड़ी टिसुए बहाती हुई, जल-भुनकर कबाब होती रहेगी।"

उन्नीस

सुरेश्वर ने लोको फोरमैन के दफ्तर का चार्ज सँभाला तो उनके दफ्तर के पुराने बाबुओं ने जो अब उनके मातहत थे—लोकोशेड के अपने चपरकनातियों की गिरोहबंदी करके उन्हें उखाड़ने की बहुत कोशिश की। सिल्विया और अमजद की निकटता को शेड के गोरे-अधगोरे स्टाफ की कमजोर नस समझकर उन लोगों ने, फुसफुसाहटों में सुरेश्वर को ''फोरमैन के बहनोई का भैया'' कहकर, उन्हें भी अपने साथ जोड़ने की कोशिशों में उन्होंने कोई कसर बाकी नहीं छोड़ी। शुरू में तो सुरेश्वर कुछ उखड़ भी गए लेकिन जब दोनों कोठियों ने उनका हौसला बढ़ाया तो वे अपनी जगह पर मजबूती से जमकर खड़े हो गए।

थोड़े ही दिनों में दफ्तर के बाबुओं को पता चल गया कि अंग्रेजी के ड्राफ्टिंग में वे, सुरेश्वर बाबू के मुकाबिले में, कहीं से कहीं तक नहीं ठहरते थे। और फिर, जब हैड क्वार्टर से खुद सी.एम.ओ. साहब ने, उनकी अंग्रेजी ड्राफ्टिंग पर फिदा होकर, मालूम करवाया कि ''क्या सुरेश्वर बाबू अपनी पोस्टिंग उनके दफ्तर में करवाना पसंद करेंगे?'' तो खुराफाती बाबुओं के और भी मान मर गए।

लोकोशेड के नेटिव स्टाफ में से ज्यादातर लोग तो काका जी के यजमान नहीं तो रोगियों के बेटे तो थे ही, काका जी के प्रति उनकी श्रद्धा का लुभाव, सुरेश्वर को बिना माँगे ही मिल गया और उन लोगों ने खुद ही शेड के खुराफाती स्टाफ की ढिबरी जरा ठाँस कर टाइट कर दी। नेटिव स्टाफ ठंडा पड़ गया तो गोरे-अधगोरे स्टाफ के लोग भी कहने लगे—''यह साले ब्लैकीज हमारी डिवाइड एंड रूल की पालिसी उलटकर हमारे ही ऊपर इस्तेमाल करना चाहते हैं।''

स्थिति सामान्य हुई तो शेड के स्टाफ को अहसास हुआ कि वास्तव में सुरेश्वर के खिलाफ तो किसी को कोई शिकायत ही नहीं थी बल्कि पहले के बाबुओं के मुकाबिले में, उनकी अमलदारी में, स्टाफ कुछ ज्यादा ही चैन में था। पिछले बाबू लोग लंबे और अच्छे रूट के इंजिन बुक करने के मामलों में क्लीनरों से अलग से पैसे वसूलते थे और छोटी-छोटी बातों का भी बतंगड़ बनाकर लोगों को चार्जशीटें दिलवा दिया करते थे, उनमें होता हराता तो कुछ नहीं था लेकिन उन्हें सुलटवाने के नाम पर भी वे उनसे कुछ पैसे तो ले ही मरते थे। सुरेश्वर इंजिनों की बुकिंग के मामलों में वैसे तो कोई हेरा-फेरी नहीं करते थे लेकिन सही तरह के हारी-बीमारी कारज-परोजन के मामलों में वे, बिना कुछ लिए-दिए ही, कुछ लौट बदल कर भी देते थे तो कोई इसका बुरा भी नहीं मानता था। झगड़े-झंझट के छोटे-मोटे मामलों में तो वे चार्जशीट जारी किए जाने की नौबत ही नहीं आने देते थे।

इसी बीच कुन्नी और बड़े भैया की सिफारिश पर सुरेश्वर ने, फोरमैन साहब से कहकर, असगर अली को खलासियों में भरती करा दिया कुछ अपनी कार्य कुशलता

और कुछ, सुरेश्वर के सहारे फोरमैन साहब की मेहरबानी के बल पर असगर अली थोड़े ही दिनों में फिटर भी बन गए और फिर फिटर-मिस्त्री बन जाने में भी उन्हें ऐसा कोई समय नहीं लगा। रेलवे कंपनियाँ उन दिनों अपने स्टाफ के निकट संबंधियों को नौकरियाँ देने में वरीयता देती ही थीं और इस सुविधा के सहारे अनवर अली और नजर अली भी खलासी की मंजिलें पार करके, फिटर बन गए।

लोकोशेड के रनिंग स्टाफ में, दो-चार को छोड़कर, ड्राइवर तो सारे के सारे गोरे-अधगोरे लोग ही थे और नेटिव क्लीनरों में किसी एक बिरादरी का वर्चस्व नहीं था। शेड स्टाफ में फिटर और खलासी तो सारे के सारे हिंदुस्तानी ही थे और उनमें भी ज्यादातर लोग बाहर दरवाजे में रहने वाले गाड़िया मूल के मुसलमान लोहार थे जिनसे, मोहल्लेदारी के लिहाज से, सुरेश्वर बाबू के भैया-भतीजों के रिश्ते थे। अंग्रेजी प्रशासकों की परंपराओं के हिसाब से तो सुरेश्वर को अपनी मातहती के स्टाफ से एक निश्चित दूरी बनाकर रखना चाहिए था लेकिन बाहर दरवाजे में ग्राम्य तत्त्व अभी इतने प्रभावी थे कि इन गाँव-रिश्तों को भी नकार देना दोनों में से किसी पक्ष के लिए संभव नहीं था। फिर भी स्टाफ की ओर से इतनी एहतियात तो बरती ही जाती थी कि शेड में कोई भी सुरेश्वर बाबू को भैया या चच्चा नहीं कहता था और इस बात की भी भरसक कोशिश की जाती कि उनके किसी व्यवहार से सुरेश्वर बाबू के पद की गरिमा को कोई आघात न पहुँचे।

असगर अली-अनवर अली-नजर अली से सुरेश्वर की पारिवारिक घनिष्ठता तो जग जाहिर ही थी और अमजद मियाँ की मारफत, सुरेश्वर बाबू की, फोरमैन साहब तक पहुँच थी यह बात भी शेड में किसी से छिपी नहीं थी। शेड स्टाफ की नजरों में सुरेश्वर बाबू और अली बंधुओं के चौगड्डे की यह हैसियत भी एक माने रखती थी। वैसे इस चौगड्डे के लोग भी स्टाफ के दूसरे लोगों के बिगड़े हुए काम सँभालने की ही कोशिश करते थे। इसके अलावा गाड़िया लोहारों की यह बिरादरी अब भी कैसर अली और गौहर अली की आल औलाद को एक सम्मान की दृष्टि से देखती थी और इन परिवारों के मुखिये, परंपरागत रूप से बिरादरी के चौधरी बनाए जाने लगे थे। नियाज अली, बिरादरी के चौधरी थे तो उनके भाइयों का मान-सम्मान रखना यों भी अहले बिरादरी का फर्ज ही बनता था। वास्तव में इन दिनों लोकोशेड, मिनी बाहर दरवाजा बना हुआ था और सारा नेटिव स्टाफ आपस में एक-दूसरे से, गाँव बिरादरी के पारंपरिक रिश्तों से, बँधा हुआ सा महसूस करता था। ऐसी समरसता के वातावरण में शेड की सारी व्यवस्था बड़े सहज ढंग से चलने लगी थी, हैड क्वार्टर के हल्कों में पीम साहब के अनुशासन का डंका बजने लगा था और उसकी गूँज दूसरी रेलवे कंपनियों के हल्कों में भी सुनाई देने लगी थी।

बाहर दरवाजे की बस्ती के रंग-ढंग, यों तो इन दिनों वैसे भी, कुछ बदले-बदले से दिखाई देने लगे थे। बस्ती को म्युनिसिपल बोर्ड की सीमा में ले लिया गया तो बस्ती के आखिरी छोर पर, नाले के उस पार चमरिहाने के निकट, पुलिस चौकी कायम कर दी गई और फिर शहर पनाह के दरवाजे से लेकर पुलिस चौकी तक कंकड़ की पक्की सड़क भी बन गई। इसके अतिरिक्त खंदक के सहारे-सहारे पूर्व की ओर को भी कंकड़ की पक्की सड़क बन गई, जिसे लोग ठंडी सड़क कहने लगे। इन परिवर्तनों से बाहर दरवाजे का रूप और से कुछ और ही दिखाई देने लगा था।

बाहर दरवाजे की बस्ती में रहने वाले ज्यादातर लोग तो आस-पास के देहातों की खेतिहर और पेशेवर बिरादरियों से ही आए थे। शुरू-शुरू में यह लोग अपने आपको, अपने गाँव और मूल परिवार की जिंदगी का ही अभिन्न अंग मान कर, इस बस्ती के मकान को, केवल रैन बसेरा ही समझते रहे। यही कारण था कि बहुत दिनों तक, बाहर दरवाजे की यह बस्ती, ग्रामीणता के गहरे रंगों में रँगी रही और चौपालों, पंचायतों, अलावों तथा सजीव गाँव-रिश्तों की संस्कृति यहाँ अपनी पूरी संपूर्णता में फलती-फूलती रही। दो पीढ़ियाँ गुजरते-गुजरते इन लोगों की आल औलाद के संबंध, अपने गाँवों और मूल परिवारों से, बस कहने भर के लिए ही रह गए। बस्ती की जिंदगी पर से ग्रामीणता के रंग धीरे-धीरे धुँधलाते चले गए और उनके स्थान पर नगरीयता के रंग मुखर हो उठे।

बाहर दरवाजे में बसे हुए गाड़िया मूल के लोहारों में से इतने सारे नौजवानों को रेलवे की लोको, कैरिज, आई. ओ. डब्ल्यू. और पी. डब्ल्यू. आई. की वर्कशापों में फिटरों और खलासियों की पक्की नौकरियाँ मिल गईं तो बाहर दरवाजे की एक-रस जिंदगी में एक हलचल-सी पैदा हो गई। मध्ययुगीन स्वरोजगारी कारीगरों की ढीली-ढाली, मनमौजी और अव्यवस्थित कार्य-शैली के बल पर तो रेलवे टाइम के अनुशासन में बँधी चुस्त-दुरुस्त व्यवस्था में, कोई व्यक्ति एक दिन भी टिक नहीं सकता था इसलिए इन लोगों को, अपने आपको, नई व्यवस्था के अनुरूप ढालना अनिवार्य हो गया। और जब यह नई कार्य-शैली उनकी आदत में शामिल हो गई तो उनका प्रभाव दिखाई देने लगा। उनके रहन-सहन, उठने-बैठने, बोलने-चालने के तौर-तरीकों में एक कसाव सा आ गया और देखने में वे, बस्ती के विशिष्ट लोग से लगने लगे थे। वैसे भी जनसाधारण रेलवे कर्मचारियों को, सरकारी कर्मचारी ही मानते थे और उन दिनों, सरकारी कर्मचारियों को, कुछ ज्यादा ही मान-सम्मान की दृष्टि से देखा जाता था।

शब्बीर अली के बड़े बेटे इमरान अली, नियाज अली से छः महीने बड़े थे और छोटे बेटे रमजान अली, पंद्रह दिन ही सही, असगर अली से बड़े तो थे ही। इमरान अली-रमजान अली के सिरों पर माँ-बाप का साया बना रहा था और नियाज

अली-असगर अली होश सँभालते-सँभालते ही यतीम हो गए थे इसलिए, देखने-भालने में नियाज अली-अगसर अली, इमरान अली-नियाज अली से उम्र में बड़े मालूम पड़ते थे। शब्बीर अली ने एक लंबी उम्र पाई थी और वे अपने सामने ही बेटों के शादी ब्याह से फारिग हो चुके थे। उनकी भट्ठी का सारा कारोबार भी उनके लड़कों ने, उनके सामने ही, अपने हाथों सँभाल लिया था इसलिए, जब उनका इंतकाल हुआ तो उनके बेटों की गृहस्थी की गाड़ी, बिना कोई हिचकोला खाए, अपने पुराने ढर्रे पर ही चलती रही।

इमरान अली और रमजान अली की गिनती भी शहर के अच्छे कारीगरों में की जाती थी और जब रेलवे की भरती शुरू हुई तो उन्होंने भी, शहर के दूसरे जमे हुए कारीगरों की तरह, किसी की पाबंदी में न रहने की ठसक में ललमुहों की गुलामी करना मंजूर नहीं किया था। कुछ अर्सा गुजर गया और उन्होंने देखा कि नियाज अली ने, अपनी भट्ठी की आमदनी में भाइयों की तनख्वाहों का इजाफा करके, अपने कुटुम्ब-परिवार का रहने-सहने का ढर्रा ही कुछ से कुछ और कर लिया था तो रमजान अली भी रेलवे की नौकरी में जाने का मन बनाने लगे। बड़े भाई से पूछा तो उन्होंने भी कह दिया—"क्या हरज है, भट्ठी का काम तो हम भी, नियाज अली की तरह, घनवाहों की मदद से निकाल ही लेंगे। तुम्हारी तनख्वाह के लगे बँधे चार पैसे और आने लगेंगे तो उनसे घर की आसूदगी ही बढ़ेगी। सुरेशर भैया से जिकर करके देखना, सुनते हैं कि अब लोको के फोरमैन साहब उनका बहुत लिहाज मानते हैं।

लोको वर्कशापों में वैसे तो कुशल कारीगरों को फिटर और अर्द्धकुशल कारीगरों को ही खलासियों के रूप में भरती करने की ही व्यवस्था थी लेकिन गोरे और अधगोरे कुशल और अर्द्धकुशल कारीगर वर्कशापों में फिटर और खलासियों के रूप में काम करने में अपनी हेठी समझते थे और रेलवे कंपनी भी उन्हें यूरोपियन ग्रेड की तनख्वाहें देकर सफेद हाथी पालने के पक्ष में नहीं थी। विकल्प इसका यही था कि कम वेतन पर उपलब्ध स्थानीय कारीगरों को इंजिनों के रखरखाव का प्रशिक्षण देकर उन्हें लोको वर्कशाप में फिटर के रूप में काम पर लगाया जाए। शुरू में स्थानीय कारीगर भी रेलवे की नौकरी करने के लिए अधिक उत्साह नहीं दिखा रहे थे इसलिए रेलवे प्रशासन भी ज्यादा मीन मेख निकाले बिना अर्द्धकुशल कारीगरों को भी सीधा फिटरों के रूप में भरती कर लिया करता था। धीरे-धीरे व्यवस्था में स्थायित्व आया और वर्कशाप में काफी संख्या में प्रशिक्षित स्थानीय फिटर उपलब्ध हो गए तो रेलवे कंपनी ने फिटरों की सीधी भरती तो कतई तौर पर बंद कर दी और खलासियों की भरती में भी उनकी कारीगरी खूब ठोंक-बजाकर देखनी शुरू कर दी। ऐसे में वे कुशल

कारीगर भी, जो पहले-हाथ नौकरी में घुसने से चूक गए थे, अब अपने आपको रेलवे की नई नौकरी कर पाने में असमर्थ पाते थे; फिटरों की सीधी भर्ती बंद थी और अपने से कम उम्र और सामान्य कारीगरी में उन्नीस फिटरों की मातहती में खलासी बनकर काम करने के लिए उनकी गैरत गवाही नहीं देती थी।

रमजान अली ने सुरेश्वर बाबू से लोको वर्कशाप में नौकरी दिलाने की बात छेड़ी तो वे कहने लगे–"रमजानी भैया, हमारी वर्कशाप में तो अब फिटरों की सीधी भरती बंद हो गई है और यह हमें अच्छा नहीं लगेगा कि तुम अनवर और नजर से भी नीचे दर्जे पर बैठकर खलासी की हैसियत से काम करो।" रमजान अली का मन मर गया और वे "ठीक है" कहकर चलने को हुए तो सुरेश्वर ने उन्हें रोकते हुए कहा–"ऐसी हिम्मत हारने की बात भी नहीं है, रमजानी भैया। अगर नौकरी करने का ही मन है तो एक रास्ता और भी है।"

"जब मिस्त्रियों की भरती ही बंद हो गई तो और रास्ता क्या निकलेगा भैया?"

"साहब लोगों का कपास का पेच बनकर तैयार हो गया है और उसमें मिस्त्रियों की भरती शुरू होने वाली है। पेच का बड़ा साहब हमारे फोरमैंन साहब की कोठी पर रोज टेनिस खेलने के लिए आता है, हम फोरमैन साहब से कहलवा देंगे तो उम्मीद है कि तुम्हारा काम बन जाएगा। तनख्वाह हमारे लोको के फिटरों से कम नहीं मिलेगी। वैसे कारखाना तो साल में छः महीने ही चलेगा लेकिन मशीनों के रखरखाव के लिए कुछ लोगों को पूरे साल भर के लिए भी रखा जाएगा। अब यह बात रही तुम्हारे काम पर, बड़े साहब को खुश कर लोगे तो हो सकता है कि तुम्हें साल भर के लिए रख लिया जाए।"

"ठीक है, ऐसा ही करवा दो, भैया तुम्हारा अहसान जिंदगी भर नहीं भूलूँगा।"

"इसमें अहसान की क्या बात है, अपना आदमी ही अपने काम नहीं आएगा तो कौन आएगा ? पहले मारे सो मीर, मैं आज ही कहलवाए देता हूँ फोरमैन साहब से।"

फोरमैन साहब की सिफारिश पर, पेच के बड़े साहब ने पहले हाथ ही रमजान अली को अपने पेच में मिस्त्री नियुक्त कर दिया। रमजान अली, कारीगर तो होशियार थे ही और वे बड़े साहब की बात भी जरा से इशारे पर समझ लेते थे इसलिए, कारखाने की मशीनों का मिजाज भी उन्होंने बड़ी आसानी के साथ समझ लिया।

बीस

देश के रेलवे मानचित्र पर इस शहर को एक प्रतिष्ठित स्थान मिल गया तो मंडी का व्यावहारिक क्षेत्र भी पहले की अपेक्षा कहीं अधिक विस्तृत हो गया और मंडी